KB108755

베를린 일기

최민석
에세이

베를린

일
기

민음사

차 례

프롤로그

나는 한 예술 기관의 지원으로 2014년 가을부터 이듬해 겨울까지 베를린 자유대학(Freie Universität)에 머물렀다.

이 90일간 나는 일기를 썼다.

막상 출국을 하니 딱히 할 일이 없었는데, 한 독자가 선물로 준 다이어리가 떠오른 것이다.

하여, 김현 평론가를 흉내 내 볼 요량으로 그 일기장에 70년대 문인들의 문체를 차용하여 자필로 직접 일기를 썼는데, 하다 보니 90일간 계속 써 버리게 된 것이다.

일기를 읽기에 이해해야 할 것이 네 가지 있다.

나는 천성부터 게으르다. 고로, 일기는 하루 지난 다음 날 아침(때론, 오후)에 썼다.

옛 문체를 살리기 위해 종종 한자를 썼다.

(물론, 내가 아는 한자이기에 중학생 수준을 넘지 않는다.)

출국 한 달 전 자전거를 타다 교통사고를 당했기에, 그에 대한 극복기도 곁들여 있다.

나는 고독했다.

이뿐이다.

그 외에는 그냥 읽으면 된다.

다이어리를 선물해 준 독자 김상미 씨에게 감사 말씀을 드린다.

10

15

S1
in 2 min
Waldmannslust

베를린에서의 첫날 아침.

이 글은 1유로짜리 싸구려 커피를 마시며 쓰고 있다.

어제 아시아나 비행기에서 32만 몇천 원을 주고 '제플린(Zeppelin)'
이라는 독일제 시계를 샀는데, 시계 박스를 뜯는 순간 내가 엄청나
게 멍청한 짓을 했다는 걸 깨달았다. 비행 내내 내가 저지른 호구 짓
에 속이 쓰려 와, 원래 장염을 앓고 있었다는 사실도 잊었다.

베를린으로 오는 비행기를 갈아타기 위해 프랑크푸르트 공항에
내려 '의도치 않게' 시계점에 들른 후, 내가 저지른 멍청한 짓이 얼
마나 한심한 결정이었는지 다시 한 번 확인했다. 비슷한 가격, 심지
어는 더 값싼 가격의 '에비에이터' 시계와 '아르마니' 시계들이 훨씬
멋진 자태를 뽐어내며 내 손길을 애타게 기다리고 있었다. 나는 속
으로 '미안해. 나는 이미 호구 짓을 한 번 저질렀단 말이야'라고 한국
어로 변명했다. 과연 프랑크푸르트 공항 면세점에 전시된 미국 시계
와 이태리 시계는 발화되지 않은 내 한국어 변명을 들을 수 있었을
까. 내 딴에는 '대한독립만세'를 외치는 하얼빈의 안중근 의사 심정
으로 절규했지만 말이다.

그나저나, 1유로짜리 싸구려 커피를 마시러 들른 가게에서는 역시
나 와이파이가 되지 않는다. 점원과 나의 대화를 얼핏 엿들은 주정
뱅이가 "May I help you?"라고 물었으나, 그의 행색을 본 순간, 정

작 도움이 필요한 이는 그 자신이라는 것을 그를 제외한 다방 내 모든 이들이 깨달았다. 그는 남북전쟁 때나 입었을 법한 낡은 재킷에 트레이닝 바지를 입고 양손에는 시계를 도합 아홉 개를 차고 있었다 (정말 독일인은 시간을 잘 지킨다는 인상을 준다).

왜 나는 가는 곳마다 이런 사람들을 만나는지 모르겠지만, 부디 베를린에서는 정신적으로 건강한 사람들을 만났으면 좋겠다.

아, 어제 공항에 나오기로 한 '악셀'이라는 조교는 갑자기 스페인으로 여행을 떠났다.

따라서 대신 나온 '타잉'이라는 베트남계 여학생이 내게 영어를 잘한다고 칭찬해 주었다.

'당신도 이태원에서 1년간 살면 영어를 잘할 수 있소. 하하하'라고 답해 주려 했으나, 그냥 작가다운 웃음을 지으며 "당케"라고만 답했다.

첫날이었다.

2014. ..

베를린에서 첫 날 아침.

1유 짜리 싸구려 커피를
아직 이분은 쓰지 않다.

어제 아시아나 비행기에서
320만 얼마라는 좋은
독일제 시계를 샀는데.
          ^
제플린 (zeppelin) 이라는
따

시계 박스를 푸는 순간

내가 엄청나게 엄청창한
짓을 했다는 걸 깨닫았다

베를린에서의 둘째 날.

그것은
절망의 절정이었고,
희망의 종말이었으며,
지식의 뇌사였고,
소통의 괴사였으며,
고독의 과잉이었으며,
시간의 폭력이었다.

이 글은 2.8유로짜리 생맥주 바르슈타이너(Warsteiner)를 마시며 쓰고 있다.

인간에게는 식수와 정치적·종교적 자유, 그리고 와이파이가 절실하다는 것을 온몸으로 느끼고 있다. 나는 이제 인정한다. 내가 인터넷 중독자라는 사실을.

언젠가 매슬로(Abraham H. Maslow)의 욕구 단계 이론 중 자아실현 욕구는 물론, 존경의 욕구와 애정·공감의 욕구, 그리고 안전의 욕구와 생리적 욕구를 초월하는 인간의 가장 기본적인 욕구가 '와이파이'라는 도형을 본 적이 있는데, 처절히 공감하고 있다.
피라미드의 토대가 되는 가장 밑바닥에서 와이파이가 든든하게 상술한 욕구들을 받쳐 줘야 밥도 안 체하게 먹고, 길도 안전하게 찾아가고, '좋아요'로 공감도 받고, 인터넷 전화로 애정 표현도 하고, 시기 어린 존경도 받고, 글도 업로드하여 작가로서의 자아실현도 이룰 수 있는 것이다. 매슬로가 1970년에 사망했기 망정이지, 무병장수하여 현재까지 그 생을 유지하고 있었다면 '와이파이'라는 전대미문의 변수에 직격탄을 맞아 대학자로서 체면이 말이 아니었을 것이다.

여하튼, 공식 일정을 소화하기로 한 첫날, 인터넷 중독자인 나는 대학 측의 관대한 협조에 힘입어 '와이파이'를 쓸 수 있는 계정을 만들기로 했다. 그리고 이때부터 독일에서의 나의 첫 비극은 시작되었다(나는 이를 게르만 정보 참사라 명명키로 했다). 와이파이쯤은 그냥 사무실 문을 열고 들어가서, '어, 비번이 뭔가요?'라고 물은 뒤 입력만 하면 간편하게 쓸 수 있는 게 동방예의지국의 인터넷 문화이건만, 예상치 못한 신청서를 작성하는 데 두 시간이 걸렸다. 우선 내가 방문한 대학의 교수를 만나서 안부를 묻고, 그 교수가 내가 한국에서 온 소설가라는 것을 인증해 주고, 그 인증을 '타잉(어제 나한테 영어 발음이 좋다고 한 베트남계 여학생)'에게 주지시키고, 그 타잉이 학과 행정 비서에게 '처음 보는 이상한 이 사람이 한국에서 온 소설가래요'라는 풍의 설명과 함께 인증을 하였는데, 마침 비서가 기분이 안 좋은지 내 이름 철자를 틀리게 써서 맥주가 당긴다는 듯이 종이를 구긴 후, 새로 출력을 해서 쓰고, 그사이에 누가 또 와서 안부를 묻고, 다시 맥주가 당긴다는 표정으로 전화를 받고, 그러다 '아, 내가 지금 뭐하고 있었지?'라는 표정으로 처음부터 다시 일을 시작

하는 것이었다.

　물론, 그렇게 해서 인증받은 신청서로 가입이 완료되어 와이파이가 봇물처럼 터지길 희망했으나, 이소룡이 출연한 「사망유희」처럼 다음 단계로 가라는 것이었다. 20분을 걸어 다음 단계의 장소로 가니, 아니나 다를까 줄이 길었고, 현재 시각 오후 3시 20분인데 업무 시간이 4시까지라니 엉덩이에서 땀이 나오려 했다. 이 와중에 대기 차례가 몇 번 뒤엉키고, 늦게 온 녀석들 좋은 일 다 시켜 준 다음에 내 차례가 되니 타잉은 "어허. 시스템 다운이라네요. 호호호" 하며 태연히 말했다. 만약 OECD 가입 기준에 인터넷 사용 편의성이라는 항목이 있다면 독일은 당장 퇴출된다 해도 할 말이 없을 것이라 생각했다(벌써 그런 항목이 있다면, 어쩔 수 없고). 혹시 메르켈 총리의 우스꽝스런 사진이 급속도로 퍼지는 걸 막기 위해 와이파이 보급률을 낮추는 게 아닐까, 라는 의심이 들 만큼, 정부 차원의 조직적이고 적극적인 무관심과 소극적인 개척 정신의 결과물인 듯 보였지만, 실은 인터넷이 안 되니 생각이 깊어졌을 뿐이다.

　그렇다 해서, 이 글이 깊은 사유의 글이라는 건 아니다. 심원한 문학적 고민의 결과물은 오로지 개인적 만족을 위해 비공개로 보관하기로 결정했다.

　이 글을 쓰고 있는 중에 주문한 베트남 음식이 나왔다.
　그러고 보니 이곳에 와서 독일 음식을 한 번도 못 먹었다.
　이탈리아, 영·미, 베트남, 그리고 다시 이탈리아 음식을 차례로 먹었다.

　독일 것이라 생각하고 소시지를 먹었는데, 알고 보니 비엔나 소
시지였다.

　오스트리아가 복병이 될 줄은⋯⋯.

　둘째 날이다.

베를린에서의 셋째 날.

한국에 있는 줄로만 알았던 녀석에게서 전화가 왔다.

고향 친구인 '을'이라는 자로서, 그는 껄껄 웃으며 "독일에 왔으면 프랑크푸르트에 들러야지!"라고 했다. 어째서 고향 친구가 여기에 와 있는지 의아했으나, 따지고 보니 그는 지난봄 내가 아일랜드에 갔을 때에도 연락을 해 왔다. 그때는 더블린 공항에 도착하자마자였다(여윳돈이 있느냐는 게 요지였다).

여하튼, 이번에도 공식적으로 연구실에 나온 지 하루 만에 연락을 해 온 것이다. 주재원으로 근무 중이라는데, 프랑크푸르트를 생각하니 프랑크 소시지가 떠올라 허기가 진다. 실은, 호구 짓을 한 후에 들른 프랑크푸르트 공항 면세점에서의 가슴 쓰린 추억이 밀려와 글을 쓸 수 없다. 모든 게 '을'의 탓이다(아, 그는 한국에서도 연락을 한 번 해 왔는데, 그때는 "혹시 집이 내 명의로 돼 있느냐"는 것이었다). 고로, 프랑크푸르트에서의 맥줏값은 을이 치러야 마땅하다(라고 쓰려 했으나, 내가 치러야 할 것 같다).

셋째 날(이라고 쓸 힘도 없다).

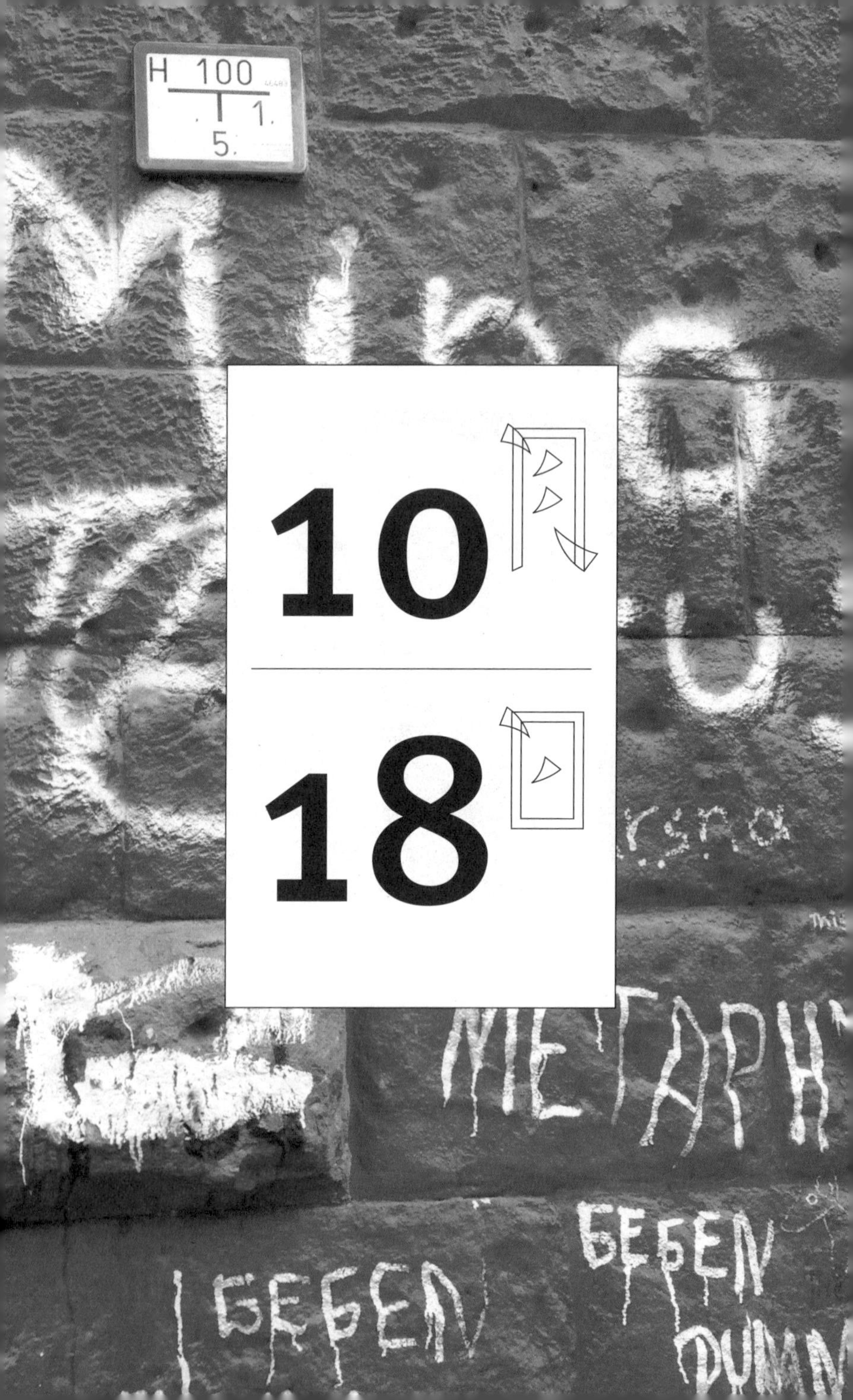
H 100
1.
5.
10
18

베를린에서의 네 번째 오후.

지금 이 글은 지하철을 타고 가며 쓰고 있다.

이곳에 와서도 영화 칼럼 연재는 해야 한다는 생각에 '타잉'에게
물어 영화관에 갔다.

가는 도중 의도치 않게, 베를린에 오기 전 한국의 가야금 연주자
K양에게 추천받은 역들이 보여 즉흥적으로 하차하여 대여섯 시간
을 걸었다.

이 와중에 역사적인 기념물을 구입하게 됐다. 열쇠고리라고 말하
면 김빠지겠지만, 다름 아닌 무너진 베를린 장벽의 일부분을 가지고
만든 기념품이다. 7.99유로짜리로서 열쇠고리치고는 비싸다 할 수
있지만, 38년간(1961. 8. 13~1989. 11. 9) 독일을 동서로 갈라놓았던
이념과 사상의 물리적 분단의 결정체가 내 손에 있다니 가히 경이롭
지 않을 수 없었다. 열쇠고리치고는 호사스럽게, 한때 자신의 육체
가 베를린 장벽과 한 몸이었음을 강변하는 인증서까지 있었다.

그리고 나흘째, 드디어 첫 독일 음식을 먹었다. 소시지였다. 그저
께, 소시지도 비엔나 것을 먹었다고 항의를 하니, '타잉'이 카레 가
루를 뿌린 소시지가 독일 요리라며 면박했는데, 노상에서 긴 행렬을
마주친 결과 그 인파의 원인이 바로 카레 가루 소시지라는 것을 확
인했다. 전날 밤, 맥주 한 잔으로 교통사고 후유증에 따른 피부 염증

재발을 임상 실험해 본 결과, 별다른 이상이 없어 '베를리너 필스너 (Berliner Pilsner)'라는 지역 맥주도 함께 주문했다. 역시, 독일은 자동차와 축구와 맥주의 나라였다. 하나 덧붙이자면, 소시지. 물론, 인터넷은 엉망이다.

그나저나, 방금 한 젊은 남자가 'SAMSUNG'이라고 크게 적힌 지중해풍 페도라를 쓰고 객차 안에 탔는데, 도무지 왜 저런 모자를 썼는지 이해할 수 없다. 아니나 다를까, 독일어로 승객들을 향해 장황한 연설을 늘어놓고 다음 칸으로 발길을 옮겼는데, 아연한 사람은 나뿐인 듯했다. 삼성 모자라니, 소니 과자만큼 기이한 일이다.

베를린 선조들이 수백 년간 흘린 맥주와 토사물이 함께 흐를 법한 '쉬 ㅎ ㅍ ㄹ 이 ㅎ ㅣ ㅇ 이(발음이 어렵다)' 강을 뒤로하고, 극장에 도착해서 충격적인 사실을 발견했다. 모든 영화가 독일어로 상영되는 것이었다. 할리우드 영화까지도 독일어로 더빙 돼 있었다(맙소사, '구텐탁'을 연발하는 벤 애플렉이라니). 이 무슨 한국 공중파 TV 같은 상황인가 싶었지만, 이들이 한때는 나치즘에 현혹될 만큼 자국 중심적이었다는 사실을 떠올려 보니 어느 정도는 이해가 됐다. 어떠한 독일 상품에도 영어는 없다. 만약 영어가 있다면 그것은 약 10여 개 국어가 적힌 전자 제품 사용 설명서뿐이다.

또 하나 놀라운 사실은 극장에서도 필스너, 라거, 흑맥주, 에일 등 거의 모든 종류의 병 맥주를 팔고 있다는 것이다. 확실히 맥주의 나

라다. 그러나 독일어 더빙의 충격에 빠져, 맥주 마실 기분이 나지 않았다. 곧장 집에 오려 했으나, 철도 파업까지 곁들어져 열차를 40분 기다렸다. 그리고 마침내 이 글을 쓰다가, 종점까지 와 버렸다.

  젠장, 넷째 날이었다.

베를린에서 쓰는 첫 번째 당일 일기.

이 글은 1.49유로짜리 중저가 커피를 마시며 쓰고 있다.
(이제 뭔가를 마시지 않으면 일기가 써지지 않을 것 같다.)

터키계 이민자가 한 달치라며 판 1기가짜리 유심 카드의 데이터 중 250MB를 이틀 만에 써 버린 걸 알고, 절망에 젖어 하루를 시작했다.

실은 오늘 아침, (이게 마땅한 일인지는 모르겠으나) 응원하는 야구팀이 포스트 시즌에 진출하는 바람에 현지 시각으로 오전 7시에 집을 나섰다. 30분을 걸어 매슬로가 간과한 인간의 절대적 기본욕구인 와이파이가 범람하는 대학 캠퍼스에 당도하여 노트북을 연 순간, 해외 중계는 하지 않는다는 비보를 접했다.

상실감을 잊으려 회식으로만 활동한다는 밴드 '시와 바람'(보컬이 멋지다)의 기타리스트 김완형 군에게 전화를 하니, 역시 음지의 대가답게 IP를 한국으로 우회하면 시청할 수 있다며 위로해 줬다. 그의 지침대로 구글 크롬을 깔고, IP 우회 프로그램을 받으려는 순간, 유독 '한국으로'만 우회하려면 유료 프로그램을 써야 한다는 두 번째 비보를 접했다(그러고 보니, 개발자가 한국인일지도⋯⋯). 이미 7대 1이라는 어마어마한 점수 차로 승기를 잡았지만, 이 역사적 순간을 놓칠 수 없어 20달러를 결제하고 프로그램을 구매했다. '이제 프로그램을 깔기만 하면 역사적 순간을 목도할 수 있다'며 흥분했으나,

맥북에서는 설치가 되지 않는다는 메시지가 추후에 떴다. 비행기에서부터 저지른 호구 짓을 착륙하고 나흘이 지났는데도 여전히 하고 있다.

물론, 사회적 체면과 예술적 자존심을 고려해 열거하지 않은 '마트 실수', '옷집 실수', '캠퍼스 실수' 등이 있다(나는 이 일련의 사태를 각종 게르만 참사라 명명한다). 여하튼, 음지의 대가 김완형 군은 통화를 하며 내게 꼭 남녀 혼탕인 스파(Spa)에 가 보라 했다. 독일에서 그 스파를 가 보지 않는 것은 생물학적 남성으로서의 직무 유기라는 듯이 말이다.

또 한 번의 멍청한 짓으로 밀려온 상실감을 메우기 위해 선배 작가인 C 兄에게 전화를 했다. 그는 한 젊은 작가의 고독한 일상을 오래도록 듣더니 "그래도 자살은 하면 안 돼"라고 말했다. 그러더니, 외국에 나갔으니 "이성을 유혹해 신나게 놀아 보라"며 자신의 과거 영웅담을 선사해 주었는데, 무슨 영문인지 결론은 아까 김완형 군이 말한 남녀 혼탕 스파에 가 보라는 것으로 끝나는 것이었다.

알고 보니 이는 소설가 B 작가가 C 兄에게 일러 준 'FKK'라는 나체주의자들에 관한 정보에서 기인했는데, 이들은 68혁명을 주도했던 프랑스의 68세대, 플라워 무브먼트(Flower Movement)를 주도했던 미국의 히피 세대처럼 한 시대를 풍미했던 자들로서, 기존의 권위와 차별에 항거함은 물론, '자연으로 돌아가자'는 자연주의적 태도에 입각하여 전라로 야영도 하고, 수영도 하고, 휴가도 즐긴다는 것이었다. 이들은 이제 할머니, 할아버지가 되었으나, 그 전통만은 후대들에 의해 미약하게나마 이어지고 있다며 말이다. 물론, 예전만큼은 아니겠지만…….

과연 김완형 군의 정보가 맞는지(현대판 에덴동산), B 작가와 C 兄의 합작 정보가 맞는지(에덴동산은 맞지만, 아담과 이브가 연로하다는 것), 문제의 남녀 공용 스파에 다녀와 봐야 알 수 있을 것 같지만, 나는 그럴 의지조차 없다.

일기가 의도치 않은 방향으로 흘러가고 있다.
애초에 생각한 정서는 70년대 '문학과지성사'에서 발간한 김현 선생의 수필풍이었는데 말이다.

다섯 번째 날이었다.

베를린에서의 여섯째 날.

지금 이 글은 3.6유로짜리 헤페바이젠 비어를 마시며 쓰고 있다.

어제 지하철에서 본 광고 탓에 엉겁결에 독일어 학원을 등록했다. 앞으로의 긴긴 밤을 독일어 과제로 씨름하며 보낼 생각을 하니, 때로는 학업이 인생의 무료함을 씻어 줄 세척제라는 생각이 들었다(는 건 취기 탓일 것이다). 학원 위치를 물으려 전화를 했는데, 관대한 톤의 독일 아주머니가 친절히 영어로 길을 안내해 주었다.

도보로 방문하니 전화 속 목소리는 얼굴에 '나 착해'라고 쓰인 독일인 낭자였다. 레벨 테스트를 해야 한다는 그녀의 말에, 내가 아는 독일어는 "안녕(구텐탁)", "사랑해(이히 리베 디히)", "그럼 이만(츄스)"이 전부라 하니, 이때를 즈음하여 구강 근육이 슬슬 움직이기 시작하더니, 이후 내가 하는 거의 모든 말에 학원 접수처가 진동할 만큼 박장대소하기에, 외교적 실례를 무릅쓰고 "Be Quiet!(『성문 기초 영어』에 나오는 명령문이다)"를 3회 연발하였는데, 게르만 처자는 이마저도 우습다며 내게 코미디 배우냐고 물었다.

이에 나는 엄숙한 표정으로 괴테와 같은 직업이라고 답했다.

신은 나의 언어 속에 외국인 여성의 심리적 간지럼을 일으키게 하는 무언가를 심어 준 것 같다(아울러, 기이하게도 게이들이 꼬인다. 여행을 다닐 때마다 게이들의 '의도된 호의'를 담뿍 선사받았다. 백인들의 뇌 회로 작동 방식은 여러모로 이해하기 벅차다).

언제 기회가 된다면, 그간 받은 '게이 대시史'를 기록하겠다.*

허파에 문제가 생긴 게르만 여성을 만나기 전까지 나는 극심한 고독에 시달렸으나, 우레와 같은 그 웃음소리를 듣고 나니 휴식이 절실해졌다. 고로, 나는 현재 '호리(好利)'라는 차이니스 레스토랑의 한구석에 몰락한 유고슬라비아의 스파이처럼 코트 깃을 세운 채 3.6유로짜리 맥주를 홀짝이고 있다. 게르만 처자를 제외하고, 금일 육성으로 나눈 대화는 1분을 초과하지 않지만 때론 고독이 나쁘지만은 않은 것 같다.

그나저나, 어제 한인 교회에 갔는데, 한 여성 신도가 은혜를 받은 표정으로 다가와 "최민석 작가님 아니세요?"라고 물었다. 그리고 그녀는 "맙소사. 제가 이 교통사고의 상흔인 반창고를 볼 줄이야"라고 했다. 그녀의 얼굴은 평소엔 절대로 흥분을 하거나, 먼저 누군가를 알은체하지 않을 만큼의 지성과 수줍은 교양이 가부키 화장만큼 묻어 있었다.

왠지 독일은 작가가 대접받는 사회인 것 같다. 이에 대한 나의 분

* 이렇게 해 놓고 쓰지 않았다.

석은 다음 글(후참)에 덧붙이겠다.*

계란 수프가 나왔다.

여섯 번째 날이었다.

*

임상 실험 측정이 잘못되었나 보다.
피부가 당기기 시작했다.
결과를 맹신한 결과, 한동안 맥주와 별거해야 한다.

* 이 역시 쓰지 않았다.

$$\frac{10}{21}$$

베를린에서의 일곱 번째 밤.

이 글은 Coa(和)라는 동양 음식점에 앉아 태국식 볶음면을 기다리며 쓰고 있다.

드디어 집주인을 만났다. 정확한 나이를 가늠할 수 없는 생의 막바지에 다다른 한국 할머니였다. 그녀는 자신을 이민 1세대라고 소개했는데 1세대 이민자들이 대개 그렇듯, 험난한 삶을 살아온 흔적들이 얼굴과 육신, 그리고 겸손한 어투에서 묻어났다(1세대 이민자들은 거의 대부분 광부와 간호사로 이곳에 왔다). 나의 부친보다 나이가 많아 보이는 그녀는 시종일관 내게 '최 작가님'이라 칭하며, 깍듯이 대해 줬다. 그러면서 오늘은 집세를 받아 가야 한다며, 나를 데리고 곧장 은행으로 갔다(확실히 독일은 이민자들도 '정확하다'는 인상을 준다).

엉겁결에 따라간 은행은 다행히, VISA 카드와 협정을 맺어 원칙적으로 나의 농협 계좌에서 인출이 가능했다. 내가 '원칙적'이란 단서를 붙인 것에서 눈치챘겠지만, 이 원칙은 지켜지지 않았다. 내가 가진 직불카드와 신용카드는 모두 '승인 거절'이라는 메시지를 한국을 거쳐 독일에 있는 내 핸드폰으로 전송하며 강도 높은 인출 거부 의사를 표했다.

순간, 한국의 부친이 떠올랐다. 그는 현재 극심한 자금난을 겪고 있는데, 문제는 이미 십여 년 전에 사업을 크게 실패한 전력이 있어, 현재 그가 하는 모든 금전적 거래와 경제활동이 내 명의로 되어 있기 때문이다(나는 분위기가 좋은 어느 명절날, 그의 간략한 설명을 듣고 며칠 뒤 은행에 가서 사인을 했다). 물론, 이 경제적 활동에는 대출과 보증도 포함된다. 그 탓에 나는 출국하기 며칠 전까지 아버지를 대신하여 은행으로부터 압박을 받아 왔다. 고로, 혹시나 문제가 악화되어 내 은행 계좌와 신용카드 인출 거래까지 동결된 것이 아닌가 하는 우려에 잠시 빠졌었다. 물론, 부친과는 아직도 통화 연결이 되지 않는다. 혹시나 내가 한국에 귀국하자마자 곧장 제3국으로 떠났다는 소식을 접한다면, 그건 모두 한 젊은 작가의 예술적 영감과는 상관없는 (아버지의 빚을 감당치 못해 떠난) 금전적 도피임을 알아주기 바란다.

지금 내가 바라는 것은 한국에 돌아갔을 때, 나의 월세 보증금이 온전하다는 소식을 듣는 것뿐이다.

그나저나, 며칠 전에 언급한 한국의 가야금 연주자 K양이 내 소식을 접하고 친절하게도 영어로 영화를 관람할 수 있는 극장을 알려 주었다. 벤 애플렉이 나오는 「나를 찾아줘(Gone Girl)」라는 신작을 보았는데, 기묘한 방식으로 흥미로운 영화였다. 마치 한국의 막장 드라마처럼 스토리가 전개되었는데, 지금 생각으로는 데이비드 핀처가 한국에서 아침 드라마를 연출해도 이질감이 없겠다는 예감이 들었다. 「아내의 유혹」과 「왔다! 장보리」로 한국 주부들의 심장을 쥐락펴락한 김순옥 작가와 손을 맞잡는다면 필시 기상천외한 작품이 나올 것이다.

내가 궁금한 것은 이 영화의 한국 흥행 성적이다. 지난 몇 년간 출간한 내 소설들이 연달아 세상의 외면을 받으며 나의 예술적 취향과 지향점에 대해 스스로도 실망하였는데, 만약 이 영화가 한국에서 좋은 반응을 얻는다면 나에게도 완전히 희망이 없는 것은 아니리라(부디 50만은 넘길……).

그간 숫기가 없어서 함께하지 못했던 연구실 사람들과 드디어 점심을 먹었다. 총 7명이서 함께 먹었는데, 특기할 만한 점은 이곳에 온 이래 사상 두 번째로 독일 음식을 먹었다는 것이다.

야채를 갈아서 만든 팬케이크였는데, 먹어 보니 호박전이었다. 핫소스를 찍어 먹으니 과연 이게 독일 음식이 맞나 싶을 정도였다. 김혜자 선생이 '음. 그래. 이 맛이야' 할 만큼 한국의 맛이었다(역시 독일 음식은 소시지다).

건강한 기운을 스스로 배양하기 위해 닷새째 조깅을 하고 있다. 오늘 아침에는 조깅을 하다 서점에 들러 필립 로스의 소설을 샀다. 『Dying Animal』이란 작품인데, 조금 읽어 보니 『은교』랑 비슷한 것이었다. 『은교』보다 더 노골적이고 관능적이었는데, 묘한 기품이 있었다. 필립 로스의 소설은 처음인데, 도입부에서부터 무척 흥미로우면서도 건방지다는 느낌을 받았다. 건방지다는 것의 의미는 주인공이 작가 자신 같으면서도, 주인공의 이름을 빌려서 자신의 자랑을

하는 듯한 (그러나, 명백한 자기 자랑은 아닌) 분위기가 우기의 아침 안개처럼 두껍게 깔려 있기 때문이다.

돈을 받지 않고 꾸준히 글을 쓰는 게 실로 몇 년 만이다.

고독은 현재 진행형일 때는 처참하지만, 과거 완료형일때는 낭만적일 수 있다.

자발적인 이 일기가 그 낭만의 증거가 되길 바란다.

일곱 번째 날이었다.

*

집주인이 방문했을 때 김치를 들고 왔는데, 그녀는 "혹시 김치를 드시나요?"라고 물었다(마늘 냄새 때문에 싫어하지 않느냐는 게 요지였다).

나는 '2년 정도 이태원에서 살았는데, 김치는 잘 먹습니다'라고 하려다, 꾸벅 절하며 "감사히 먹겠습니다!"라고 했다.

독일은 이민자도 마늘 요리를 조심한다는 인상을 준다.

10

22

베를린에서의 여덟 번째 밤.

이 글은 냄비에 밥을 안쳐 놓고 쓰고 있다. 애초에 귀찮은 조리 행위는 내 인생 계획에 없었으나, 어제 집주인 할머니가 주신 김치를 한 입 베어 문 순간, 나도 모르게 김혜자 선생처럼 "그래! 이 맛이야"를 외치며, 냄비에 쌀을 붓고 있었다. 냄비에 밥을 하는 건 中學生 때 보이스카우트 수련회 같은 행사에 참여했을 때, 아니 중학 교과과정 中 실과 시간에 배운 밥 짓기 실습 이후 처음인 것 같다. 나는 이 감격적이고 경이로운 순간을 위해 본능적으로 투명한 냄비 뚜껑을 택했다. 지금 이 기록을 남기며 냄비 안의 쌀이 열정적으로 끓어오르는 광경을 주시하고 있다. 밥이 끓는 소리는 대지를 울리며 진군하는 게르만 전차의 소리 같으며, 밥이 지어지는 향기는 기억도 나지 않는 엄마 배 속의 포근한 품내 같다.

현재 시각 21시 09분, 내가 가진 반찬은 김치와 계란, 그리고 독일산 소시지가 전부다. 하지만 내 안으로 들어오기 위해 몸을 한껏 발아(發我)하는 이 쌀들의 팽창 과정을 지켜보는 기대감만으로도 내 구강의 아밀라아제와 뇌 속의 아드레날린은 필요충분조건에 도달했다. 인터넷을 쓸 수 없는 지금, 나의 기억은 26년이라는 시간을 거슬러 냄비 밥에 필요한 시간이 '센 불 5~7분', '중간 불 5분', '약 불 4분(아니, 센 불 10분이었나)'이라 적힌 교과서의 한 페이지를 더듬고 있다. 아니, 그런 건 상관없다. 나는 미스터 초밥왕에 버금가는 직관적인 조리왕이니까. 이미 투명 냄비 뚜껑을 집는 순간, 나는 육감을 따라 밥이 지어지는 모양을 보며 불의 세기를 내 수하에 놓기로 결정한 것이다. 흡사 햇살 좋은 봄날의 개미 땅구멍처럼 흰 쌀밥 안에 숨구멍이 나 있다.

저것은 내 지친 게르만 생활을 씻어 줄 생명수가 흐를 수로이자,
고통과 고독을 흘려보낼 하수구이자,
희망의 싹이 움터 나올 배양로이다.

아, 그대는 나의 쌀밥.
그대는 나의 희망.

흰옷을 입은 그대는 나의 천사.
나는 흰옷을 입(고 싶)은 백의민족.

게르만 전차 소리와 함께 백의종군하며 나의 부엌에 당도한 그대는 이 밤의 나이키.
알려 주진 않았지만, 나는 주인집 할머니의 이름을 알 수 있다.

그녀의 성은 '나' 씨요, 이름은 '이팅 게일'인 것이다.
(다시 말하자면, 그녀는 과거 간호사로 추정되는 이민 1세대다.)

쌀도 '나' 여사께서 기증한 것이다.

그녀는 고독한 나의 백의의 천사.

여덟째 밤이었다.

이 글은 학생 식당에서 함박스테이크를 먹고 난 후, 통일 한국에 대해 생각하며 쓰고 있다.

방금 연구실 동료인 알렉산더로부터 내가 독일에 대해 얼마나 무지한지 확인할 수 있었다. 간단히 안부나 물으려고 그의 연구실에 들렀는데, 뜻하지 않은 독일 역사 강의를 듣게 됐다. 우연찮게 벽에 걸린 지도를 보고 "어, 독일 지도다"라고 하니, 그가 "아, 이건 통일 전이라, 여기 동·서독 국경이 그려져 있어"라고 하는데, 그 국경이 내 예상과는 전혀 다르게 그어져 있는 것이었다.

사실, 나는 레지던스 국가로 줄곧 이탈리아를 생각해 왔기에 독일에 대해 전혀라 해도 좋을 만큼 무지했다. 이전에도 독일에 관심을 가져 본 적이 없다(이탈리아를 포기한 건, 선배 작가가 방문을 신청한다는 이야기를 들었기에 괜한 심사 경쟁을 하고 싶지 않아서였다). 어찌 됐건, 조금 전까지 나는 '베를린 장벽'에 대해서만 알고 있었기에 단순히 베를린의 어느 선을 기점으로 독일이 동·서독으로 나뉜 줄 알았는데, 그것은 맞기도 하면서 틀리기도 한 말이었다.

결론만 말하자면, 베를린은 지정학적으로 완벽히 동독에 속해 있었다. 즉, 베를린 시내 전체가 과거 동독이라는 국가에 둘러싸여 있었던 것이다. 그리고 베를린 시내를 동서로 양분하여 그중 서쪽만 서독에 속한 것이었다. 한국식으로 말하자면, 현재 평양 시내의 남쪽 땅만 남한인 셈이다.

어째서 이런 일이 가능했느냐면, 2차 대전을 승리했던 영·미·프 동맹과 소비에트는 패전국인 독일에 주둔하게 되었고, 이들은 사상에 따라 각자 주둔 지역을 나누게 된 것이다. 서쪽 땅은 영·미·프가 가져가 서독이 되었고, 동쪽 땅은 소련이 차지해 동독이 되었다(여기까진 너무 잘 알려진 이야기).

그런데, 문제는 독일의 수도였던 베를린이었다. 베를린은 소련이 가져간 동쪽 땅에 있으니, 영·미·프 동맹은 수도를 소련이 가져가는 건 불공평하다며 수도를 반으로 가르자고 했다. 2차 대전이 끝난 지도 얼마 되지 않았고, 일·독·이탈리아와의 전쟁을 위해 한때 손잡았던 국가들과 충돌을 피하고 싶었던 소비에트는 결국 베를린의 서쪽만 반 뚝 떼어 서독으로 인정해 줬다. 그리하여 베를린 시내의 서쪽을 커다란 장벽이 둘러싸게 되었는데, 이게 바로 베를린 장벽이다.

이 베를린 장벽에 둘러싸인 동독 속의 서독은 3개의 큰 고속도로로 진정한 서독과 연결됐다. 하나는 '함부르크', 다른 하나는 '하노버', 그리고 마지막 하나는 '뮌헨'(현재의 팔레스타인을 생각하면 된다. 그래서 어떤 이들은 과거 '서베를린 생활'이 감옥 같았다고 회상한다). 간단히 말해, 한국이 분단될 때 미국이 어떠한 회유책을 써서 소련에게 평양 시내 남쪽은 '남한'으로 하자고 한 것이다. 더 흥미로운 사실은 당연히 '정치적 망명'을 꾀하는 이들이 있었다는 사실이다.

흥미롭다고 말하기엔 좀 애처롭지만, 영화 「쇼생크 탈출」처럼 자신의 집 밑바닥에 은밀하게 '터널(땅굴)'을 판 것이다(이에 대해선, '본' 시리즈를 연출한 그린그래스 감독이 「터널」이란 영화로 만들 작정이란다). 그런데 굉장히 많은 이들이 이 땅굴을 팠기 때문에, 과거 동독 경찰들은 땅에 측량 기구를 대고 땅이 파헤쳐지는지 소리를 들었다고 한다. 그러기에 망명자들은 목숨을 보전하기 위해 가능한 한 깊게 땅굴을 팠는데, 문제는 베를린 시내는 지하 12미터 지점에 지하수가 흐른다는 점이었다.

그리하여 너무 깊게 파면 물을 만나서 땅굴이 허물어지고, 너무 얕게 파면 경찰에 잡혀가는 아이러니를 겪고, 또 너무 오래 파다 보면 공기도 통하지 않고, 체력도 쇠하여 죽게 되는 또 다른 아이러니를 겪었다.

게다가 황당한 건, 땅굴을 파다 보면 어느 순간 벽이 허물어지면서 광명이 비치는데, 그건 다른 이의 땅굴과 만났기 때문이라 했다. 갑자기 멀쩡하던 베를린 시내의 도로가 붕괴되는 일도 발생했는데, 그건 모두 땅굴을 너무 많이 파는 터라 지하에서 서로 만나고, 이를 피해 다시 새로운 터널을 파다 보니 결국 도로가 견디지 못한 탓이라 했다.

더 새로운 건 베를린 시내를 관통하는, 즉 동·서독을 통과하는 전철이 있었는데 이는 동독 측에서 운영하는 것이었다. 하여, 서베를린 거주민들은 "공산당에게 좋은 일을 시켜 줄 수 없어!"라며 끝까지 서독 측이 운영하는 버스만 고집했다 한다. 그러다 보니 버스는 미어터지고, 결국은 서독 측에서 운영하는 거의 같은 노선의 지하철이 탄생했다.

즉, 같은 코스를 두고 땅 위로 다니는 전철은 동독이, 땅 밑으로 다니는 지하철은 서독이 운영한 셈이다. 그리하여 지금도 베를린에는 좀 과하다 싶을 만큼 많은 노선의 지하철, 버스, 전철이 혼재되어 있다.

역시 역사를 알아야 도시를 이해할 수 있다.

약속이 있어 일기를 빨리 마쳐야겠다.

실은 어젯밤에 '나' 여사의 집으로 저녁 초대를 받아 방문했다. 훌륭한 독일 맥주와 독일 소주, 그리고 돼지고기를 대접받고, 한국 반찬도 듬뿍 받아 왔다. 새롭게 알게 된 사실은 이 도시의 역사와 무관치 않게, 나 여사의 남편과, 식사 자리에서 알게 된 원로 이민자는 베를린에서 진보적 사회운동을 해 온 인사였다는 점이다(새 인물은 전태일 기념 사업회 독일 지부장이었다).

첨언하자면, 한자로 베를린을 '백림(伯林)'이라 불렀고, 그 탓에 동베를린은 '동백림(東伯林)', 서베를린은 '서백림(西伯林)'이라 하였는데, '동백림 사건'도 바로 여기서 따온 이름이라 했다(동백림 사건은 중앙정보부가 동베를린에 대규모 간첩단이 있다며, 한인 관련자를 무려 203명이나 조사하였지만, 그중 단 한 명도 간첩으로 인정받지 않은 사건을 말한다. 이는 박정희 정부가 1967년 6·8 총선 때 부정선거를 치르고 이에 관한 시위가 확산되자 이를 무마하기 위한 조작 사건으로 평가받는다. 아울러, 시인 천상병도 동백림 사건에 연루되어 옥고를 치른 뒤, 고문 후유증으로 음주와 기행을 일삼아 기인으로 불렸다고 한다).

이들은 황석영 작가가 베를린에 체류했을 당시에도, 홍세화 선생이 파리에 체류했을 때에도 교류를 하며 지내 왔는데, 호칭을 '황구라', '홍세화 이놈'이라고 할 정도로 하대했다.

유일하게 백기완 선생만 '선생'으로 표현했다. 그런 분이 내게 '최선생'이라 존대하며 오늘 있을 출판기념회에 함께 가자 하니 도저히 거절할 수 없었다. 다름 아닌 세월호 침몰에 대해 비판적인 기사를 독일 신문에 썼다가 한국 문화원장으로부터 압력을 받은 한국 출신 독일인 기자의 출판기념회란다.

약속된 시간이 되어 이제 그곳으로 간다. 왠지, 베를린 한인 사회의 중심으로 깊게 들어가는 느낌이다. 무수한 첩보 영화들이 머릿속에서 지나간다.

땅굴을 파는 심정이다.

아홉 번째 날이었다.

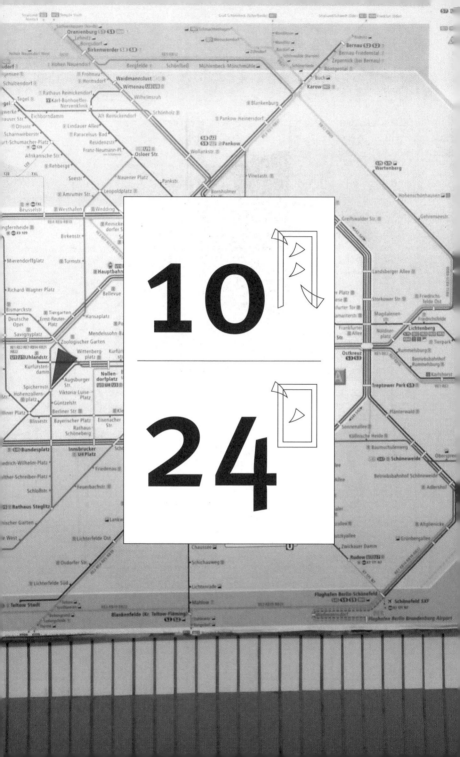

이 글은 음악회를 보고 난 후, 귀가하는 지하철 안에서 쓰고 있다.

방금 온몸에 '나는 슈퍼 게르만 게이다'라고 씌어 있는 두 명의 남자가 탔다. 어째서 알 수 있느냐면, 머리끝부터 발끝까지 얼굴을 제외한 모든 신체 부위를 검은 가죽으로 덮고 있기 때문이다. 가죽 경찰 모자(벗으면 채찍이 나올 듯하다), 검은 가죽 재킷(안주머니에서 쇠붙이 '징'이 박힌 몽둥이가 나올 듯하다), 검은 가죽 바지(낭심에 엄청난 육체적 흉기를 소지한 듯하다)에 검은 가죽 장화를 신고 있으며, '혹시나 우리가 게이가 아니라고 오해하면 안 돼!'라는 듯이 둘다 한쪽 귀에만 귀고리를 커플로 끼고 있다. 뭐랄까, 독일 전차 군단 게이랄까.

위풍당당하게도 양손을 가죽 바지 주머니에 찔러 넣은 채, 차 칸에 기대어 딱딱한 독일어로 대화하는 모습은 흡사 (보지도 못한) 롬멜 장군 같은 느낌을 준다. 게이는 섬세하고 예민한 감성의 소유자라는 나의 편견을 말끔히 씻겨 주는 게르만 게이다(확실히 독일은 게이도 강인하다는 인상을 준다).

그나저나 방금 내가 지하철을 반대로 탔다는 걸 깨달았다. 객차가 어둠 속의 터널에서 멈추기에 버튼을 눌러 문을 열고 내리니, 차장이 '너 여기서 뭐하냐?'라는 느낌의 독일어를 외쳤다. 그래서 "나는 독일어를 못한다!"라고 외치니, 그는 "나는 영어를 못한다"고 영어로 답했는데, 내가 웃질 않자 "그냥 여기 있으면 다시 반대 방향으로 갈 것이다"라고 영어로 답해 줬다.

일기를 쓰다가 또 종점까지 온 것이다.

10분 뒤에 출발한단다.

성북역에서 20분 뒤에 출발하는 용산행 열차에 탄 채 일기를 쓰는 심정이다.

지나친 사색은 일상의 속도를 따라갈 수 없게 하는데, 그렇다고 이 일기가 깊은 사색의 증거물은 아니다. 다시 한 번 말하지만, 내 깊은 사색의 결과물은 오로지 개인적 만족을 위해 비공개로 하기로 결정했다.

오늘 본 음악회는 비록 한인 사회라는 작은 공동체에 맺힌 열매였지만, 투입 자원 대비 산출 결과는 유대인들이 울어 버릴 만큼 풍성했다(베를린에서 음대를 다니는 이들이 많아서인가?). 남자 네 명이서 한때 유행했던 3 테너스를 능가하겠다는 듯 목청을 울렸는데,「푸니쿨리 푸니쿨라(Funiculli Funiculla)」를 들을 때엔 로마의 폼페이 원형 극장에 있다는 느낌도 들었다.

내가 유일하게 부를 수 있는「오 솔레 미오(O Sole Mio)」도 이들이 불렀는데, 후렴 부분을 놀랍게도 돌림노래로, 그것도 한 명이서 한

파트를 길게 끌어 부르면 그사이 다른 한 명이 합류하고, 이렇게 둘이서 약간의 시차를 두고 한 부분을 길게 끌면 마지막 한 명이 합류하여 마침내 화음이 폭발할 즈음, 모노톤으로 함께 'O Sole Mio'를 외쳐 대는 것이었다.

플라시도 도밍고와 파바로티, 호세 카레라스가 모노톤으로 '헛살았어'라고 외칠 만한 목청과 울림통이었다. 마침 공연을 본 건물은 약간 뾰족한 아치 돔 형태로 지어진 상당히 오래된 유럽식 교회였는데, 그 탓에 공명이 일어나 혹시나 누군가 두성음까지 뱉었다면 스테인드글라스에 새겨진 열두 제자의 육체에 금이 가 땅에 떨어질 지경이었다. 역시 가장 위대한 악기는 신이 만든 인간의 몸이라는 울림통이었다. '시와 바람'의 메인 보컬로서 협연을 하려다가 한·독 양국 간의 외교를 생각해 묵묵히 박수만 쳤다(실제로 다수의 독일인들이 참석해 있었다).

일기의 문장을 손보다가 내려야 할 역을 또다시 지나쳤다.

클래식의 묘미에 젖어, 정신을 차리지 못하는 열 번째 밤이다.

10

25

이 글은 동백림의 밤안개에 젖어 공백인 상태로 쓰고 있다.

우연인지 어제 만났던 게르만 게이 커플을 다시 만났다. 그들은 내가 환승한 역에서 무언가를 외치며 걸어가고 있었다. 아마 '우린 사랑해! 하루 종일 붙어 다닌다고'라는 뜻일지도 모르겠다. 나랑 동선이 겹치는지 언제 다시 만나면, '구텐탁' 하며 안부라도 건네야겠다.

밤에 할 일이 정말 없다. 오늘은 사람과 대화를 10분 정도 나눴다. 물론, 띄엄띄엄 나눈 대화를 합산한 시간이다. 3개월이 지나면 비사회적이고 폐쇄적인 인간이 되어 있을지도 모르겠다(독일인의 음울한 표정을 지으며……).

해를 본 시간이 몇 시간 되지 않는다. 독일인들의 농담이 왜 재미없고, 이들의 어투가 왜 딱딱하고, 왜 맥주만 마셔 대는지 알겠다.

다 날씨 탓이다.

믿기 어렵겠지만, 이제야 서머타임이 해제되어 한국과 시차가 한 시간 더 벌어졌다. 나는 한국보다 8시간 뒤처진 과거에 살고 있다. 모국에서 더 멀어진 느낌이다.

밤은 깊어져 가고, 낮은 사랑처럼 오지 않는다.

열한 번째 밤이었다.

*

왜 유배 문학이 탄생했는지 알 것 같다.

10

26

이 글은 일요일 아침에 조깅을 한 후, 커피를 마시면서 쓰고 있다.

이곳에서는 일요일 아침이면 예배당 종소리가 잔잔하게 울려 퍼진다. 누구도 시끄럽다고 불평하지 않고, 종소리가 누군가의 일상을 방해할 만큼 크지도 않다.

이것이 기독교의 (원래) 모습이다.

한국에서 유럽의 기독교는 망했다는 소리를 자주 들었는데, 이곳에 와 보니 한국에서 성공한 것은 양적 성장이고 세상과의 관계와 질적 성장에는 실패한 것 같다.

쓴소리를 하니, 다시 쓴 커피를 한 잔 더 마시고 싶다.

이 글은 일요일 아침에 쓴 마음으로, 두 잔째 쓴 커피를 마시며 다시 쓰고 있다.

어제 드디어 내가 응원하는 야구 팀이 플레이오프에 진출했다. 그로 인해 한국에서 200만 원을 조금 넘게 주고 사 온 3개월짜리 유레일 패스 1등석 티켓과 친구가 쓰라며 준 동유럽의 호텔 체인점 바우처가 대기 중이다. 현재 야구를 가장 잘 볼 수 있는 공간은 와이파이가 젖과 꿀처럼 흐르는 나의 연구실밖에 없다. 이 에덴동산을 두고, 바빌론이나 애굽의 광야로 가서 와이파이를 찾는 무지를 범할 순 없다. 11년 만에 제대로 된 가을 야구를 볼 수 있게 됐는데, 하필이면 독일에 있다니(그나마 방송사가 해외 중계를 막지 않아 다행이다).

내일 학과장과 점심 식사를 하기로 했는데, 야구 시간이 겹쳐서 어떻게 하면 약속을 취소할 수 있을까 고민 중이다. 영수 씨*와의 만남은 솔직히 고백한 후 연기했다. 영수 씨는 독일인인지라 가을 야구가 어떤 의미인지 전혀 이해하지 못하는 눈치로, 소시지를 먹었다. 나도 소시지를 먹으며, "그러니까 챔피언스리그 결승에 헤르타 베를린이 올라갔다고 생각해"라고 말하니, 그는 단칼에 "그건 절대 불가능하다"고 했다. 그러니까, 내 말이. 불가능했던 일이 일어난 거란 말이야. 이 게르만 소시지만 그만 처먹고 내 말 좀 들어 봐!라고 말하진 못하고, "중요한 게임이란 말이야. 내 말은"이라고 했다. 왜 독일인들은 야구가 아닌 소시지를 택했을까.

내 속에 나도 모르게(야구를 좋아하는) 미국인의 피가 흐르는가 보다. 미국까지 해저터널을 파고 싶은 일요일 아침이다.

그나저나, 집세 문제는 잘 해결했고, 아버지의 금전 문제는 해결되지 않았다.

열두 번째 날이다.

---

* 담당 조교가 여행에서 늦게 돌아와, 한국계 조교로 담당자가 다시 바뀌었다.

이 글은 한인 식당에서 육개장을 먹고 난 후 쓰고 있다.

방금, 이때까지 기록한 일기의 날짜와 이 일기의 요체라 할 수 있는 '며칠째 날이었다'의 날짜 계산이 잘못된 걸 알았다.* 어쩐지 내가 처한 상황처럼, 뭔가 맞아떨어지지 않는 게 닮아 있지만 '날짜조차 계산하지 못하다니! 이러니 호구 짓을 하고 다니지' 하는 자책감이 뇌에서 온몸으로 전달되어 알알이 박히고 있다.

한국에서 휴대폰 배터리 소모량이 너무 심해, 친한 희태 형의 권유로 A/S를 받으러 갔었다.

"어, 보험 가입하셨네요?"라고 하기에 "네" 했더니, 그럼 "보험 처리 하시죠. 새 단말기 드릴게요"라고 해서 그러자 했다. 그리고 고장 원인에 뭘 쓸까 하다가 "최근에 기기 떨어뜨린 일 있으면 쓰세요"라고 해서 교통사고 난 일을 썼더니, 결국 보험 처리가 되지 않았다. 엉겁결에 그 자리에서 내 돈 30만 원 이상을 주고 새 전화기를 들고 왔다(교통사고는 특별 대상이라, 교통사고 보험회사와 함께 심사를 해야 한다 했다).

어제 국제전화로 오랜 대기 끝에 통화를 해 보니, 휴대전화기 값은 교통사고를 담당하는 보험회사로부터 받아야 한다는 응답을 들었다. 이 말을 전하는 상담원은 마치 보이스 피싱을 하기 위해 길림

* 이후에 고쳐 쓴 관계로, 이 책에는 날짜가 바르게 정정돼 있다.

성에서 막 도착하여 '아, 나도 아직 한국에 적응 안 된단 말이에요'라는 어투로, 그리고 '아, 나도 이 상황이 이해 안 된단 말이에요'라는 어투로 말했다. 그리하여 교통사고 보험 담당자와 통화해 보니 (그는 사고로 나를 만나긴 했지만, 이렇게나마 작가인 나를 만난 게 무척 영광이며, 큰 행운이라 했다. 하지만), 자신은 '대인 담당자'이며, '대물 담당자'는 자기 회사의 하청업체 직원인데, 보험회사 특성상 '과실 적용'이 중국집의 단무지처럼 달려 나올 것이니, 심사가 통과되더라도 '일부만 지급될 것'이라는 비보를 알려 줬다. 물론, 이는 내가 예상한 바 그대로였다.

그는 몹시 안타깝다는 듯이 정해진 대사를 읊었는데, 나 역시 그 대사를 동시에 읊을 수 있을 정도로 예상한 바대로였다. 마치 교육 방송의 외국 학자 인터뷰를 한국어 더빙으로 얹어서 동시에 들려주는 속도로 말이다. 자본가들이 구축한 시스템은 언제나 내 예상을 벗어나지 않는다. 왜 슬픈 예감은 틀린 적이 없나. 전경련 회의에 초대를 받아 "최 선생, 한 말씀 하시죠"라고 의장이 청한다면, 나는 "이 나라를 살 만하게 할 수 있는 비책이 있는데, 그건 이 자리에 계신 여러분들이 생각하고 바라는 바 그대로, 그것을 반대로 행하는 것입니다!"라고 말하고 싶지만, 당연히 이럴 기회는 오지 않을 것이다(나도 그래서 하는 말이다).

주말에 프랑크푸르트에 가겠다고 '을'에게 전화를 하니 '재독 경제인 모임'이 있다며, 나의 방문을 거절했다(방금 경제인 모임에 참석

할 유일한 기회가 내 인생에서 사라졌다). 경제 모임을 위해 타국 만리에서 '자원방래한 유붕'을 만류하다니, 이 땅의 물질주의가 우정까지 가로막는 시대에 나는 고독하게 살아가고 있다.

베를린에 온 뒤 오매불망했던 한식당에 찾아와 배를 채웠는데, 기쁘지 않다. 신해철의 죽음 탓일지 모르겠다.

베를린 시민들은 지하철역 안에서 담배를 피운다.

연기가 망자의 살아 내지 못한 날들처럼 공기 속에 흩어진다.

열세 번째 밤이다.

10
—
28

이 글은 태국 식당에서 이름 모를 덮밥을 먹고 난 후, 쓰고 있다.

어제 대흥기획 사보에 보낼 원고를 썼다. 스마트폰 시대에 소설가로서 소설에만 매달려 사는 것이 과연 생존 가능한 방식인지 의문이 들어, 앞으로 몇 년간은 주는 일을 가리지 않고 모두 하며 되는대로 살기로 했다. 내게 일을 주는 모든 이들에게 감사를 표한다. 자본주의의 꽃이라 불리는 광고를 만드는 이들의 사보에 쓴 이 글 또한, 나의 쌀이 되고, 술이 되고, 전기세가 될 것이다.

신해철의 죽음을 통해 다시 확인한 사실이지만, 현대사회에서 예술가는 죽었을 때에야 사람들의 일상으로 진정하게 초대받는 것 같다. 이는 과거에도 그러했지만, 현대에는 더욱 그러한 것 같다. 물론, 그렇다 해서 그것이 누구의 잘못은 아니다. 모두가 낭만과 예술에 곁눈조차 둘 틈 없이 황망하고, 경망한 시대에 살고 있다.

나 역시, 언젠가 죽음을 맞이하면, 그때야 회자될지 모르겠다. 그때에는 아마 극소수만이 회자할 수 있을 것이다.

나는 항상 당장 죽어도 후회가 없는 삶을 살아야겠다고 생각했기에, 지인들의 편의를 위해 유서를 미리 써 두었다. 그건 졸저 『청춘, 방황, 좌절, 그리고 눈물의 대서사시』에 장엄하게 적혀 있다. 매년 유서를 개정하기로 했으나, 올해 판은 아직 고치지 못했으므로 개정판을 작성할 때까지는 일단 굉장히 열심히 살기로 했다. 혹시나 개

정판을 작성하지 못했는데도 내가 사고를 당한다면, SNS에 나를 추모하는 아름다운 글로 도배하는 그런 비자본주의적인 행동은 삼가고, 그저 『풍의 역사』를 사 주길 바란다.

이 소설이야말로 내 피와 살로 쓴 것이다. 그리하여 내가 떠난 후에 나의 유족인 아버지에게 인세가 간다면, 그도 살아생전에 다시 자신의 이름으로 된 통장을 가져 볼 수 있을 것이다. 그것이 나를 추모하는 길이다.

48일 전 나는 교통사고를 겪으며 인간의 목숨은 유리잔처럼 한순간에 산산조각이 나 버릴 수 있다는 것을 극히 일부로나마 맛보았다. 그러기에 살아 있는 동안 자신이 경험하고, 느끼고, 생각한 바를 기록하고, 나누고, 무엇보다 자신의 생에 남겨진 길을 기쁨을 찾아 떠나는 지도로 만드는 것이 얼마나 중요한지 매 순간 느끼고 있다.

이 일기는 그런 차원의 기록이다.

동시에 그런 의미에서 오후 6시가 되었을 때, 연구실을 박차고 나와 지하철을 타고 기억을 더듬어 밤거리를 헤맨 후 신라면을 한 아름 샀다. 유서를 개정하기 전까지 세상 부럽지 않게 씩씩하고 즐겁게 지낼 수 있을 만큼, 아시아 각국의 식량들이 두 봉지에 듬뿍 담겨 있다.

밤은 일찍 오고, 그 밤은 길다. 이곳에서의 나의 일상 대부분은 어둠이 차지한다. 그렇다 해서 이 일상을 거절할 순 없다.

때로 일상은 살고 싶은 대상이 아니라, 살아 내야 하는 대상이다. 하지만 때로 그 일상이 다시 살고 싶은 대상이 되기도 하기에, 살아 내야 하는 오늘을 무시하지 않으려 한다. 소중한 날로 이어지는 다리는 필시 평범한 날이라는 돌로 이뤄져 있을 것이다. 보잘것없는 돌 하나를 쌓은 밤이다.

필요한 날이었다.

열네 번째 날이다.

이 글은 동백림을 탈출하는 야간 열차에서 쓰고 있다.

나는 원래 상당한 명필이지만, 객차가 흔들리는 관계로 글씨 역시 흔들리고 있다. 그렇다 해서 내 마음이 대동아전쟁이라는 명분 아래 징집당하는 소년병 마음처럼 흔들리는 건 아니다. 나는 찬바람만이 가득한 비정한 밤거리에서도 코트 깃을 세운 채 고독을 만끽하는 백림의 남자니까.

쓰고 나니 마음이 흔들렸던 것 같다.

역시 사람의 안색은 거울을 봐야 알 수 있듯, 글쟁이의 마음은 손으로 쏟아 봐야 알 수 있다(점점 나 자신을 모르겠다). 하지만 내가 아는 것이 단 한 가지 있으니, 그것은 바로 이 게르만 대지를 모두 데우고도 남을, 횃불처럼 타오르는 문학적 열정이요, 참세상을 향해 용암처럼 끓어오르는 개혁 의지, 라 하고 싶으나 이런 건 사라진 지 오래다(역시 나를 모르겠다).

방금 기차가 드레스덴에 정차했다. 아, 이곳은 먼저 간 나의 미국 동지 커트 보네거트가 나치의 포로가 되어 연합군의 공습을 경험한 후, 전쟁의 비참함을 예술로 승화시킨 소설 『제5도살장』의 배경 도시가 아니던가!

그 탓인지 한 도시를 폭격하고도 남을 시간 만큼, 기차는 정차해 있다.

독일 기차는 1등석이지만 의자가 젖히지 않는다(역시 독일은 여행자도 군인처럼 정자세로 앉는다는 인상을 준다).

비록 4시간 40분 거리의 인근 도시이지만 프라하도 명색이 외국이건만, 유레일 패스가 있다 하니 보자는 말도 하지 않고 "다음!"을 외친다. 나는 다급히 "안 돼요! 오늘이 최초 개시일이라 도장을 찍어 줘야 해요"라고 첨언했는데, 이때의 내 표정이 대동아전쟁에 끌려가기 싫다는 소년병의 그것과 비등했는지, 역무원은 '음. 전쟁에 끌려가기 싫단 말이지' 하는 표정으로 내 여권과 유레일 패스를 보더니 도장을 찍어 줬다(역무원의 육안에는 '인증'으로 비칠 테지만, 나의 심안에는 '면제'로 비칠 만큼, 간절한 것이었다. 그녀의 도장 없이 기차를 탔다면, 몇 배의 과징금을 물어야 했다. 프라하로 가는 기차 안에서는 졸음도 허락하지 않을 만큼 검표를 자주 했다).

반면, 베를린 시내에서는 지하철이건, 전철이건, 검표를 하지 않는다. 아예, 표를 집어넣는 개찰구가 없다. 사람들은 알아서 표를 사고, 알아서 표를 버린다. 가난한 자가 눈 딱 감고 무임승차를 해도 뭐라 할 사람이 현실적으로 없는 셈이다(제도적으로는 역무원이 검표를 할 수 있다). 그러나 나는 한 달 동안 버스, 지하철, 전철을 맘껏 탈 수 있는 정기권을 78유로를 주고 사서 쓰고 있는데, 검표원을 만난 적은 한 번도 없다. 누군가는 이를 두고 약자를 위한 배려라 했는데, 그럴 수도 있겠지만 내 추측으로는 여기에 'Que Sera Sera(될 대로 되라지)'식의 구라파 사고방식과 자잘한 노동을 귀찮아하는 이들의 욕구가 은밀히 덧대어진 것 같다(명분도 좋고 말이다).

방금 눈동자가 맑은 독일 여성이 내게 "맥주도 안 마시면서 무슨 여행을 하느냐"고 해서, 해외 맥주 중 가장 싫어하는 버드와이저를 한 병 샀다. 체코의 버드와이저(그녀는 '부드바이저'라 발음했다)라 그런지 미국의 것만큼 끔찍한 맛은 아니다. 마시는 동안 버드와이저는 체코가 오리지널이란 걸 알았다. 필리핀의 산 미구엘을 진탕 마시다. 스페인에서 산 미겔(산 미구엘의 원발음)을 보고 경악한 심정이다.

그나저나, 어제 아시아 마켓에 가니 'HITE'를 아사히, 칭따오와 같은 가격에 팔고 있었다. 한국의 맥주 회사는 정말 뻔뻔한 것 같다. 소설가로서는 배울 덕목이다.

사실, 오늘 일기를 쓴 이유는 이렇다.

아침에 눈을 떴는데, 불현듯 '이렇게 계속 살 순 없어!'라는 생각이 들었다. 음식은 맛이 없고, 날씨는 음울하고, 만날 사람은 전혀 없는데, 이렇게 죽음이라는 종점을 향해 소진되는 나의 24시간이 아까웠다. 그래서 나는 아침에 눈을 뜨고 '그래. 오늘은 프라하에 가야겠어'라고 결심한 것이다.

그리고 지금 나는 프라하로 가는 기차 안에 있고, 싸구려 '부드 바이저' 탓인지 필체도 흐려지고, 마음도 적당히 느슨해져 기분이 좋다.

아무런 계획도 없다.
갈 곳도 없고, 만나야 할 이도 없다.
내게는 오직 종착역만이 있을 뿐이다.
첫 여행이 시작되었다.

열다섯 번…… 아니, 인생의 어느 하루일 뿐이다.

건배!

베를린을 탈출한 이틀째.

이 글은 '스타로프라멘'이라는 기상천외하게 부드러운 체코 생맥주를 마시며 쓰고 있다.

맥주의 나라 독일에서 의외로 거품에 탄산이 많아 흥미를 잃어버렸는데, 체코의 거품이 이리도 부드럽다니, 며칠간은 버틸 수 있을 것 같다. 12년 전 일본에서, 그리고 10년 전 크로아티아에서 생맥주를 처음 마신 느낌이다. 체코 맥주는 병맥주만 마셔 왔지 生으로 마신 건 처음인데, 거품이 잘 녹은 아이스크림처럼 부드럽고 남극의 빙하처럼 녹지 않은 채 오랫동안 버텨 주고 있어서 흐뭇하다.

어젯밤 프라하에 도착한 후, 줄곧 도시의 인상이 좋다. 택시 기사도, 숙소 직원도, 베트남 식당의 주인도 모두 미소를 머금고 친절히 맞아 준다. 밤늦게 짐을 푼 뒤 할 일이 없어 숙소 옆 바에 들렀는데, 재즈 공연이 펼쳐지고 있었다. 2천 원짜리 싸구려 와인을 한 잔 받아 들고 자리를 잡으니, 연령을 초월한 멤버들의 잼 공연이 수차례 이어졌다. 피아니스트는 백발이 무성한 초로의 신사였고, 기타리스트는 유럽인이라는 게 무색할 만큼 단신의 청년이었고, 브라스는 도대체 어디서 만났는지 공통점이라고는 찾아볼 수 없는 남녀 혼성 나발쟁이들이었다.

나치의 공습을 피하기 위해 게토 안에 은밀히 파 놓은 지하 땅굴

같은 곳에서, 그들은 담배를 물고 연주하고 있었다. 연주자들의 손
가락에서 뿜어져 나오는 선율과 입에서 나오는 담배 연기에 취해, '인
생의 백분의 일쯤은 탕진해도 좋겠다' 싶은 밤이었다. 비틀스가 선
원들의 험담을 들으며 연주했던 함부르크의 선술집도 이런 곳이겠
지(그곳에도 가 봐야겠다*).

　방금, '베프로 크넬로 젤로'라는 체코 전통 음식이 나왔다. 푹 삶
은 돼지고기 껍질을 살짝 굽고, 식초와 설탕에 절인 배추를 곁들여
먹는 음식이다. 미슐랭이 기겁할 만큼 별스러운 내 입맛에도 나쁘지
않다. 책자에는 덤플링과 함께 먹는다고 소개되어 있어 '설마 만두
랑 먹는단 말이야' 하고 기대했는데, 찐빵이었다. 그런데 이 찐빵이
맥주 거품처럼 부드럽다.

　아침에는 「미션 임파서블」 본편에서 톰 크루즈가 뛰어내리던 '카
를 교(Charles Bridge)'에 다녀왔는데, 생각보다 걸인이 너무 많았다.
청년 노인 할 것 없이 추운 날씨에 모두 바닥에 바짝 엎드린 채 두 손
을 내밀어 구걸하고 있었다. 프라하에 온 유일한 목적이었던 이 아
름다운 다리 위에서 예상치 못한 광경을 맞닥뜨린 내 마음은 발아래
강물처럼 어두워졌다.
　수많은 관광객이 걸인들을 일상적으로 외면하고 기쁨에 젖어 기
념사진을 찍고 있었다. 믿기 어렵겠지만 20대 초중반에 줄곧 강남

* 이렇게 결심해 놓고, 가지 않았다.

에서 살았는데, 당시 압구정동의 한 대형 교회 정문 앞에 엎드린 걸인을 외면한 채 예배드리러 가는 무수한 성도들이 떠올랐다. 그들은 예수를 만나러 가면서 예수가 말한 "가장 낮은 자에게 한 것이, 나에게 한 것이다"라는 말을 잊은 것일까. 그 말이 나를 괴롭혀 주머니 안의 모든 돈을 길 위의 예수들에게 드리고 왔다.

카를 교는 다신 못 갈 것 같다. 해가 길을 데워 주는 시간에는 특히. 영화 「미션 임파서블」의 풍경과 너무 다른 현실에 울음을 줄곧 참았다.

생각보다 체코인의 생활이 풍요롭지 않은 것 같다. 숙소를 제외한 물가가 예상보다 훨씬 낮다. 나보다 나이가 약간 많아 보이는 한 남자가 주변을 살피다, 거리에 떨어진 담배꽁초를 털어 주머니에 넣었다. 서울에서 평소에 치르는 값의 반, 혹은 1/3을 치르고 먹고 마셨다.

어쩌면 나는 이곳에서 부자일지도 모르겠다. 전혀, 기쁘지 않았다. 순간 "왜 독일은 맥주가 싸느냐?"라는 내 질문에 대한 학과장의 대답이 떠올랐다. "맥줏값이 비싸지면, 노동자들이 들고 일어나요!" 노동자들이 행복해졌으면 좋겠다. 땀의 가치가 다이아몬드보다 빛난다는 진실이 이 세상에도 통용될 수 있으면 좋겠다. 그럼에도, 프라하는 살고 싶을 만큼 아름답다. 흔한 수사지만, 슬프도록 아름다운 도시다.

하루를 더 묵기로 했다.

열여섯 번째 날이다.

이 사진은 한 박물관에 전시된 사진을 찍은 것이다. 이름을 기억할 수 없는 그 사진가에게 감사를 표한다.

10
—
31

베를린(아니 서울)으로 돌아가고 싶은 첫 번째 밤.

이 글은 'Kings Wood'라는 애플 사이다를 마시며 쓰고 있다. 프라하의 미경은 이틀을 넘기지 못하고 나의 우울에 굴복했다. 동유럽이란 섬에 표류한 동양인 로빈슨 크루소의 심정이다. 유배 문학의 탄생에 이어, 유럽 작가들이 왜 그토록 고독과 절망에 천착해 써 왔는지 내 몸의 모든 세포와 뉴런과 촉수가 처절히 이해하고 있다.

프라하의 물가가 싸다는 것 역시 내 무지의 소산이었다.

(역시 세계를 맥줏값만으로 판단해선 안 된다.)

숙소에서 샤워를 하다가 샤워 부스에 팔이 닿았다. 독일인이라면 숙취 상태로 샤워 부스 안에 들어갔다가, 나체로 몸이 끼어 아사할 크기다. 애정의 도피가 아니라면, 프라하에 다시 올지 모르겠다. 한국을 떠난 후, 처음으로 베를린에 돌아가고 싶은 (어처구니없는) 밤이다(물론, 한국에는 줄곧 돌아가고 싶었다. 베를린에서 와이파이가 안 될 때부터). 내가 귀찮아했던 인류의 모든 존재에게 뒤늦은 사과와 경의를 표한다.

고독을 잊기 위해 비트겐슈타인이 기겁할 만큼 독일어 학습에 매진하기로 했다.

열일곱 번째 날이었다.(구테 나흐트!)

11

01

이 글은 프라하 '흘라브니 나드라치(Hlavni Nadrazi)' 역에서 분노에 젖어 쓰고 있다.

분노라 표현했지만, 사실 나는 딱히 분노할 만한 열정도, 흥분도 없는 상태다. 열차가 늦게 출발하는 진귀한 경험을 하고 있다. 아니, 아예 기차역에 진입조차 하지 않고 있다. 체코의 열차 시스템은 약간 의아한 구석이 있는데, 표를 끊어도 승차장 번호를 알려 주지 않는다.

티켓에 플랫폼 번호가 없어서 "기차는 어디서 타란 말이오!"라고 물어보니, "위층"이라고만 답한다. "아니, 승차장 번호 같은 건 없소?"라고 하니, "노" 하기에 승차장에 가 보니, 번호가 상당히 많은 것이었다. 하여 다시 매표소로 돌아가 "아니, 승차장 번호가 중공군처럼 많지 않소!"라고 하니, "아, 출발 20분 전에 모니터에 뜬단 말이오. 선생 건 벌써 10분 연착이오" 하는 것이었다. 물론, 나는 이미 흥남부두에서 손을 놓쳐 버린 막내 누이 찾는 심정으로 무수한 승차장 사이에서 충분히 헤맸으며, 그사이 기차를 놓칠까 초조해져 버려 그만 급히 소변을 보려는데 '어허, 자네 신체의 노폐물을 쏟아 내려면 돈을 내야지! 우리가 아직도 사회주의 하는 줄 아나' 하는 표정의 자본주의 25년차 아주머니에게 1400원을 내고, 오줌까지 되는대로 눈 후였다. 하여 다시 모니터 앞으로 달려가니, 수많은 독일인들이 흡사 대학 합격자 명단을 확인하러 온 전두환 정권 때 수험생처럼 전광판 앞에 몰려 분통을 터트리고 있는 게 아닌가.

이유인즉슨, 내가 매표소에 다녀오는 사이, 기차가 또 20분 연착했다는 비보가 이들의 동공을 강타한 것이었다. 동방의 불확실한 나라에서 온 나는 당황하지 않고, '하하. 그럼 이참에 그간 못 먹은 풀이나 좀 뜯어 볼까' 하여 남은 체코 화폐를 모조리 샐러드 구입에 탕진하며, 내장을 풀 죽은 야채로 채우고 있었는데, 그사이 또 10분 연착이라는 비보가 게르만족들을 3차 공습했다. 그러자, 역내는 웅성이기 시작하더니 하나둘씩 배낭을 베개 삼아 흘라브니 나드라치 역 바닥에 벌러덩 눕기 시작하였다. 그 모습은 뭐랄까. 마치 '이건 도이칠란트에서는 상상도 못할 일이야'라는 풍의 묵언 시위 같은 것이었는데, 또 이들이 히피족의 후예들인지 이 와중에 아디다스 저지를 입고 흘라브니 역 바닥을 뒹구는 모습이 그리 자연스럽고, 어울리지 않을 수 없는 것이었다. 개중에 한 소년은 소심한 듯하지만, 분명 강직한 어조로 낮게 혼잣말을 중얼거렸는데, 그것은 독일어를 모르는 내가 듣기에도 "정확한 독일! 정확한 독일!" 뭐, 이런 풍의 느낌이었다.

기차가 40분 연착한다는 최종 메시지가 전광판에 추가 합격자 알림처럼 뜨고 승차장 번호가 마침내 빛을 내며 반짝이자, 어디선가 박수 소리가 터져 나왔다. 그러자 바닥에서 뒹굴던 아디다스 청년도, 전광판을 실향민처럼 바라보던 아주머니도, "정확한 독일"을 외치던 소년도 합심하듯 일제히 캐리어 바퀴를 끌고, 육중한 발걸음 소리를 내며 승차장으로 향했으니, 그 모습을 보는 순간 나는 그만 '아아, 이래서 전차 군단이구나' 하며 고개를 끄덕이고 말았다.

나는 이제 돌아간다. 맥주가 슈프레흐으에(여전히 발음이 어렵다) 강물처럼 흘러다니고, 시간이 칸트처럼 지켜지며, 실수라고는 사전에 없는 단어처럼 돌아가는 곳으로!

자, 진군하자. 나의 게르만 친구들이여. 뜨겁게 맞아 다오. 베를린의 소시지여.

열여덟 번째 날이었다.

*

참고로 열차는 부다페스트에서 출발해, 프라하와 베를린을 거쳐 함부르크까지 가는 노선이었다. 헝가리 열차였다니. '우리 자본주의 한 지 얼마 안 됐단 말이야' 하는 인상의 객차를 보는 순간, 모든 게 이해됐다.

11

02

이 글은 지하철을 잘못 타 30분을 헤맨 후 지친 마음으로 텅 빈 객차에 올라 쓰고 있다.

백림인들이 왜 생면부지의 사람과 눈이 마주쳤을 때 즉각적으로 눈웃음을 짓고, 왜 연애를 시작하자마자 동거를 하고, 왜 아직도 시와 소설을 읽으며, 왜 작은 공동체의 행사에까지 먼 곳에서 달려와 주는지 알겠다. 이들은 모두 외롭다. 누구라도 베를린의 겨울 속에 한 시간만 있어 본다면, 내 말을 이해할 것이다.

유럽의 건물이 대개 그렇듯, 내가 사는 아파트도 오래돼서 수압이 약하다. 때문에 보슬비처럼 떨어지는 샤워기 물로 단비를 맞이하는 사막인처럼 감격에 젖어 씻는다. 하지만 온수는 꼭 2~3분마다 30~40초씩 나오지 않아, 냉기 속에서 물에 젖은 나체로 온수를 기다리길 반복하며 샤워를 한다. 한국에서 5분 걸리던 샤워를 최소 20분씩 하고 있다. 매일 샤워에만 적게는 40분, 길게는 한 시간씩 쏟아붓고 있는 셈이다. 만약 샤워에 소요되는 시간을 소설로 전환할 수 있다면(1h×90days=90시간), 장편소설 두 권의 초고를 끝낼 수 있을 것이다.

유럽인들이 왜 눈인사를 하고, 즉각 동거를 하고, 시와 소설을 들고 다니고, 사소한 모임에 모이는지 알겠다. 이들은 춥고 외로운 것이다.

방금 전철이 내가 내려야 할 역을 정차하지 않고, 지나쳤다. 어쩔 수 없이 다음 역에 내려 다시 거슬러 가는 중이다.

이제는 왜 어떤 노선은 안내 방송이 안 나오는지, 왜 어떤 역은 안 서는지, 왜 한 승차장에 여러 노선의 열차가 번갈아 들어와 사람을 헷갈리게 만드는지, 의아하지도 궁금하지도 않다. 그냥 이곳의 시스템은 이해의 대상이 아닌 것이다.

유럽인들의 눈인사와, 동거와 문학 사랑과 대소사 챙기기의 이유를 구체적으로 알겠다. 이들은 춥고, 외롭고, 지하철 시스템에 지친 것이다.

어제부터, 혼잣말을 시작했다.

학원은 내일부터 개강이다.

열아홉 번째 날이었다.

11

03

이 글은 서기 이천십사년 시월 이십구일,

즉 지난주 수요일에 끓여 놓은 된장찌개와 먹다 남은 식은 밥을 '어. 내일이면 상할 텐데' 하며, 근검절약 정신에 입각하여 물을 직관적으로 붓고 적당히 데워 후루룩 짭짭 맛있게 비벼 먹은 후, 샤워를 하고 나서 쓰고 있다.

한 조선인이 있다.

그의 이름은 '양경종'. 그는 신의주 출신으로, 일제강점기에 강제 징병을 당해 일본 군복을 입고 '노몬한 전투'에 참전했다. 그리고 역사가 말해 주다시피, 전투에 패배한 그는 소련군의 포로가 된다. 한데, 소련군은 당시 병력이 모자라 포로에게까지 군복을 입혀 싸우게 했다(물론, 그들의 요구를 따르지 않을 경우 죽음이 뒤따랐다). 하여, 조선인 양경종은 소련 군복을 입고 2차 대전에서 독일군과 싸우다가 이번에는 나치의 포로가 된다. 그가 포로로 잡힌 곳은 바로 지금의 우크라이나.

어제보다 샤워를 할 때 찬물이 더욱 오래 나왔다.

러시아의 나치 포로수용소에 갇힌 심정이다. 조선인 양경종만이 나를 이해할 것이다.

조선인 양경종을 포로로 잡은 나치는 그를 또 한 번 총칼로 위협하여, 이번엔 독일 군복을 입게 한다(이 일화가 바로 영화 「마이웨이」의 모티프가 됐다). 그리고 역사가 증언하듯, 그가 독일 군복을 입고 최종적으로 발견된 곳은 바로 프랑스의 노르망디였다. 연합군이 기울어져 가던 승기를 잡고, 전세를 역전시킬 수 있었던 '노르망디 상륙작전'으로 유명한, 바로 그 노르망디 말이다. 혹한과 포로 신세에서 가까스로 벗어나 따뜻한 프랑스 남부로 왔던 조선인 양경종은 예상했다시피, 또 한 번 포로가 된다. 이번엔 미군의 포로였다.

찬물로 샤워를 마친 뒤, '그래, 이쯤이야 뭐. 내게는 이틀 전 거금 50유로를 주고 충전한 와이파이 카드가 있잖아! 자, 이걸로 기운 내자고' 하며 인터넷 창을 열었을 때, 깨달았다. 내가 쓸 수 있는 모든 데이터는 이미 노트북 자동 업데이트로 날아가 버렸다는걸. 이 와중에 보안 프로그램 자동 업데이트까지 완료돼 있었다.

포로에서 풀려났다가, 다시 포로가 된 조선인 양경종만이 내 심정을 이해할 것이다.

스무 번째 날이었다.

이 글은 그저 내가 집에 무사히 더칙했다는 안도감에 쓴다.*

오늘은 학원을 개강한 이틀째다.

나는 이탈리아, 프랑스, 스페인 친구들과 저녁을 함께 했다. 모두가 실업자였다.

그들은 모두 어렸고, 모두 가난했다.

나는 이차와 삼차를 샀고, 전철이 끊겨 택시를 타고 왔다.

택시비는 서울에서 수원까지 가는 비용 이상이 나왔지만 나는 친구를 사그귀었다.

모두가 나를 좋아했다.

Tonight everyone liked me

구것이 전부다.

* 부끄럽지만, 이 글이 이날 일기의 원문이다. 당시의 분위기를 생생히 전달하기 위해, 오탈자를 수정하지 않았다.

나는 취햌ㅅ 쓰다.

That,s all. i am happay today.

나는 아시안 아저씨 국제 호구다.

얼마를 썼는지 모르겠다.

　내일 지갑의 잔액이 간밤의 지출과 유흥의 대가릉 말해줄겠이지만, 아이 돈 케어.

친그가 생겼다.

많이 생겼다.

심지어 택시 기사도 나를 좋아햌다.

도심에서 아우토반으로 달리자고 한 외국인은 첨 봤다고 햌ㅅ다.

스므 몇번쨰ㅜ 날이았다.

이 글은 지난밤 내 손으로 한심한 기록을 직접 남겼다는 자책감에 젖어 쓰고 있다.

어제 마지막 자리에 클래스 메이트의 친구인 알렉스가 합류했다. 결혼을 했었고, 지금은 세 아이를 혼자서 키우고 있다는 그는 취했는지 이런 말을 했다.

"사람들은 모두 변해. 그렇다고 남을 탓할 수도, 나를 탓할 수도 없어. 단지 우리는 그때마다 자신의 best version으로 변하면 되는 거야."

worst version이 되고 난 다음 날, 숙취와 수치 속에 이 말이 떠올랐다.

스물두 번째 날이었다.

이 글은 모두가 퇴근한 연구실에 혼자 남아 빌리 조엘의 「And so it goes」를 들으며 쓰고 있다.

밥벌이는 지엄하고 수학 공식처럼 에누리 없이 삶에 적용되기에, 한국에 보낼 원고를 온종일 썼다. 지난 19개월간 연재를 해 온 영화 칼럼인데, 쓸수록 어려워진다. 대다수의 독자들이 내가 별생각 없이 글을 쓰는 줄 아는데, 사실 나는 아무 생각 없이 글을 쓴다. 그러기에 오늘 짧은 원고를 하나 쓰는 데 하루 종일 걸린 것이다(게다가 배까지 고파져 더 어려워졌다).

무얼 써야 좋을지 떠오른 생각이 전혀 없었는데, 한참 뒤에 떠오른 유일한 생각은 독일엔 정말 소시지밖에 먹을 게 없다는 것이었다. 그 와중에 강하게 드는 의문은 '어째서 화장실 사용료(1유로)보다 맥줏값(마트에선 0.7유로)이 더 싸느냐'는 것이었다. 이런 결론은 좀 극단적이지만, 산술적으로 보자면 내 오줌값이 독일의 맥줏값보다 비싼 셈이다(참고로 터키에서의 내 오줌값은 300원, 프라하 외곽에서는 400원가량 했다). 여하튼 고마운 것은 소시지와 화장실 사용료에 대한 고민밖에 없는 내게 원고를 부탁하는 관후한 이들이 있다는 것이다(세상에는 이와 같은 맥락에서 유니세프가 존재하는 것이다). 아시아나 항공의 기내지였는데, 겨울 여행에 대해 써 달라고 했다. 부디 주제가 소시지와 화장실 사용료 쪽으로 흘러가지 않도록 각별히 유의해야겠다.

간만에 가족과 통화하여, 안부를 주고받기도 전에 내 명의로 된 부친의 부채 문제가 여전하다는 사실을 깨달았다. 교통사고로 인한 얼굴의 상처가 검게 변색되어, 수술이 불가피해졌다. 사고 난 지 50일이 지났지만, 아직도 왼손으로 문을 열지 못한다. 팔굽혀펴기도 (당연히) 못 한다. 그러고 보면 나는 참 낙관적인 사람이다. 이게 다 머릿속이 소시지와 합리적인 화장실 사용료에 대한 고민으로 가득 차 있기 때문이다. 어느새 한국에서 선물받아 들고 온 수첩을 다 써서, 새로 한 권 샀다.

그리고 강사 사정으로 휴강을 한 오늘, 학원 '친구'들이 약속이나 한 듯이 셋이나 동시에 '뭐하느냐'며 연락을 해 왔다. 게다가, 오늘은 지하철에서 우연히 아는 사람까지 만났다. 그는 내게 지갑을 잃어버렸다고 하소연했는데, 이방인인 내가 그를 위로해 주다 보니 어느덧 베를리너가 된 느낌이었다. 돈은 필요 없느냐고 물으니, 필요 없다고 했다. 단지 누군가에게 말하고 싶을 뿐이라 했다.

외롭고 답답한 베를리너들끼리 이야기를 꺼내고 이야기를 들어주는 스물세 번째 밤이었다.

이 글은 18시간째 생활의 의욕을 잃어버린 채 삶의 깊은 허무와 절망 그리고 이방인으로서의 슬픔에 젖어 쓰고 있다.

오늘 사건을 계기로 뒤돌아보니 관광이 아닌, 체류 목적으로 내가 외국에서 지낸 곳은 미국, 일본, 태국, 캐나다였는데, 그곳에서는 단한 번도 미용실에서 머리를 자른 기억이 없다. 왜냐하면 나는 미국 미용실에 갔다가 눈물을 흘리며, 월마트에 가서 제 손으로 '바리깡'을 사와 삭발하는 녀석들을 꽤 보았기 때문이다.

일본에서는 무려 석 달 동안 머리를 한 번도 자르지 않았고, 태국과 캐나다에서는 한두 달쯤은 그럭저럭 기르고 다녔다. 미국에서는 유학생 중 '이발병' 출신이 꼭 있기 마련이라, 이 이발병 출신 학생이 하루 정도 날을 잡아 한인 교회에 모여 학생들의 머리를 깎아 주는 마치 '독거노인 이발 봉사' 같은 훈훈한 장면이 연출되기에 그런대로 버틸 수 있었다(물론, LA처럼 한인 사회가 거대한 곳에는 노련한 한인 미용사가 있지만, 나는 그런 곳에 머문 적이 없다).

그 탓인지 약 16개월간의 일본과 미국 생활을 정리하고 한국으로 돌아온 2003년, 내가 가장 먼저 한 일은 바로 '신뢰할 수 있는 미용사'를 찾는 것이었으니, 당시 이대 앞 은하미용실이라는 역사와 전통의 미용 명가에서 독야청청 '절대수지(絕對手指)'의 자리를 지키던 '닉키' 선생을 만난 후, 11년간 그와 인연을 유지하며 한 미용사만을 고집하고 있다(그사이 그는 두 번 자리를 옮겼고, 가정을 꾸려 현재는 일산에서 개인 미용실을 운영하고 있다). 지난 11년간 '닉키' 선생 외에 그 누구에게도 내 머리카락을 맡긴 적이 없었으니, 베를린에 오기 전에 가장 먼저 떠오른 생각이 '아. 이제 두발은 어쩌란 말인가!'였다.

(닉키 선생은 떠나기 전 나를 걱정하며 말했다. "서양인은 머리카락이 강아지털처럼 얇고 부드럽지만, 동양인 머리카락은 뻣뻣하고 힘이 좋아 서양인 미용사들은 힘 조절을 못해요." 이 대사는 나중에 상당히 중요한 역할을 한다.)

아니나 다를까. 지난주 특강을 위해 한국학과 사무실에 방문하니, 문화예술위원회에서 제작해 준 내 소개 자료 속 사진을 보고 김 교수가 "선생님! 사진 속 모습이 훨씬 낫네요. 머리만 자르시면 될 텐데……" 하는 것이었다. 물론, 나는 그것을 알고 있었지만, 영수 씨(한국인 조교)와 여타 모든 사람들에게 물어봐도 미용실에 관해서는 다들 고개만 절레절레 흔들 뿐이니, 정보가 없어서 못 깎고 있던 차였다. 내 사정을 설명하자, 김 교수는 나를 보더니 "좀 비싸도 괜찮겠어요? 잘하는 데가 있는데" 하는 것이었다. 나는 "아니. 지금 자칫하면 스티븐 시걸 되게 생겼는데, 돈이 문제입니까! 집 한 채 값만 아니라면 상관없습니다"라고 대답을 했고, 김 교수는 책상 서랍 깊숙한 곳에서 마치 무림 고수들의 비법서를 꺼내듯이 명함 한 장을 꺼내는 것이었다.

"베를린 필하모니 동양인 단원들의 머리를 잘라 주는 미용사인데,

예약 손님만 받아요. 제 이름 대시면 잘라 주실 겁니다. 꼭 제 이름 대야 해요."

나는 소수에게만 허락된 비밀 시가 클럽의 초대장을 받은 것처럼 들떠서 명함을 바라봤는데, 마침 베이지색으로 코팅된 명함은 학과 사무실 창으로 들어오는 햇살을 받아 청초히 빛나고 있었다. 명함에 적힌 상호로 구글에서 검색을 해 보니, 상당히 고급스런 건물 속에서 미용사들이 환하게 웃고 있었으니 '이 정도면 필하모니 단원이 아니라, 동양인 영화배우도 잘라 주겠군' 하는 생각까지 들었다. 영수 씨에게 부탁을 해 예약을 하고, 날짜가 다가올수록 베를린의 패셔너블한 젊은 녀석들을 보며 '기다려라. 자식들. 나도 곧 합류한다'라며 기대감을 쌓아 가고 있었으니, 하루 전날에는 행여나 늦을까 봐 일찍 잠자리에 드는 첫 소풍 전날의 초등학생처럼 만반의 준비를 갖추었던 것이다.

그럼에도 불구하고 혹시나 패션에 무감각한 사람으로 비쳐 대충 잘라 주지 않을까 하는 불안감을 떨쳐 낼 수 없었다(실제로 무감각한 편이지만, 그렇다고 삭발의 수순을 밟고 싶진 않았다). 하여, 이런 일을 대비해 들고 온 더블린에서 산 영국제 구두와, 마찬가지로 아부다비에서 산 핑크색 셔츠까지 꺼내 단장을 했으니 내가 보기에도 '음. 이 정도면 헤어스타일에도 신경 쓰는 사람으로 보이겠군' 하기에 이르렀다.

무슨 전조인지, 마침 철도 노동자들이 파업을 하기에 전철이 늦게 와 나는 빛나는 명함을 꺼내 들고 늦는다고 전화를 했는데, 예상 외로 수화기 속 목소리의 연륜이 너무 깊고, 영어를 거의 못 하는 것이었다. 약간 불안하였지만, 나는 오히려 '상당한 경력자에다가, 언어가 필요 없을 만큼 한눈에 알아보고 자르는군!' 하고 생각하기로 했다.

하여, 구글 지도에 의존하여 목적지에 도착했는데, 나는 약간 당황을 하고 말았다. 예상과 달리 굉장히 작은 업소인 데다가, 두 명의 할아버지 이발사가 금요일 오전의 햇살을 느긋하게 받으며 휴식을 취하고 있었다. 게다가 손님마저 70대 노인과 비슷한 연령의 할머니 한 명이 있었으니, 구글을 검색하여 나온 이미지와는 너무나 판이한 것이었다(다시 확인해 보니, 구글 속 이미지는 프랑스 파리에 소재한 동명의 업소였다).

게다가, 이 할아버지 이발사의 영어 실력은 통화를 했을 때보다 더욱 형편없어 옆 동료에게 하나하나 물어 가며 나와 의사소통을 했는데, 그 와중에 안심이 됐던 것은 머리를 감겨 주는 그의 세심한 손길, 그리고 컨디셔너까지 발라 주는 배려에 나는 그만 '아아. 속세를 떠난 무림의 숨은 고수구나!' 하고 느끼고야 말았다. 더욱이 동료의 도움을 받아 가며 내게 어떻게 자르고 싶은지 장장 15분간 설명을 들으며, 이해를 하는 그 정성에 감복을 받았으니 역시 '필하모니 동양인 단원을 담당하는 이는 다르구나!' 하고 느꼈다.

앞머리, 옆머리, 구레나룻, 심지어 뒷머리의 볼륨과 윗머리의 길이까지 우리는 백분 토론에 버금가게 대화를 나눴으니, 나는 이 노련한 독일 경력자에게 머리를 맡기고 안경을 벗었는데, 문제는 내가 지독한 원시라 안경을 벗으면 심봉사가 된다는 것이었다. 이 와중에 다시 드는 불안감은 그가 자꾸 머리카락을 '자른다'는 느낌이 아니라, '끊는다'는 느낌을 받았는데, 그는 뜬금없이 내게 "학생이냐? 교수냐?" 하고 묻는 것이었다. 나는 "학생도 교수도 아니고, 김 교수의 소개를 받은 이유는 내가 이곳에 온 방문 작가이기 때문"이라 했고, 그는 이 말 역시 동료의 통역을 통해 이해했다. 그러더니 "작가? 인터뷰? 신문? TV?" 하며 연달아 질문을 퍼부었는데, 말인즉슨 그럼 가끔씩 신문에 인터뷰도 하고, TV에도 나가냐? 뭐, 이런 걸 묻는 것이었다. 나는 설명하기 귀찮아 대충 "뭐, 그렇다"고 했는데, 이때부터 할아버지는 손을 떨기 시작했다.

그러고 약 40분 동안 '자르는 행위'가 아닌, '끊는 행위'를 했으니, 나는 안경을 쓰고 난 후 베를린에 오고 나서 가장 깊은 이방 민족의 서러움을 겪어야 했다. 이 와중에 팁까지 챙겨 주고 어쩔 수 없이 웃음을 지어 보이니 할아버지는 자신의 커팅 실력에 만족했는지 내게 "Gut? Gut?(좋아? 좋아?)" 하고 물어보고, 나는 예의상 "Gut" 하고 대답하니, 전화번호를 적어 달라는 것이었다. 회원 카드를 만들어 준다고.

석 달 있으니, 두 번은 더 자를 수 있겠다고…… 다음에 오면 한식

집 주소도 알려 주겠다고…… 그리고 빠지지 않는 말……"오. 셔츠 맘에 드네…… 아…… 구두도 맘에 드네……."

알아요. 알아. 다 잘 잘라 달라고 하기 위한 제스처였는데 말이에요.

아무것도 하기 싫다. 정말 아무것도 하기 싫다.

스물네 번째 날이었다.

한국에서 길 때.

한국에서 짧을 때.

자르기 직전, 기대감에 젖어……

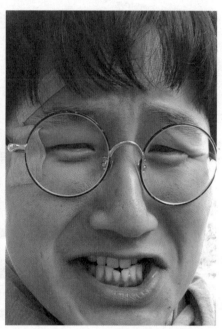

게르만 두발 참사 직후. 싫다. 정말 싫다. 다 싫다.

이 글은 식욕을 잃어버려 아무것도 먹지 않은 채 쓰고 있다.

과연 내 머리를 잘라 준 미용사가 자른 필하모니 단원의 헤어스타일은 어떠할까. 필하모니가 빚어내는 소리 중 심금을 울리는 슬픈 가락이 있다면, 그것은 그의 심경이 반영된 선율이 아닐까. 과연 그도 나처럼 한 송이의 버섯이 되어 이 외롭고 답이 없는 베를린 거리를 헤매고 다닐까. 마음 같아선, 유튜브에서 필하모니 연주 영상을 모두 찾아 그의 헤어스타일을 확인하고 싶지만, 내가 쓸 수 있는 인터넷 데이터는 지난 월요일에 모두 날아가 버렸다.

조선인 양경종과 필하모니 동양인 단원만이 내 심정을 이해할 것이다.

그럼에도 生은 살아야 하는 대상이기에 고민 끝에 앞머리를 모두 넘기기로 결정했다. 105세인 내 정체를 숨기고 30대인 척하며 살아온 나로서는 노화가 진행된 이마에게 실로 몇십 년 만에 햇빛을 쬐게 해 준 것이다. 숱이 줄어든 장면 내각 이후로 머리를 뒤로 넘기지 않은 나로서는 가히 동학운동에 비견할 만한 혁명을 단행키로 한 것이다. '초코송이'로 사느니, 나무가 듬성한 산으로 사는 게 나을 것이다.

生은 살아야 하는 대상이기에 지하철을 타고 외출을 하니, 꽤 많은 독일 청년들이 앞머리를 세운 채 다니고 있었다. 이때껏 모바일

데이터 확보에만 몰두했던 인터넷 중독자여서 몰랐지, 오늘 보니 이것이 베를린 스타일이었던 것이다. 게다가 그들은 한결같이 검은 가죽 재킷을 입고 내게 눈웃음을 건넸다! 그것은 패션 무식자인 내 눈에도 몹시 따뜻해 보이고, 세운 머리와 절묘한 조화를 이루고 있었다. 베를린 청년들이 앞머리를 세우고 가죽 재킷을 입는 이유는, 실은 이들 모두가 춥고 외로운 '인간 송이'였던 것이다.

조선인 양경종과 필하모니 동양인 단원 외에 인간 송이 베를린 청년들도 내 심정을 이해할 것이다.

나는 새삼 '아, 이것이 진정 필하모니 동양인 단원의 두발을 담당하는 경력자의 선견지명인가!' 하며 감탄하였다.

하여, 나도 가죽 재킷을 사 들고 집에 왔다.
(비행기 탑승 시부터 시작한 호구 짓을 완성한 느낌이다.)

점원이 "Gut! Gut!(좋아요! 좋아요!)"를 연발하였기에 기분이 좋았는데, 집에 와서 입어 보니 작아서 어깨가 아프다.

스물다섯 번째 날이었다.

11

09

이 글은 우연의 중요성에 대해 생각하며 쓰고 있다.

그저께 두발 참사를 당한 후 한식으로 허한 마음을 달래려고 한식당으로 가다가, 문득 이곳에서 관광을 한 번도 하지 않았다는 것을 깨달았다. 하여 학원 선생이 꼭 가 보라고 한 '브란덴부르크 문' 역에 하차를 했다. 알고 보니 브란덴부르크 문은 베를린장벽 검문소가 있던 곳이었다. 군인과 외국인, 서베를린인들이 비자를 발급받아 엄격한 감시하에 동서독으로 다니던 통로였던 것이다.

수백 명의 동베를린인이 이 검문을 피하려다 목숨을 잃었다(탈출을 시도한 이는 5천 명가량이고 그중 100~200명 정도 목숨을 잃었다). 그런데, 마침 올해가 베를린장벽이 붕괴된 지 25주년이 되는 해였다. 독일은 결혼을 해서도 25주년이 되면 은혼식을 올릴 만큼, 25년이라는 숫자에 상당한 의미를 부여한다. 그 탓인지 브란덴부르크 문 앞에서는 25주년 특별 영상 같은 것이 상영되고 있었다. 영상 속의 동독인은 군인들을 향해 "자유를 달라!"며 목청이 터질 듯 외치고 있었고, 한 동독 아주머니는 자식에게 자유가 없는 세상을 물려줄 수 없어 아기를 낳지 않고 있다고 울음을 터트렸다. "사회주의는 민주주의가 없이는 불가능하며, 민주주의는 표현의 자유가 없이는 불가능하다"는 문구도 스쳐 갔다(독일의 사회주의는 경제적 사회주의를 말한다). 그런 화면이 몇 차례 지나가고, 수십만 명의 서독인들과 동독인들이 각자의 경계 내에서 "비폭력"과 "우리는 사람이다!"라고 독일어로 외치며, 장벽을 허물자고 주장하는 시위 영상이 나왔다.

군인들은 이런 증언을 했다.

"우리는 모든 형태의 시위를 막을 준비를 했지만, 촛불과 단지 기도만 하는 행위에 대해서는 전혀 막을 준비가 되어 있지 않았다."

그들은 시위하는 군중을 당황한 채 바라봤다. 그리고 동독의 공산당 대변인이었던 '군터 샤보프스키'가 기자회견을 하는 장면이 나왔다. 당시에는 느슨해진 헝가리 국경을 넘어 동독을 탈출하는 이들이 급속도로 늘어났다. 하여, 동독은 이로 인한 '체제 붕괴를 염려하여' 동독인의 여행 허락에 대한 새 법규를 TV로 발표하고 있었다(당시 동독인들은 같은 공산국인 체코로 넘어가, 거기서 헝가리로 간 후, 마침내 느슨한 헝가리 국경을 넘어 자유국인 오스트리아로 넘어갔다. 그다음엔 물론 서독으로. 수백 명이 장벽을 넘으려다 목숨을 잃었기에 불과 몇 미터 앞의 자유를 얻기 위해 인근 3개 국가를 차례로 건너 넘어온 것이다).

나는 깜짝 놀랐다. 공산당 신임 대변인인 군터는 업무가 익숙지 않다는 듯, 아니 귀찮다는 듯, 아니 별 관심 없다는 듯, 여하튼 모든 해석이 가능한 무심하고 권위적인 어투로 '동독인의 여행 허가법'에 대해 발표한다.

"……그러니까, 이제 동독인들도 여행을 자유롭게 할 수 있습니다."

이 장면은 TV로 생중계되고 있었다.

그러자, 한 기자가 물었다.

"그럼, 그 여행법에 따라 언제부터 동베를린 시민은 서베를린으로 갈 수 있습니까?"

군터는 '아, 언제였지?' 하는 표정으로 안경을 고쳐 쓰더니, 발표문이 있는 책자를 뒤적거린다. 그러더니 무심하게 독어로 대답하는데, 영어 자막은 이렇게 쓰여 있었다.

"As far as I know……"

(글쎄…… 음, 내가 알기로는……)

그런데, 어디에도 정보가 없는지 그 책자를 계속 넘긴다. 그러다 '아, 못 찾겠다'는 듯이 확신 없이 대답한다.

"From now……?"

(뭐, 지금부터……?)

그리고 화면은 갑자기 브란덴부르크 문 뒤에 있는 검문소로 전환된다. TV를 지켜보던 수천 명의 동독 시민들이 집 밖으로 뛰쳐나왔다. 검문소로 몰려온 군중을 보고 당황한 군인에게 누군가가 말한다.

"우린 서쪽으로 갈 수 있어요! 넘어가게 해 줘요!"

우발적인 발표를 듣지 못한 군인들에게 사람들이 알려 준다.

"방금 TV에서 발표됐어요!"

군인은 당황해 동베를린 시민을 보고, 그에게 묻는다.

"얼마 있다가 올 건데?"

"글쎄? (답을 하는 이도 당황했다) ……30분만 보고 올게요!"

그렇게 한 남자가 가고, 뒤이어 온 다른 남자는 카메라를 향해 자신이 들고 있던 '통행 허가증'을 찢어 보인다. 이어 수천 명의 시민들이 검문소의 좁은 통로를 향해 웃음을 띠며 힘차게 달려가고, 군인은 어리둥절해 이들을 바라본다. 누군가 군인에게 외친다.

"이제 장벽은 필요 없어!"

수만 명의 동독 청년들이 집에 있던 망치와 곡괭이를 들고 와 제 손으로 직접 장벽을 허문다.

이렇게 25년 전인 1989년 11월 9일, 한 국가를 둘로 갈라놓았던 장벽은 시민들의 손에 의해 허물어졌다. 알고 보니, 군터가 발표한 내용은 사실과 달랐다. 여행 허가는 '지금부터'가 아니라, 다음 날부터였고, 그 역시 무제한적인 자유가 아니라 '완화된 규제'로 허락을 받고 다닐 수 있다는 것이었다. 하지만, 이미 시민들은 평화롭게 몇몇 장벽을 직접 무너뜨리고 있었고, 그 무너뜨린 장벽 사이로 줄을 지어 친척, 형제 집을 방문하기 위해 웃으며 걸어가고 있었다. 이렇게 통일은 순식간에, 우연히 이뤄졌지만, 그것은 달리 말해 가장 작은 희망이라도 놓치기 싫었던 시민들의 오랜 열망에 의해 (비록 오해일지라도) 이뤄진 것이다.

······그리하여 나도 25주년인 오늘, 과거 베를린장벽이 있었던 자리에 하얀 풍선을 빼곡히 설치해 놓은 기념행사에 참석했다. 지역한인들이 특별히 초대를 해 주어 함께할 수 있었다. 베를린 시에 미리 신청을 하여 풍선이 설치된 자리를 배정받고, 그 풍선에 자신들의 소원을 적어 일제히 하늘로 날리는 행사였다. 장벽이 있던 자리에 하얀 풍선들이 실로 묶여 있었고, 그 풍선은 신호와 함께 차례로

하늘로 올라갔다. 무슨 소원을 적었는지는 모르겠지만, 집으로 돌아
가는 길에 한 할머니는 혼자서 노래를 불렀다.

우리의 소원은 통일.
꿈에도 소원은 통일.
통일이여 어서 오라.

어떤 이에게 통일은 대박일지 모르겠지만, 이역만리에서 외롭고
고단한 타향살이를 한 할머니에게 통일은 오래된 염원이었다.
그렇게 4시간을 추위 속에서 기다려 고작 풍선 하나를 하늘에 날리
고, 지하철과 버스마저 통제된 시내에서 걸어서 집으로 가는 100만 명
의 베를린 시민들이 참으로 아름다워 보였다(베를린 인구는 350만 명
이다).

스물여섯 번째 날이었다.

11
10

이 글은 드디어 독일 음식 학세를 먹고, 밤 열한 시 십 분에 귀가 열차를 기다리며 쓰고 있다.

한국에서부터 소문을 익히 들어 온 학세를 먹어 보니, 한국 족발과 맛이 같았다. 소개해 준 유학생 경보 씨는 "아아. 이럴 리가 없는데…… 포츠담(베를린에서 30분 떨어져 있는 다른 도시)에 가면 훨씬 맛있는 가게가 있어요"라고 했다. 그래서, 토요일에 함께 차를 빌려 포츠담에 가서 마치 포츠담 정상회담을 했던 위정자들처럼, 포츠담의 학세를 먹어 보기로 했다. 유학생 경보 씨는 내 몸에 체득된 화끈함과 즉흥성에 감탄을 표했다.

이곳에 온 뒤, 너무 소설가로서의 삶과 동떨어진 일상을 보낸 것 같아 고민하던 차, 마침 한강 선배가 독일에 온다는 소식을 접했다. 이것은 우연의 결과였는데, 어느 날 내 연구실 책상 위에 누군가가 '한국 문화원'의 낭독 행사 팸플릿을 갖다 놓은 것을 발견한 것이다. 나는 팸플릿을 보며 '아니, 내가 독일에 있는데, 굳이 왜 다른 나라에 있는 작가를 여기까지 초청하는 거야?!'라고 속으로 생각했는데, 팸플릿 자료를 읽자마자 바로 수긍했다.

"Han Kang ist eine reprasentative korenishche Schriftstellerin~"
(한강은 한국의 대표적인 작가로서~)

변방 작가인 나로서는 어쩔 수 없이 고개를 힘차게 끄덕이며, '여기까지 오는데 가서 꼭 응원을 해 드려야겠군' 하고 생각했다. 물론, 내가 한국에 있을 때 문인들의 낭독회에 찾아가는 일은 없다. 하지만 이곳은 춥고 외로운 동백림이 아닌가.

선배는 갑자기 등장한 나를 보더니 놀랐지만, 전혀 놀라지 않은 예의 그 따스한 기색으로 "아니? 여긴 어쩐 일이에요?" 하며 반색했다. 다분히 한강 선배다운, 한강 선배만이 할 수 있는 환영 인사였다. 나 역시 반가운 마음에 "하하하. 이거 보려고 서울에서 왔죠!"라고 했는데, 일순 동백림의 추위마저 얼려 버릴 냉기가 우리 둘을 감싸 우리는 잠시 얼어붙은 채 어색하게 서 있었다.

선배는 나를 때릴 듯이 "베를린에 머무르고 있는 거예요? 레지던스?" 하며 단번에 모든 걸 파악했다는 듯이 물었다. 알고 보니 선배는 폴란드의 바르샤바에 레지던스 작가로 와 있다고 했다. 선배는 폴란드가 적적한 듯, "베를린에 있어서 좋겠어요. 볼 것도 많고!"라고 했는데, 나는 몹시 고독한 표정을 지으며 "헤르만 헤세가 졌다고 할 만큼 외로운 생활을 하고 있어서, 의도치 않게 매일 글을 쓰고 있습니다"라고 답했다. 오늘도 그런 이유로 낭독회까지 찾아왔다고 하니, 그녀는 문인 선배가 아니라 인생의 선배처럼 "그건 도시의 문제가 아니라, 민석 씨 개인의 문제"라며, 진정 애틋한 눈빛으로 "어서 여자를 만나야 할 텐데……"라며 지구를 걱정하는 그린피스 대표처럼 애통해했다. 알아요. 알아! 나도 어서 짝을 만나야 할텐데 말이죠.

선배를 만나고 유학생 경보 씨와 학세를 먹고 난 후, 새삼 내가 작가로서 밥을 먹고 살고 있다는 사실이 감사하게 느껴졌다. 나는 변방 작가이지만, 현재 생활에 상당히 만족하고 있다.

어제 만난 한국의 한 사진작가는 나를 이곳에서 만나게 될 줄 전혀 예상 못 했다며, 영광이라 했다(그녀는 내가 진행한 문학 라디오의 청취자였다). 경보 씨도 나를 만나 너무 반갑다며 웨이터에게 우리 둘의 사진을 함께 찍어 달라고 하면서, 웨이터에게 묻지도 않은 말을 덧붙였다.

"한국에서 온 작가예요!"
웨이터는 '뭐, 어쩌란 말이야'라는 표정으로 사진을 찍어 주었다.

한국에서는 아무도 나를 모르는데, 오히려 여기서 나를 알아보는 사람들이 있다는 사실이 참으로 신기하고 놀랍다. 독일의 문학 사랑은 참으로 애틋하고 고맙다. 책이 팔리건 안 팔리건, 하고픈 대로 하며 살 수 있다는 것에 대해, 아무런 제약 없이 쓰고픈 대로 쓰며 살 수 있다는 것이, 새삼스레 고맙고 귀히 여겨진다.

내 글을 읽어 준 모든 이들에게 감사를 보내는 스물일곱 번째 밤이다.

그나저나 오늘 수업부터 멀쩡하던 동사들이 변하기 시작했다.

지하철에서 무수히 봐 왔던 혼잣말을 하는 게르만 청년과 노인들처럼, 집에서 혼잣말을 해야 한다.

"이히 코머, 두 콤스트, 에야 콤트……."

(내가 온다. 네가 온다. 그가 온다…….)

11
11
KOL
HARNONCO
TICKET-HOTLINE
PROGRAMM UND MEHR
030 · 20 30 9 2101
konzerthaus.de/harnoncourt-hommage
PREMIUMPARTNER
50hertz
UNTERSTÜTZT VON
Wall
kulturradio

이 글은 모두 퇴근한 연구실에 혼자 남아 적막한 공기 속에 내 육신을 맡긴 채 쓰고 있다.

문자 노동자의 하루에 걸맞게 외고를 하나 썼다. 청탁한 기자에게 미안할 만큼 졸고를 써서 보냈다. 날이 갈수록 정해진 주제의 글을 쓰는 데 어려움을 겪고 있다. 돌이켜 보면 그나마 글을 잘 썼던 때는 막 데뷔를 한 직후였던 것 같다. 그때에는 나도 글을 일필휘지로 쓰고, 표현이 허를 찌르고, 그 기지와 통찰이 독자의 오금을 저리게 하여, 경이감에 젖은 몇몇 독자들은 동공이 확장된 채 내게 "선생님! 이건 정말 가보로 소장하여 대대손손 물려줘야겠어요"라고 외쳤던 것 같다. 그러므로 『청춘, 방황, 좌절, 그리고 눈물의 대서사시』*가 가장 훌륭한 작품이다. 꼭 사라는 말은 아니지만, 인격이 훌륭한 사람들은 이 책을 사서 본다는 이야기를 누군가로부터 들었다.

수업 시간에 옆자리에 앉은 온두라스 청년 다닐로가 내내 기침을 해 댔다. 그리하여 나는 그의 건강을 걱정하기보다는, 내 건강을 진심으로 걱정했다.

잠시 다닐로에게 보내는 마음의 편지.

다닐로. 나야. 민수 초이.

---

* 2016년 현재 절판 상태이지만, 2017년에 재출간할 예정이다.

너. 나랑 만날 영어로 'Hey! Hey!' 그러니까, 내가 어린 줄 알지.

나 너보다 여덟 살 많아.

난, 말이야. 뼈 부러지면 붙지도 않는 나이야.

'아저씨'라고 들어 봤어. 나 코리안 아저씨야.

걔마초, 코리안 아저씨라고.

그러니까 기침할 때는 내 쪽으로 하지 마.

다시, 일기로.

나보다 여덟 살이나 어린 다닐로 녀석이 줄곧 내 쪽을 향해 온두라스에서 발발해, 그가 스페인 생활을 하는 동안 잠복해 있다가, 마침내 베를린에 도착해서 발현된 감기 바이러스를 뿜어 대는 바람에, 나는 연구실에 홀로 있는 23시 현재, 골이 지끈거려 죽을 지경이다.

혹시, 에볼라인가?
(내가 여덟 살 많다고 했지!)

그렇다면 이 에볼라에 대한 책임은 과연 온두라스 정부에 있는가.

스페인 정부에 있는가. 아니면 퍼트린 다닐로에게 있는가. 아니면 임금의 사약을 받은 죄인처럼 기침을 해 댐에도 불구하고 그걸 뻔히 보고서도 자리를 피하지 않은 국제 호구인 나에게 있는 것인가.

요컨대, 나는 이런 고민을 할 만큼 한가하고, 사고가 이상하게 전개되는 것이다.

천재 시인 이상만이 나의 심정을 이해할 것이다.

그나저나, 지난번 대홍기획 사보에 쓴 글의 주제는 '혼자 밥 먹기'였는데, 나는 '아니. 왜, 이런 주제를 나한테 청탁한 건가!' 하며 격분했는데, 곰곰이 따져 보니 그날도, 그 전날도, 그 전전날도 혼자서 밥을 먹었단 사실을 깨달았다. 그리하여 '아니. 이렇게 맞춤 양복처럼 딱 맞는 주제가 있나!' 하며 감탄했다. 하여 수백 페이지에 달하는 논문을 쓸까 하다가 어차피 원고료는 A4 한 장 값만 줄 것이기에, 그 마음을 꾹꾹 눌러 한 장만 썼다. 그나저나 나는 그 원고에 불란서의 사상가 보드리야르의 말을 인용했는데, 그는 이렇게 말했다.

"기근보다 더 슬프고, 거지보다 더 불쌍하게 보이는 것은 많은 사람 앞에서 혼자 밥 먹는 사람이다. 세상에서 가장 슬픈 광경이다."

혼자 밥을 먹은 국가만 해도 38개국에 달하는 나로서는, 어처구니가 없었다. 만약 보드리야르가 대학원 다니던 시절, 내가 그의 학과

장이었다면, 석사학위도 주지 않았을 것이다. 아니, 학부도 낙제시 켰을 것이다. 단, 노르웨이 극작가 헨리크 입센은 이런 말을 했다.

"이 세상에서 가장 강한 인간은 고독 속에서 혼자 서는 인간이 다."

만약 내가 스웨덴 한림원장이었다면 그에게 노벨 문학상을 줬을 것이다.

불이 꺼진 텅 빈 연구실에서 혼자 있는 이 밤, 입센만이 내 심정을 이해할 것이다.

스물여덟 번째 밤이었다.

이 글은 김치찌개를 먹고 일찌감치 샤워를 한 뒤, 생강차를 마시고 침대에 비스듬히 누워서 쓰고 있다.

어제 다닐로가 세운 혁혁한 공으로 인해 예감이 좋지 않았는데, 역시나 감기 기운이 이 비루한 육신에까지 친히 강림했다.

오전 내내 머리가 아파 연구실에 나가지 않을까 했으나, 심각한 인터넷 중독자인 나는 아편 같은 와이파이의 환각을 잊지 못해 연구실에 기어코 나가 천장에서부터 내려오는 무선 인터넷 신호를 흠뻑 맞아 지친 내 영혼을 위무해 주었다.

학원에 도착하니 이 모든 사태의 원흉인 다닐로가 천진난만하게도 환히 웃으며 한 손을 번쩍 들어 나를 반겼다.

여기서 다시 다닐로에게 보내는 두 번째 마음의 편지.

다닐로. 나야. 알지. 코리안 아저씨. 개마초. 민숙 초이야.

말했지. 나는 뼈도 붙지 않는 나이라고.

혹시 살면서 언젠가 원인을 알 수 없는 불행이 너를 습격해 온다면, 그건 모두 동양의 어느 한 곳에서 너의 고통을 조용히 기원하는 누군가의 소원이 이뤄졌기 때문이야.

한국 속담엔 '뿌린 대로 거둔다'는 말이 있어. 다 네 업보야.

다시 일기로.

물론 나는 국제 호구이므로 다닐로에게 손을 번쩍 들어 보였는데, 그가 내 쪽을 향해 손바닥을 움직이기에 하이파이브까지 해 줬다.

(복수 심리를 위장하기 위한 나의 고차원적인 연극인 것을 아무도 모를 것이다.)

영국 첩보원이라는 신분을 감춘 채 소설가로 살았던 서머싯 몸만이 내 심정을 이해할 것이다.

그나저나, 나는 소싯적부터 감기 기운이 공습하면 김치찌개를 먹으며 땀을 흠뻑 흘린 후 이불을 돌돌 말고 자는 걸로 방어를 했는데, 오늘 역시 그럴 참이었다. 하여, 수업이 끝나자마자 유일하게 알고 있는 한식당으로 가려는데, 갑자기 다닐로가 내게 "어디 가. 민숙?" 하고 물었다.

"어딜 가긴 어딜 가! 너 이 자슥. 너 어. 으. 너 이…… !@#%% 에쓰빠뇰 쎄뇨르. 너 때문에 에볼라인지 감기인지 뭔지 옮아서 병원 가려는데 보험도 없어서, 대신 김치찌개나 먹으려고 하지!"라고 하려 했으나 온두라스와 스페인, 아울러 한국, 3국의 우호 관계를 염려해 뒷부분만 대답해 주었다.

그러자 뜬금없이 옆에 가만히 서서 내 말을 들은 엘레나(이탈리아
女)가 나를 따라가겠다는 것이었다. 그녀는 소시지에 몹시 지친 듯
한 표정을 하고 있었다.

그러자, 아니 '여자 친구가 동양인 아저씨를 쫓아간다는데 내가
호구처럼 빠질 순 없지' 하는 표정으로 파비오(이탈리아 男: 엘레나의
남자 친구)도 따라가겠다는 것이었다.

그러자, 이번엔 다닐로(온두라스 男: 에볼라 추정 감기 환자)가 '아
니, 내가 먼저 물었단 말이양' 하는 표정으로 자기 역시 따라가겠다
는 것이었다.

그러면서 다닐로는 일찌감치 귀가한 아드리아나(프랑스 女: 나이
미상. 주 대사 "왜 이래! 민숙. 맥주는 술이 아니야. 밥이야. 자 밥 먹어야
지?!")까지 전화를 해서 불러내는 것이었다.

이렇게 되자 한국 출신인 CJ까지 불러내지 않을 수 없었던 것이
다(본명 최진성. 시애틀 거주 미국 이민자. 특이사항: 한국 해병대를 전
역하였으며, 무슨 이유인지 현재까지 해병 비슷한 헤어스타일을 고수 중
이다).

나는 세 가지를 염려했다. 첫째는, 내가 심각한 방향치라 애굽을
탈출해 광야 생활을 40년 했던 모세처럼 이들을 데리고 40년 동안

헤맬까 봐. 둘째는, 한식 무식자인 이들이 덜컥대고 아무거나 잘못 먹고서 눈물을 폭포수처럼 흘리며 땅을 치고 후회할까 봐. 셋째는, 그리하여 혹시나 三代에 걸쳐 "사기꾼 민숙 초이를 저주하자!" 같은 문구를 가훈으로 삼을까 봐.

하여 나는 노파심에 "안 좋아할 텐데……" 하고 운을 뗐는데, 엘레나는 소시지뿐 아니라 감자에도 지친 표정으로 "정말 먹고 싶단 말이야!"라고 외치고, 파비오는 "Je~~~Bal!(제에에에에 바아아아알!: 그는 이 말을 한국어로 한다. 물론 나한테 배웠는데, 나를 볼 때마다 한국어를 하나씩 알려 달라고 조른다)" 하며 심판한테 레드카드를 받은 이탈리아 축구 선수처럼 두 손을 모아 사정하는 게 아닌가.

다닐로는 이미 "먹고 죽자! 먹고 죽자!"라고 내게 외치고 있었다. (이 말 역시 'cheers'의 한국어 속어 버전을 묻기에 내가 가르쳐 준 것이다. 물론, 의미도…….)

이리하여 총 6인의 사무라이, 아니 6인의 소시지에 지친 시식단이 춥고 외로운 동백림의 늦은 밤, 코리안 레스토랑에 방문하게 되었으니…….

나는 사진에 부착된 메뉴를 가리키며 장장 20분간 이들에게 음식 설명을 해야 했으며, 결국은 다닐로가 "아. 그럼. 아무거나 추천해 줘. 그냥 먹고 죽을게" 하는 바람에, 파비오에게는 녹두전과 군만두

를, 엘레나에겐 제육덮밥을, 다닐로에겐 순두부찌개(그래. 먹고 죽어
봐라!)를 추천해 줬다. 프랑스에서 한식을 일찍이 접해 봤다는 아드
리아는 노련하게 비빔밥을, CJ는 그보다 더 능숙하게 '돌솥비빔밥'
을 주문했다.

아드리아나(프랑스 女: 밥× 맥주○)의 비빔밥은 코리안 마초 아저
씨인 나도 다 먹을 수 없을 만큼 양이 상당했는데, 그녀는 "나는 술
배 따로 있고, 밥 배 따로 있어" 하며 다 먹어 치웠다(어찌 된 영문인
지, 그녀의 모든 대사가 아저씨 같다).

다닐로는 "후읍, 후읍" 하는 이상한 추임새를 곁들이며 국물을 음
미하다가, 나중에는 밥에 싹싹 비벼 먹더니 "어어. 이거 먹으니까 감
기가 다 낫는데" 하는 것이었다(밥이 떨어지자, 마지막엔 반찬도 없이
순두부 국물만 계속 떠 먹었다. "후읍, 후읍" 하며).

그러다 내 김치찌개를 한술 쓰윽 뜨더니 "뭐야. 이거 내 것보다
안 맵잖아. 한국 사람 아닌가 봐!"라는 만용까지 부렸다. 자칫하면
밥 먹다 말고 그 자리에서 다닐로에게 보내는 마음의 편지 세 번째
를 쓸 뻔했다.

놀라운 것은 음식을 남긴 사람이 나밖에 없다는 것이다.

한식 먹으러 간다는 말 한마디에 모두 따라나서서 행군을 마친 훈

런병처럼 싹싹 비워 내는 걸 보니, 역시 동백림에 온 이들은 유럽에서 오건, 미국에서 오건, 남미에서 오건 간에 다 춥고 외롭고 '소시지에 지친 것이다.'

어쩌면 맥주에 지친 것일지도 모른다.
이날따라 아무도 맥주를 주문하지 않았고, 아드리아나도 맥주를 마시지 않았다.

스물아홉 번째 밤이었다.

*

땀을 뻘뻘 흘리며 밥을 먹고 있는데, 다닐로가 자꾸 자기랑 파비오에게 한국 이름을 지어 달라고 했다. "이봐! 한국 속담에 '먹을 때는 개도 안 건드린다'는 말이 있어"라는 말을 마음속으로만 외치며 무시했는데, 집에 와서 생각해 보니 다닐로는 '달호', 파비오는 '판오'가 좋겠다.

다닐로(에볼라 추정 감기 환자). "순두부를 먹고
감기가 나았다"라는 기적의 신앙고백을 함.

엘레나. 한식을 먹겠다며 남자 친구를 단숨에
버린 용단을 보인 밀라노 여성.

파비오. 친구 따라 서울의 낙성대에서 열흘간
거주하며 이미 매운 음식에 장과 항문을 혹사당한
경험자. 군만두와 녹두전으로 신세계를 경험했다.
한국 문화와 언어에 관심이 많으며, 매우 짧은
한국어를 구사한다.

아드리아나. 주식: 맥주.

간식: 비빔밥.

동백림 승냥이 떼의 한식당 습격 완료 직후.

이 글은 밤늦게 집에 들어와 라면이 끓기를 기다리며 쓰고 있다.

옵스. 첫 문장을 쓰니 라면이 다 익었다.

노몬한 전쟁에 끌려간 조선인 학도병처럼 허겁지겁 먹어 치우고, 정갈한 마음으로 다시 쓴다.

이 세상에서 진정으로 이해하기 어려운 것이 두 가지 있다면, 첫째는 여자의 마음이요, 둘째는 독일어의 발음이다. 가장 간단한 독일어인 '고마워(Danke)'조차도, 어떤 이는 '당커'라 하고, 어떤 이는 '당케'라 한다. 뮌헨 역시 어떤 이는 '문천'이라 하고, 어떤 이는 '문션'이라 한다.

이런 식으로 상당히 많은 단어를 각자의 방식대로 발음하는데, 신기한 건 그럭저럭 의사소통이 된다는 것이다. 그리하여 나도 오늘 바에서 내 방식의 독일어 발음으로 주문을 했는데, 놀랍게도 알아들었다. 물론, 부가 질문은 영어로 돌아왔다(다음부턴 '독일어 하지 마!' 하는 표정과 함께).

언어는 생물과 같아서 시대에 따라 변하는 것인데, 어쩌면 베를린에는 너무 많은 외국인들이 있어서 게르만족들도 원래 자신들의 고유한 발음이 무엇이었는지 잊을 만큼 영향을 받은 건지도 모르겠다.

베를리너들이 밤마다 삼삼오오 모여서 맥주를 벌컥벌컥 마시는 것은 원주민이면서도 급변하는 고향 언어의 발음을 따라가지 못하는 스트레스 탓일 것이다.

그나저나, 학원의 유럽 친구들은 모두 베를린에 일자리를 구하러 왔다. 이탈리아에서 성악을 전공했다는 한인 교회 성가대 지휘자 역시 이곳에 일자리 때문에 왔다. 신문의 만평을 보니, 암탉처럼 묘사된 메르켈 총리가 달걀로 묘사된 스페인, 이태리, 프랑스를 품고 있었다. 독일이 EU의 주요 국가들을 먹여 살린다는 논지였다.

다닐로는 스페인이 망했다고 했다. 파비오도, 엘레나도 이탈리아에는 일자리가 없다며 '푸우' 하고 입술 사이로 헛바람을 내뱉었다. 믿었던 프랑스마저 마찬가지라며 아드리아나는 자신의 해고담을 들려주었다. 도대체 유럽에 무슨 일이 일어난 것인가. 하나, 그렇다고 해서 독일인들이 풍족한 건 아니다.

지난 일요일 베를린장벽 붕괴 25주년 행사 때, 나는 교민으로부터 독일 생활에 대해 심도 깊게 들었는데, 이들은 평균적으로 소득의 1/3을 세금으로 납부하고 있었다(고소득자의 경우 납세율은 더 높아진다). 그리고 소득의 1/3은 집세로 낸다. 결국 남는 것은 소득의 1/3이다. 그러므로 웬만해선 집을 살 수 없고, 둘이 벌어서 한 명이 집세를 내고 다른 한 명이 생활비를 충당해야 하는 구조다. 그러기에 일찍 결혼을 하거나, 동거를 하는 것이다. 물론 가을부터 일찍 어두워지는 날씨 역시 연애와 동거를 촉진한다. 나 같은 1인 (독거노인) 가구는 경제적으로나, 심리적으로나, 버티기 힘든 사회적·자연적 환경이다.

반면, 이들은 소박하게 산다. 세금을 성실히 납부하고, 자녀 교육을 걱정하지 않는다(원한다면, 박사과정까지 거의 무료이니까. 학기당 30만 원 정도 낸다). 대부분 성실히 일하여 월세를 내고, 성실히 납세하고, 자녀 교육은 무상 공교육에 맡기고, 노년에는 연금을 받아 생활한다(그중에는 '나 여사'처럼 알뜰하게 연금을 모아서 내가 사는 작은 아파트 같은 걸 사는 사람도 있다). 엄청난 부자가 되긴 어렵지만, 엄청나게 가난해지기도 어렵다(엄청난 부자는 유대인으로서, 이들은 2차 대전 당시 히틀러 정부로부터 너무 많은 핍박을 받아, 전후 세금 감면 혜택을 받게 된다. 하여, 우여곡절 끝에 현재 베를린 중심가의 건물은 대부분 유대인의 소유다).

정치적 토론을 즐기며, 분단의 아픔을 알며, 자유의 소중함을 알며, 큰 욕심 없이 산다. 아이러니하게도 풍족한 부가 없는 이곳에 독일어를 한마디도 못 하는 프랑스, 스페인, 이탈리아, 러시아, 터키 청년들이 온다. 취미로 독일어를 배우는 이는 나밖에 없다. 재밌다고 하기에는 잔인하고, 미안해지는 세상이다.

구체적으로 밝히긴 뭣하지만 엘레나가 알려준 이탈리아 사회 초년생의 초봉은 상식 이상으로 낮았다. 서울이 살기 힘든 도시인 건

맞지만, 경험상 도쿄나 밀라노만큼 힘든 건 아니다(서울이 도쿄나 뉴욕 수준이라는 건 말이 그렇다는 엄살이지, 세세히 따져 보면 여전히 서울이 경제적으로는 살기 수월하다).

만만한 곳이 없는 세상이다. 그나마 베를린은 버틸 만한 곳이다. 물론, 소시지와 쌀쌀한 기온과 해가 안 뜨는 어두움과 그로 인한 우울함과, 맛없는 음식과 도무지 이해하기 힘든 발음과 방을 구하기 위해 서류를 보내고, 줄을 서서 면접을 봐야 하고, 복잡한 지하철과 버스 노선과 느린 인터넷만 잘 견뎌 낼 수 있다면 말이다.

쓰고 보니, 역시 세상살이에 쉬운 것은 없다.

삼십 일째 밤이었다.

이 글은 맥북에서 어쩌다 보니 흘러나온 2Pac의 「Life goes on」을 들으며 쓰고 있다.

나로서는 이례적인 일이다. 투팍의 노래가 내 노트북에 있는지조차 몰랐다. 오늘로써 일기를 쓴 지 한 달째 되는 날이다(즉, 덕국(德國)에 온 지 한 달째 되는 날이다).

이 역시 나로서는 이례적인 일이다. 태어나서 자발적으로 하루도 쉬지 않고 한 달간 일기를 써 본 것은 처음이다. 작가가 되고 나서도 누군가의 부탁이나, 금전적인 대가 없이 자발적으로 한 달간 매일 글을 쓴 것 역시 처음이다. 동백림에 머무는 마지막 날까지 계속 써낼 수 있을지는 모르겠다. 하지만, 나 자신에게 부담을 주지 않고, 온전히 쓰고 싶을 때에만 쓰려 한다. 나 역시 나 자신을 실험하는 것이다.

그럼에도 불구하고, 무수한 전쟁 영화에서 왜 꼭 주인공 포로가 일기를 쓰는지 알 것 같다. 마찬가지로, 독방에 수감된 죄수에게 '필요한 것이 무엇이냐'고 물으면, 왜 의외로 연필과 종이를 달라고 하는지도 알겠다. 이곳에 오기 전, 나는 '쓴다는 행위'에 대해 강력한 회의를 품었다. 일종의 무기력한 구호라고 느낀 것이었다. 그것은 주장도, 깨달음의 나눔도, 발견의 확산도 아니었다. 그것은 내게 생존 수단이었고, 노동이었고, 평가의 대상이었고, 비난과 조롱의 빌미였다.

하지만, 이곳에 온 뒤 내키는 대로, 아무렇게나, 마구, 되는대로, 그럭저럭, 이랬다저랬다, 조삼모사, 조변석개의 자세로 쓰다 보니, 글쓰기가 내게 일종의 걷기나 식사, 혹은 수면처럼, 매일 치러야 일상이 가능해지는 대상으로 변했다. 좋은 일인지 나쁜 일인지는 모르겠다.

하지만, 내키는 대로 산다는 일은 좋은 일이다. 고작 한 달 동안 일기를 써 놓고 이런 말을 한다는 것은 실로 어쭙잖은 짓거리지만, 나는 원래부터 줄곧 이런 인물이었으므로 말하자면, 일기를 쓰는 건 자신의 마음이 가고 있는 지도를 스스로 그려 가는 일이다.

지난 한 달간 나는 生에서 人間이 얼마나 소중한지 깨달았다. 아직 생의 종착역까지는 많이 남았다. 내 열차가 너무 많은 승객들로 대화조차 불가능한 것은 곤란하지만, 아무 승객도 없이 그저 운행 일정을 지키기 위해 달리는 열차가 되지는 않았으면 좋겠다. 종착역은 같지 않더라도, 오래 앉아 있을 수 있는 한 명의 승객이 있었으면 좋겠다.

젠장, 이곳도 가을이다.

서른한 번째 밤이다.

*

　가까스로 왼손으로 문을 열 수 있게 됐다. 아직 팔굽혀펴기는 불가
능하고, 그 덕에 팔이 얇아졌다. 할아버지들의 팔이 얇은 것을 머리
로 이해하다가, 몸으로 이해하고 있다. 부친과는 서로 연락을 피하
고 있고, 이곳에서 작업하기로 한 영화 「시티투어버스를 탈취하라」
의 시나리오 작업은 나날이 미뤄지고 있다.

　다시 말하자면, 가을이다.

이 글은 열차 식당 칸에서 크림으로 버무린 버섯구이와 야채볶음밥이 곁들여진 허브 향 포크 미트볼을 기다리며 쓰고 있다.

아침 일찍 전화가 왔는데, 경보 씨가 사망 직전의 음성으로 몸살이 났다고 했다. 나는 그의 쾌유를 기원하고, 우리의 포츠담행을 즉각 취소했다. 그는 병상에서도 나의 즉각적인 결정에 감탄했다. 하여, 미뤄 뒀던 프랑크푸르트 방문을 하기로 결정했다.

'을'에게 전화를 하니, 상사맨답게 주말에도 일을 하고 있었다.

"아아. 오늘은 행사가 있단 말이야. 5시나 돼야 끝나."

나 역시 그와 그리 긴 시간을 함께할 생각은 없었기에, "그거 좋은데, 밤에만 보고 아침에는 헤어지자. 나도 내일은 베를린에 일이 있어" 하고선, 프랑크푸르트행을 확정했다.

일요일의 일이란, 엉겁결에 한인 교회 성가대원이 돼 버린 것이다.

고작 나간 지 2주 차였는데, 성도끼리 인사를 하는 시간에 한 기품 있는 권사님이 내게 "아. 성가대 좀 해. 청년이 없어"라고 인사했다. 나는 "아아. 저는 청년이 아닌데……" 하니, "여긴 허리만 안 굽으면 다 청년이야" 하는 것이었다. 그리하여 의식이 혼미해진 사이 성가대원이 돼 버렸는데, 한 성가대원과 대화를 나누던 중 우리는 둘다 음악을 한다는 공통점을 발견했다.

  그는 자신이 작곡을 전공했다면서, 기타, 베이스, 피아노 등을 다
룬다며 자신의 음악적 역량을 알려 주었는데, 나보고 "노래 말고 할
줄 아는 것 없소?" 하기에, "베이스 기타를 아주 조금 칩니다" 하니,
내 손을 잡으며 "잘됐습니다. 저는 이 도시를 곧 떠날 예정입니다.
한인 교회의 베이스를 맡아 주십시오"라고 했다. 그의 얼굴은 이미
전역을 앞둔 말년 병장처럼 홀가분해져 있었다.

  그가 아내와 함께 프랑크푸르트에서 새로 시작하는 제2의 도이치
생활을 잘 해내길 바란다.

  그나저나 미트볼이 나왔는데, 상당히 크고 차가운데, 묘하게 맛있
다. 점점 미각이 퇴화돼 독일인의 입맛이 되어 가는 것 같다. 그래도
유머 감각만은 독일인을 닮지 않으려 경계하고 있다. 독일 유머는
20유로짜리 밥을 먹고 확인차 "얼마예요?" 하고 물으면, "50유로!"
하며 가던 길을 가 버리는 식이다. 1000유로도 아니고, 1유로도 아
니고, 50유로라니. 도대체 이런 농담을 왜 하는지 게르만족이 아니
고선 'ㄱ' 자 하나도 이해할 수 없다(불친절하고, 고객을 속인다는 느낌
마저 든다. 이래서 영국이 싫어하나, 라는 생각마저 들게 한다).

  프라하를 가기 위해 탔던 기차보다 훨씬 고급이다. 내부 장식, 의
자, 식당 칸의 메뉴 등, 불친절한 웨이트리스의 서비스를 제외하고

는 모든 면에서 프랑크푸르트는 '확실히 서독이다'라는 느낌을 준다 (물론 나는 식사를 마친 뒤, 그녀에게 2유로의 팁을 주었다. 물론, 그녀의 서비스가 인도적이었다면 2유로가 아니라 4~5유로쯤은 줬을 것이다. 나는 아시안 아저씨 국제 호구니까).

마치 20년 전에 호남선만 타던 사람이 경부선 터미널에 갔다가 '아니. 이런!' 하고 어딘가를 맞은 느낌이다. 학원 선생의 말을 들으니, 베를린에서는 1유로 하는 커피가 프랑크푸르트에서는 3~4유로 한다고 한다. 1등석이라 그런지 모르겠으나, 프랑크푸르트로 가는 사람들의 옷도 다르다. 베를린에는 노동자풍, 혹은 창의적으로 멋을 낸 젊고 검소한 풍의 패션 스타일이 지배적이라면, 프랑크푸르트행 승객들의 인상은 모두 백화점에서 일정 금액 이하의 옷은 배제하고서 사 입은 듯한 느낌이다.

프라하로 가는 승객들은 쉼 없이 대화를 했는데, 이들은 일행끼리도 눈으로 대화를 하고, 모두 신문이나 책을 보거나 심지어 글을 쓴다. 프랑크푸르트는 과연 어떠한 도시이기에 승객들이 모두 대학에서 단체로 이동하는 교수 같거나 기업체 임직원 같다는 인상을 줄까. 현재까지 내가 프랑크푸르트에 관해 아는 것은 '프랑크 소시지'와 차범근 부자밖에 없다.

이 열차를 타기 전, 전철에서 두 젊은이가 한 명은 기타로, 다른 한 명은 색소폰으로 글렌 메데이로스의 「나씽즈 고나 체인지 마이

러브 포 유」를 연주했다. 음악을 듣고서도 아무도 답례를 하지 않기에 1유로를 색소폰 청년에게 건넸다. 그는 내게 미소와 '고마워'로 답례했다.

서른두 번째 날이다.

11

16

이 글은 프랑크푸르트에서 스위스로 가려다 반대 방향 열차를 잘못 탄 두 한국 여성을 딱한 심정으로 바라보며 쓰고 있다.

이 열차는 하노버를 거쳐 함부르크로 간다. 나는 하노버에서 베를린행으로 갈아탈 예정이다. 그러므로, 배낭과 캐리어 가방과 보스턴백까지 짊어진 그녀들은 스위스 바젤과는 정반대 방향인 북쪽을 향해 어쩔 수 없이 진군하고 있다. 창밖을 바라보는 눈동자에 초점이 없다. 부디 왔던 방향을 한 번 더 거슬러 따뜻한 남쪽으로 잘 가길 바란다.

그간 나는 乙의 신분을 보호하기 위해 혼자서 그 명칭에 대해 초민해 왔는데, 그와 아침 식사를 하며 乙에 대한 공식적인 호칭 사용권을 인허받았다. 乙은 과연 상사의 乙다운 표정으로, "좋은데!"라고 했다. 乙의 일상은 갑과 을 사이를 분전하며 오가는 것이었는데, 한국 대기업의 주재원인 그에게도 게르만 부하 직원이 있었다('병'이라 하자).

을의 표현에 따르면, 병은 '전형적인 독일인'이라 원리 원칙을 에누리 없이 고수하고자 하는데, 실상 지키는 것은 출퇴근 시간뿐이라 했다. 대개 독일인들은 출퇴근 시간을 철저히 지키고 근무 시간에는 상당히 집중해 일하는데, 병은 한국 스타일로 느긋이 커피를 타 먹고, 담배도 피우고, 인생 이야기도 하고, '아. 어제 많이 마셔서 아직도 골이 당긴단 말이야'라는 투로 일과 시간을 보내다 퇴근 시간만

독일 스타일로 지킨다는 것이었다. 을의 표현에 의하면 병은 양국의
장점만 취하고 있다 했는데, 여기서 잠시 베를린에서 주말을 외롭게
보내고 있는 다닐로의 표현을 빌리자면 확실히 세계 각국에는 응용
력이 뛰어난 인재들이 많다.

을에게 부하 직원의 근무 태도에 대해 시정을 제안할 권리가 없느
냐 하니, 그는 못 마시는 맥주를 벌컥 들이켜며 "내 영어가 짧잖아!"
라고 푸념했다. 준비해서 몇 마디 하면, 병이 미국인도 울고 갈 발음
으로 폭포수처럼 대꾸한다는데, 그 말을 하는 을의 얼굴은 몇 달 새
세월의 집중포화를 받은 것처럼 검게 보였다.

을은 중학생 때부터 알았는데, 녀석은 술을 거의 하지 못한다. 전
혀라 해도 좋다. 여자를 꼬여 낼 때도 주스를 마시며 감언이설을 늘
어놓는 타입이다. 그런 녀석이 맥주를 벌컥벌컥 마시기에 "웬일이
냐" 하니, "아. 물이 맥주보다 비싸잖아. 이게 도대체 말이 되냐고!"
하며 자신이 여기서 4년을 더 지내야 한다고 했다. 월급의 총액을 듣
고 혹한 마음으로 왔는데, 역시나 월급의 1/3을 세금으로 내고 있다.
을이 4년간 낼 총 2억 원 이상의 세금으로 독일 시민들은 자녀 교육
혜택을 받을 것이다(출산 수당과 자녀 용돈도 받는다).

프랑크푸르트는 독일의 LA라는 느낌을 풍겼다(자본의 냄새도 난
다). 그만큼 한인이 많았다.
곳곳에 한식당이 있고, 중앙역에 도착해 나가자마자 바로 보이는

건물의 거대한 네온 간판에 'KUMHO TYRE(금호 타이어)'라는 글자가 새겨져 있다. 한국 기업이 아니라면 '아! 저 정도로 크게 하진 않을 텐데' 싶을 만큼 눈에 띄도록 붙여 놓아서, '거. 참' 하며 고개를 돌리면 그 옆 건물 역시 한국 기업이 아니라면 품지 않을 경쟁의식으로 'NEXEN TYRE(넥센 타이어)'라고 더 크게 붙여 놓고 있다.

프랑크푸르트 역부터 곳곳에 광고판이 붙어 있었고, 가는 곳마다 관광객들이 넘쳐 났다. 마트는 밤 10시까지 문을 열었고(베를린은 8시면 닫는다), 인도인, 한국인들이 곳곳에서 눈에 띄었다. 을에 의하면 S기업 직원만 해도 천 명 이상이 프랑크푸르트에 있다고 했다(한인끼리도 서로 알 수 없으며, 도착과 동시에 대다수 한인들이 내 이름을 아는 베를린의 분위기와는 사뭇 다르다. 백림에선 송두율 교수도 같은 동네에 산다. 프랑크푸르트는 골프를 치지 않으면 한인 사회의 핵심으로 들어가기 어려운 분위기다. 반면, 베를린은 도착해서 외로운 표정만 지으면 된다).

을 또한 나처럼 부친의 부채 문제로 고생하고 있었는데, 그는 "우리가 그럴 나이"라고 했다. 게다가, 자신의 부채와 처와 아들까지 감당해야 하는 을의 얼굴은 '나 부담 속에 살아'라고 강변하는 듯했으나, 저녁값은 흔쾌히 냈다. 웨이터에게 팁도 시원하게 주고, 아침에 차로 프랑크푸르트 역까지 배웅도 해 주었다.

친구란 좋은 것이다. 자신이 어려운 환경에 처하든 그렇지 않든, 누군가에게 의지하고 응원할 수 있다는 것은 든든한 일이다.

외국인 노동자인 을에게도, 목적지와는 2시간째 반대 방향으로 달리고 있는 두 한국 여성에게도 신의 가호가 깃들길 바란다.

한 인도 비즈니스맨이 1등석에서 이어폰을 꽂은 채 큰 소리로 인도 음악을 따라 부르고 있다.

인도인들은 어디서든 주관이 뚜렷한 인생을 산다는 느낌을 준다.

방금, 백발의 독일 남성이 그에게 다가가 '쉿!' 하며 손가락을 입술에 갖다 댔는데, 인도 남성은 그 주의에 응해 노래를 멈추고 처음 듣는 주문을 큰 소리로 외기 시작했다.

확실히 인도인은 응용력도 뛰어나다는 인상을 준다.

역시, 세상은 넓고 사람은 다양하다. 주의를 주다니, 나로서는 상상할 수 없는 일이다. 아침에 새로 산 독일 칫솔로 양치를 했는데, 잇몸과 혓바닥이 모두 헐 뻔했다.

출퇴근 시간을 잘 지키는 독일인은 치아뿐 아니라, 확실히 잇몸까지 강하다는 인상을 준다.

처음 보는 승객에게 주의도 태연하게 주고, 지낼수록 신기한 나라다.

서른세 번째 날이다.

*

마침내 첫 번째 역에 정차했다.

두 한국 여성이 두 개의 캐리어와 두 개의 보스턴백과 한 개의 배
낭과 한 개 핸드백과 한 개의 쇼핑 봉지를 들고 아연실색한 채 차창
밖에 서 있다.

마침, 비까지 내린다.

이 글은 따뜻한 물로 샤워를 마치고 안온감에 젖어 쓰고 있다.

어젯밤에 프랑크푸르트에서 돌아온 후, 세탁기를 돌리니 배수구로 빠져야 할 물이 세면대로 역류하여 바닥까지 흘러 넘쳤다. 실은 세탁을 할 때마다 이 문제가 발생했지만, '나 여사'와 상담한 후 우리는 적어도 이 역류수의 수위가 세면대의 최정상을 넘지 않는 한, 쿨하게 무시하기로 했다(실은, 나 여사의 결정이었다).

그러나, 어젯밤에는 이 역류수가 바닥까지 침범할 뿐 아니라, 세면대에서 내려갈 생각을 하지 않았다. 밤새 고인 채 그대로 있어 나 여사에게 사태를 고하니, 그녀가 민간인으로서는 배관계의 전문가라 해도 손색이 없을 친동생과 함께 나타났다.

나는 이 찬스를 놓치지 않기 위해 동생에게 "따뜻한 물도 잘 나오지 않아서 감기에 걸렸다"고 읍소하니, 동생은 마치 지병을 앓아 온 환자를 진단하듯 샤워기 물에 손을 잠깐 대더니 "언니. 이건 안 돼. 사람 불러야 돼. 이건 안 돼"라며 강력한 진단을 내렸다. 전치 3주짜리 진단서가 필요한 환자가, 전치 8주와 입원 조치라는 강력한 진단서를 받은 기분이었다.

나 여사는 신속히 당일에 신임하는 사람을 불러 수리를 하기로 결정했다(인터넷 설치가 한 달 걸리고, 통장 개설이 일주일 걸리는 독일에서는 혁신적인 조치다). 하여, 집에 돌아오니 맙소사, 아픈 날 헛것처럼 눈에 아른거리던 뜨거운 물이 펄펄 나오는 것이었다.

하루아침에 광복을 맞이하여 해방된 조선인 양경종만이 내 심정을 이해할 것이다.

이제는 인덕션에 밥을 안쳐 놓고 샤워를 할 수도 있다. 그만큼, 샤워에 쏟는 시간이 짧아졌다.

곧 실현될 상해 임시정부의 수립을 기다리는 양경종만이 내 심정을 진정으로 이해할 것이다.

서른네 번째 날이었다.

이 글은 내 방을 제외하고선 모든 불이 꺼진 연구실 건물에서 혼자 '토이'의 신보를 들으며 쓰고 있다.

사람이 고향을 그리워하는 이유는 마음이 통하는 사람, 몸이 원하는 음식이 있기 때문이기도 하지만, 바로 모국어로 된 음악이 곳곳에 넘치기 때문이기도 하다. 백림에 온 이후 줄곧 음악을 듣고 있다. 자기 전에 음악을 듣고, 눈을 뜨면 음악을 듣는다. 서백림에 위치한 내 방에 그간 박지윤과 조규찬, 이적과 김동률, 그리고 김광석이 목소리로 방문해 인적을 대신해 주었다.

인간의 몸은 어느 시간이 지나면 '당(糖)'을 갈구하듯, 인생도 어느 시간이 지나면 '당'을 간구하는 것 같다. 내 인생이라는 쓴 물에도 설탕은 필요하다. 현재로선, '꿩 대신 닭이야!'라는 듯 유희열이 자신의 목소리로 쓴 이 시점의 '당분'을 대신해 주고 있다.

노래를 한 곡 쓰고 싶거나, 줄곧 듣고 싶은 밤이다.

가슴이 촉촉해지는 서른다섯 번째 밤이다.

*

평온하게 감상을 즐기며 독일어 과제까지 마치고 나오니, 폭우가 내리고 있었다.

집에 가기 위해 새벽 1시에 겨울비를 맞으며 뛰어야 할 내 심정을 이해할 이는, 당연히 해방의 감격에 잠시 젖어 있다 곧장 한국전쟁을 맞아야 했던 조선인 양경종밖에 없을 것이다.

11

19

이 글은 휴대전화 충전 금액을 다 쓴 탓에, 방 안에 누워 통신이 단절된 채 매우 고립된 기분으로 쓰고 있다.

오전에 샤워를 하다가 미끄러져 넘어지면서 머리를 바닥에 부딪쳤다. 다행히 뇌 기능에는 아무런 이상이 없다. 두 달여 전에 입은 교통사고는 꽤나 중상이었는데, 그때에도 머리에는 이상이 없었다. 나는 드라마 속 주인공처럼 기억상실증에 걸린 척하며 새 삶을 살아볼까 잠시 고민하였지만, 미처 결정을 내리기도 전에 지인들에게 내 정체를 온전히 기억하고 있음을 고백하는 우(愚)를 범했다.

오늘 역시 기회가 왔으나, 마침 나는 샤워 중이라 나체였고 머리에는 샴푸 거품이 가득했다. 그런 와중에 기억상실증 환자 행세를 하는 것은 모양새가 아무래도 근엄치 못하여 다시 차일로 연기하였다. 나는 어쩔 수 없이 물에 젖은 나신으로 내 육신처럼 바닥에 내팽개쳐진 샤워 커튼을 벽에 다시 고정시켜야 했다.

물론, 전혀 맞지 않았다(아마, 연결 부품이 부러진 것 같았다). 덕분에 따뜻한 물이 나온 지 이틀 만에 샤워 커튼을 열고 닫을 때마다, 내 머리 위로 낙하할지 모르는 커튼 봉을 유념해야 한다(독일 화장실 바닥에는 한국 같은 배수구가 없다. 따라서, 샤워 커튼을 치지 않으면 바닥에 물이 넘쳐 거실까지 젖어 버린다).

하지만, 불상사가 생기더라도 내 머리는 무사할 것이다. 내 두개 골은 독일인의 치아와 잇몸은 물론, 고독을 견뎌 내는 내성만큼이나 단단한 것 같다. 이번에는 낙하할 때 무의식중에 팔꿈치로 착지했는지, 양 팔꿈치가 쑤신다.

덕분에 내 오른팔의 건강에 대한 왼팔의 시기가 잠잠해졌다. 내 몸은 경제적 사회주의를 실현하는 독일에 온 만큼, 굉장히 건강한 한 팔(서독)이 고통에 동참하여 양 팔(동·서독) 간의 우호 증진을 꾀하였다. 하지만, 이것은 고통의 분담이 아니라 고통의 추가이며, 동반적 성장이 아니라 동반적 추락이다. 여하튼, 비록 음(-)의 방향이긴 하지만 연대하여 나아가고 있다.

오늘 점심은 베를린 주재 한국 대사가 초대해 주어 거위 요리에 적포도주를 곁들여 먹고 마셨다. 미얀마, 일본, 중국, 미국 대사관을 거쳤다는 그는 유머 감각이 뛰어났고, 언변이 남달랐다. 그는 자신이 가장 존경하는 직업이 소설가라며 내게 명함을 건네줬는데, 나는 소설가이므로 당연히 명함이 없어서 "문자로 연락처를 알려드리겠습니다"라고 대답했는데, 헤어지고 나서 명함을 보니 휴대전화 번호가 없었다.

그가 내게 "외교관이 주인공으로 멋지게 나오는 소설을 꼭 써 달라"고 부탁했는데(사실, 거의 모든 사람이 이런 부탁을 한다. 지금까지 부탁받은 몇몇 직업을 소개하자면, 건달, 횟집 주인, 이탈리안 관광객(?)

과 프랑스 관광객(?) ─ 이들은 무슨 영문인지 자신들을 '덤 앤 더머'처럼 써 달라 했다 ─ 배구 감독, 포주 등이 있다), 이 일기에 근엄하게 소개 하는 것으로 대신하고자 한다.

거위가 정말 맛있었다.

독일어 선생 '갑(甲)'의 불친절과 퉁명스러움, 무시가 극에 달하고 있다. 일주일만 더 견디면 된다. 부디, 다음 달에는 관대하고, 적어 도 단어 뜻 정도는 설명해 줄 의지가 있는 선생을 만나길 바란다.

어쩌면, 베를리너들의 눈웃음도, 기대치 않은 식사 초대도, 친절 도, 그리고 퉁명스러움과 불친절도, 모두 사람을 극단으로 몰아붙이 는 날씨 때문인지도 모르겠다(같은 맥락에서, 나체주의도).

영화사 대표에게 전화를 걸어 「시티투어버스를 탈취하라」 시나리 오를 크리스마스 전까지 보내겠다고 했다.

서른여섯 번째 날이었다.

이 글은 영화 칼럼을 송고하고, 커피를 내려 마시려 했으나 필터가 없어 입맛만 다시며 쓰고 있다.

어제 새로운 인물이 왔다. 서울의 한 사립대 언론정보학부의 L모 교수인데, 안식년을 맞은 그는 벌써부터 얼굴에 안식이 가득한 표정으로 내게 유흥 계획을 잔뜩 늘어놓았다. 어제는 집에서 와인을 마시자 했으며, 오늘은 내게 "인생을 학원 수업 따위로 낭비하지 말라"는 건설적인 조언과 함께 목이나 축이러 가자고 했다. 그는 나의 대학원 선배이기 때문에 예의를 다해 피하려 했으나, 연구실에 와 보니 그가 내 옆자리에 1년 동안 쓸 자신의 살림살이를 늘어놓고 있었다.

그가 이때껏 비어 있었던 내 옆자리의 주인이었던 것이다. 나의 석사과정 선배인 그는 알고 보니, 내 지도교수의 2년 선배였다. 마침 나도 '인생에서 학원은 무용하다'는 것을 막 깨달은 터라(경험상 투입 노력 대비 산출 효과가 형편없는 게 일본어와 이탈리아어였는데, 독일어 역시 별 차이 없을 것이다. 해당 국가에 살지 않는 한 전무라 해도 좋을 만큼 쓸 일이 거의 없다) 개강 이후 첫 결석을 할까 고민하던 찰나, 어제 외교관을 만난 경험을 살려 외교적으로 학원을 마친 후 만나기로 '타협'했다(대사는 외교의 생명이 '타협'이라 했다).

하여, 학원을 마친 후 나는 백림의 게토라 할 수 있는 'Kottbusser Tor'로 그를 안내했다. 이곳은 지난 4일 다닐로와 함께 첫 맥주를 마시다가 만취한 (그리하여 택시로 아우토반을 타고 집으로 돌아가게 된 바로) 그 개인적 역사를 쓴 공간이다. 각국의 이민자들이 몰려와 베를린답지 않게 지하철역에도 쓰레기가 떨어져 있고, 거리 역시 인종 시장을 방불케 하는 곳이다. L 교수는 내게 "오오, 여기 정말 마음에 드는데"라며, 시끄러운 음악이 공기처럼 흐르고, 총격을 당한 것처럼 벽에 구멍이 군데군데 난 선술집을 좋아했다. 나는 한쪽 벽에 붙은 페르시안 풍 벽지를 가리키며 "근데, 여기 냉전 시대의 스파이들 접선 장소 같지 않습니까?"라며 추운 날씨에 딴 데로 이동하지 않기 위한 감언이설을 늘어놓았는데, L 교수는 "정말 그렇네!"라며 내게 맥주를 사 주었다.

역시 선배는 인생에 필요한 존재다. 아시안 국제 호구를 살리는 존재는 선배밖에 없는 것이다(방금 그와 나는 페이스북 친구가 되었다).

L 교수와 나는 귀가 열차에서 모든 상점이 문을 닫고 잠시 인류가 멸종된 듯 인적마저 사라지는 성탄 연휴 계획에 대해 토론했는데, 그가 내게 "북극에 가실 생각 없으세요?"라고 물었다. 고독사를 방지하기 위해 백림을 떠나는 마당에 북극이라니.

호구를 살게 하는 존재는 선배밖에 없지만, 그런 선배라도 역시 호구는 알아보는 법이다.

L 교수의 눈빛이 너무 순수하고 진지하여, 어제 외교관을 만난 경험을 다시 한 번 되살려 외교적인 웃음으로 대답을 갈음했다.

만약 대한국인 양경종이 "혹시 2차 대전 경험을 되살려, 한국전 한 번 참전하지 않겠어요?"라는 권유를 받았다면, 그가 내 심정을 이해할 수 있을 것이다.

헤어지고 두 시간 뒤 원고 마감을 하고 있는데 "여행 꼭 같이 가요!"라는 메시지가 왔다.

아마, 조선인 양경종과 대한국인 양경종도 오늘 밤의 내 심정만큼은 이해 못 할 것이다.

어쩌면, 성탄 연휴에 스페인 이비자 섬의 무희가 아닌, 북극에서 외롭게 지낸 북극곰에게 안부를 건넬지도 모르겠다. 눈웃음을 지으며.

L 교수의 평안한 안식과 활발한 연구를 진심으로 기원한다.

서른일곱 번째 밤이었다.

*

그나저나, 한국에 있는 친구가 출장 다니며 쌓은 호텔의 숙박 포인트가 남는다며 함부르크의 4성급 호텔 1박을 예약해 주었다. 내일 갈 예정이다.

이 글은 함부르크 중앙역에서 베를린으로 돌아가기 위한 열차를 기다리며 쓰고 있다.

내 옆자리에 앉은 남자가 계속 담배를 피운다. 알고 보니, 독일도 역내에서는 금연이었다. 그러나 게르만족은 '어어. 그런 규칙이 있단 말이야?' 하는 듯한 자세로 열심히 담배를 피워 댄다. 앞머리를 세우고, 가죽 재킷을 입고, 은색 철제 여행 가방을 끌고, 역내에서 '규칙 따위 상관 안 해'라는 표정으로 태연하게 담배를 피우면 진정한 독일 시민이 된다는 듯 피워 댄다. 그런데, 가끔씩 넘어오는 담배 연기가 비 내리는 역 안의 습기와 어울려, 묘한 향기를 자아낸다. 누군가 '후후' 불며 커피까지 마시면, 커피 향에 비 냄새와 궐련초 향기까지 더해져 여행의 냄새를 풍긴다.

함부르크행은 유학생 경보 씨와 함께했다. 경보 씨의 호칭은 최근 경보로 바뀌었다. 단지 간단한 식사나 차 따위를 몇 번 사 주었을 뿐인데, 경보는 인생의 크나큰 신세라도 진 것처럼 함부르크에서 꼭 저녁을 대접하고 싶다고 했다. 전혀 그럴 필요 없다고 했는데, 하이야트(Hyatt)를 예약했다고 해서 "그럼 얻어먹겠다!"라고 했다. 독일은 조상들이 소금을 못 구해서 죽은 게 아닌가 싶을 정도로 음식에 소금을 많이 쓰는데, 역시 하이야트의 정찬도 짰다. 경보는 "으음. 으음. 아아. 맛있어요", "저 너무 많이 먹죠?" "하하하. 민망하네요" 하면서, 내 것까지 먹었다.

함부르크로, 오려는데, 오전에 다닐로에게 메시지가 왔다. 주말에 자기 집에서 스시를 만들어 먹을 생각인데, 오지 않겠느냐는 것이었다. 나는 "함부르크행 때문에 함께하지 못하겠지만, 그 초대의 마음만은 잊지 않겠다"고 조심스레 답했으나, 다닐로는 쿨하게 내 답신을 무시했다. 그럼에도 불구하고, 고독사를 염려하는 다닐로의 인류애적 헌신과 관심은 칭송받아 마땅하다.

함부르크의 대기 중에는 습기와 냉기가 서로 양보하지 않은 채 과도히 차 있어서, 거대한 냉장고 안에서 여행을 하는 느낌이었다. 비가 오는데 경보는 "형. 자전거 빌려서 타지 않을래요? 호텔에서 공짜로 빌려줘요"라며 기대에 차 말했다.

내가 두 달 전에 겪은 교통사고는 자전거를 타다 당한 것이다.

나는 그가 자전거 이야기를 꺼낼 때마다, 새로운 핑계를 대며 건기를 유도했다.

덕분에 나의 거의 모든 창의력이 변명을 대는 데 사용되었다. 이 일기를 쓰는 현재 나의 창의력 잔여량은 빨갛게 색이 변한 휴대전화기의 배터리 칸처럼 2%만이 남아 있을 뿐이다.

타국의 도시에서 숙소 주소를 보려고 전화기를 켰을 때, 갑자기 빨갛게 죽어 가는 스마트폰의 사망 선고를 접해 본 여행자만이 내 심정을 이해할 것이다.

　그나저나, 함부르크는 독일이면서도 영국 같은 도시였다. 항구도시라는 느낌과 선원들이 이룩한 남성적인 문화, 그리고 비틀스의 탓인 듯했다. 게다가 국제적 명성에 비해 도시가 굉장히 아담했다. 가장 인상적인 것은, 버거에 뼈만 발라낸 날생선을 몸통째 넣어 팔고 있었다는 것이다. 10여 년 전쯤, 이스탄불에서 고등어 케밥을 먹고 그 자리에서 보스포러스 해협에 뱉어 내고 싶었던 마음이 아직도 사라지지 않았기에, 생선 버거는 먹지 않았다. 하지만, 새우 버거는 괜찮았다. 작은 새우(Shrimp) 백여 마리를 버거 안에 무더기로 넣고 마요네즈를 뿌려서 팔았는데, 경보는 "우와. 형. 이거 맛있어요. 우와. 정말 맛있어요. 하하. 민망하네요. 많이 먹어서" 하며 내게도 한 입 권했다. 나는 경보에게 진로를 요리사로 바꿔 볼 것을 조심스레 권했다.

　다음 주에는 화요일과 금요일, 두 번에 걸쳐 특강을 한다. 무엇에 대해 말을 할지 아직도 정하지 못했다.

　밤은 깊어 가고, 기차는 228Km로 달리고 있다.

　서른여덟 번째 밤이다.

이 글은 달리기를 하고 돌아와서 한참 뒤에 쓰고 있다.

기묘하게도 오늘 달리기를 하고 나서 포기의 미학을 강하게 느꼈다(고로, 달리다 멈춰서 걸어왔다). 결심과 선언이 인생에서 무용하다는 것을 경험칙으로 숙지하고 있기에, 일순의 충동으로 손가락을 움직여 문신 같은 기록을 남기는 우는 범하지 않으려 한다.

나는 앞으로 되는대로 살 것이다. 대강. 그런 이유로, 오늘 일기는 이걸로 마친다.

서른아홉 번째 날이다.

이 글은 성가대 연습을 가기 위한 열차를 기다리며 쓰고 있다.

이미 늦었다. 도착해 봐야 연습에 참가조차 못 할지도 모른다. 문득 이 상황이 현재 내 인생의 한 단면을 보여 준다고 느꼈다.

나는 이미 늦었다. 어쩌면 무언가를 하기엔 여러 면에서 늦었는지도 모른다. 달리기를 하며 남은 생은 포기한 채로 지내고 싶어졌기에, 현재로선 딱히 더 바랄 게 없다.

다툴 일이 없을 것이며, 시기 역시 별로 일어나지 않을 것이다. 사실 지난 몇 년간(10년이 넘은 것 같다), 누군가를 시기해 본 기억이 없다. 시기 역시 열정이 있어야 가능한 것이다.

열차를 갈아타기 위해 환승역을 통과하다가, 벽 한쪽에서 오보에를 연주하는 심각한 곱슬머리 남자를 만났다. 왠지 그가 나와 닮았다는 생각이 들어 가던 길을 되돌아가, 주머니 안의 동전을 전부 털어 그의 악기통 안에 넣었다. 그는 고개를 끄덕이지 않았다. 눈웃음조차 짓지 않았다. 어쩌면 연주를 하느라 호흡이 달리었거나, 아니면 연주 자체에 열중해 있었는지 모르겠다.

그의 음악은 좋았고, 사람들은 모두 그를 지나쳤다. 그는 연주를 계속했다. 연주자이기에 그의 행위는 음악적이자 예술적이었지만, 한편으로는 철학적이라는 생각도 들었다. 독일의 그칠 줄 모르는 흐린 날씨와 희망이 보이지 않는 맛없는 음식은 생활을 할수록 일상의 사소한 행복들을 포기하게 만들고, 반대급부로 그만큼 철학적으로 사유하게 한다. 달리기도 몸으로 하는 철학적 행동이 된다. 달리기를 하며 다양한 사유와 포기를 하게 된 것은 독일에 온 이후 처음 경험한 것이다.

목적지에 도착했다. 역시 나는 늦었다.
그러나 사람들이 조용히 반겨 주었다.

마흔 번째 날이었다.

이 글은 침대에 비스듬히 누워서 하루치의 인생을 회상하며 쓰고 있다.

헤어드라이어가 고장 났다. 이 드라이어는 독일제다. '기술의 독일'이라는 수식어에 대해 재고하기 시작했다. 한동안 나의 자아를 조선인 양경종과 동일시하게 했던 원인 제공자 역시 독일산 순간온수기였다. 독일에서 가장 큰 'S'사의 제품이었는데, 제대로 작동하지 않았던 것이다.

탈 때마다 연착하는 기차, 가끔씩 역 사이에 멈춘 채 갇혀 버리는 전철, 30분 동안 사운드가 나오지 않았던 극장 등, 역시 '독일인은 느리지만, 하나를 해도 제대로 한다'는 생각은 나의 순진한 희망사항에 불과했다.

인간이 완전할 수는 없는 것이다.

여기서 잠시 '乙'의 일화.

乙이 급여 계좌를 개설하기 위해 은행에 갔다. 그가 통장을 받는 데 얼마나 걸리느냐고 묻자, 매니저(물론, 매니저를 찾는 데 30분이 걸렸다)가 웃으며 자신만만하게 답했다.

"걱정 마십시오! 여긴 독일입니다. 저흰 다른 나라와 다릅니다.

일주일이면 모든 게 해결됩니다!"

乙은 정말 일주일 뒤에 통장을 손에 쥐었다.

乙은 우선 통장 개설을 위해 매니저를 만나야 했다. 4명 중 2명의 매니저가 휴가를 간 터라, 나머지 2명의 매니저가 고객 응대를 마칠 때까지 기다린 후, 독일식 농담을 구사하는 매니저에게 한국의 재정 상황을 낱낱이 보고하였다. 그는 어떠한 서류도 보자고 하지 않고, 모든 것을 乙의 증언에 기초했으나 매우 꼼꼼히 오랫동안 기록했다고 한다.

예) "연봉이 얼마입니까?"
"천 억입니다."
"아. 그렇군요"(……음…… 음…… 음…… 천…… 억……; 기록 중. 서류를 보자는 말이 없는 것이다.)

그렇게 한국의 통계청 직원을 방불하는 매니저와 '호구조사'를 마친 후 집으로 돌아오면, 다음 날부터 우편물이 하나씩 오기 시작한다. 하루는 통장 비밀번호, 다른 하루는 인터넷뱅킹 아이디, 또 다른 하루는 인터넷뱅킹 비밀번호…… 이런 식으로 해서 일주일이 지나면 마침내 통장을 가지게 된다.

역시, 다른 나라와 달리 일주일이면 모든 게 해결되는 것이다(단,

가정용 인터넷 설치는 신청 즉시 두 달을 기다리면 기사가 방문하여 고객이 아직 망부석이 되지 않았는지 확인한 후 설치를 해 준다).

비가 온다며 L 교수가 목을 축이자고 했다.

L 교수는 게르만 대지가 젖어 가는데, 나의 식도와 성대가 건조해질까 봐 염려해 주었던 것이다(역시 인생에 선배는 필요한 것이다). 함께 거위 고기를 먹는 와중에, L 교수의 백림 생활 계획에 대해 들을 수 있었다. 그는 수영장에 등록할 요량이었다. 나는 대화 중에 거기에 사우나가 있다는 사실을 파악했고, 이에 게르만 사우나는 남녀 공용이자 동시에 에누리 없는 나체 입장이라고 그에게 알려 주었는데, 그는 그쯤은 당연히 숙지하고 있다는 듯 맥주로 목을 축이고 말했다.

"조선의 기개를 보여 주겠어!"

(나도 함부르크의 숙소에 딸린 작은 사우나에 갔다가, 나체로 입장한 한 커플을 조우했었다. 그들의 입장과 동시에 누워 있던 나는 정자세로 앉아 벽의 한 점을 망부석처럼 응시했다. 나의 목 건강에 이상이 생기지 않길 바라며……)

일순 도이치 비어가 조선의 막걸리로, 백림의 비어가든이 임꺽정의 본거지로 착각될 만큼 활극 사극의 한 장면 같았다.

乙의 원활한 은행 거래와 L 교수의 건강한 수영장 왕래를 기원한다.

그나저나, 내일이 특강인데 헤어드라이어가 고장 나서 자칫하면 '인간 버섯'이 된 채로 강단에 서야 할 위험에 처했다. 운명이 내게 어떠한 장난을 치더라도 여유롭게 받아 줄 수 있지만, 부디 헤어스타일로는 더 이상 장난을 치지 말았으면 좋겠다.

마흔한 번째 날이다.

이 글은 학생 식당에서 이름조차 알 수 없는 생선 요리를 먹고 배앓이를 한 후에 쓰고 있다.

결국 새 헤어드라이어를 샀다. 아무래도 버섯이 된 채로 특강을 할수는 없어서, 고장 난 기종과 똑같은 제품을 재구매했다. 고장 난 제품은 검은색 드라이어였기에, 이번엔 흰색 드라이어를 샀다. 부디평화의 색으로 장식된 드라이어가 내 두발과 인간관계에 평안을 선사해 주길 바란다.

영수 씨와 L 교수를 비롯한 많은 사람들이 특강에 발걸음을 해 줬다. 고로, 강의실의 빈자리는 그럭저럭 메워졌다. 게다가, 강의를 요청한 홀머 선생뿐 아니라, 꽤 많은 독일 학생들이 내 데뷔작인『시티투어버스를 탈취하라』를 읽고 왔다. 한국학을 전공하는 몇몇 학생은한국어로 읽고 왔고, 또 어떤 이들은 영어 번역본을 읽고 왔다.

해당 수업은 원래 '한국 다큐멘터리를 자막으로 번역하는 강좌'였는데, 나는 이에 걸맞게 한국어로 강의를 하기로 했다(영어로 강의 준비를 하기에는, 학원 과제가 너무 많다). 나는 독일 학생들이 이해할 수 있도록 쉬운 한국어만 구사해야 했기에, 애초에 준비해 온 '한국문학의 과거와 현재와 나아갈 길' 같은 진중한 주제를 미련 없이버렸다. 하지만, 질문을 받고선 꽤나 놀랐다. 아무리 석사과정 학생이라고 해도, 외국인치고는 발음이 상당히 깨끗한 것이었다. 사투리를 쓰는 나보다 근사한 서울말을 구사하여 자칫하면 내가 외국인처

럼 보일 지경이었다.

　Q&A 시간이 30분이었는데, 독일 학생들은 이 시간을 거의 다 소비했다. 내 특강은 어차피 시험이나 성적과는 무관한 일종의 한담 같은 것이었는데, 이들은 이 시간을 충분히 활용한 것이다.

　확실히 독일인은 직장인이건 학생이건, 실용적이라는 인상을 준다.

　홀머 선생의 표현에 의하면 그는 '『시티투어버스를 탈취하라』를 눈물이 빠질 만큼 재밌게 읽었다'고 했는데, 내가 한국의 출판 시장에서 철저히 외면당한 저주받은 작품이라 하니, 서울말을 나보다 잘 구사했던 그 독일 학생이 '독일에서도 그렇게 잘 팔릴 만한 스타일'은 아니라고 친절히 알려 주었다.

　확실히 독일인은 여행객이건 학생이건, 할 말은 똑 부러지게 한다는 인상을 준다.

　학원 갈 시간이 되어, 오늘의 일기는 이만 줄인다.

　이번 달 학원 수업은 내일이 마지막이며, 특강은 금요일에 한 번 더 해야 한다. 다음 특강 대상은 학부생이며, 원래 수업은 '영화와 관련된 어떠한 교양 강좌'인데 도무지 기억이 나지 않는다(물어보려고 전화를 하니, 홀머 선생은 예의 바른 한국어로 "수업 중!"이라고 한 뒤 끊어 버렸다).

　마흔두 번째 날이었다.

11
月

26
日

이 글은 짧은 한국어를 구사하는 파비오 집 소파에 기대, 그가 조리하는 '밀라노 리소토'를 기다리며 쓰고 있다.

내가 간단한 식사와 차를 대접했을 뿐인데, 파비오와 엘레나 커플은 인생의 큰 은혜라도 진 듯 입버릇처럼 식사에 초대하겠다고 했다. 밀라노 사람들이 빈말을 안 하는지, 아니면 이들이 그런지, 그저께 학원에서 나를 보자마자 주말에 나와 함께 먹을 음식 재료들을 샀다고 했다. 파비오는 술을 전혀 마시지 않는데, 나를 위해 파울라너 맥주까지 사 두었다. 나는 원래 와인이나 간단한 선물을 사 가려 했는데, 강의 준비와 시나리오 집필 및 여타 작업들로 바빠 결국 아무것도 사 가지 못했다. 새 헤어드라이어에서 인체에 유해한 물질이 나오는지, 나는 이 상황에 농담으로 "밀라노에 여행 가서 기념품을 사 오겠다"고 했는데, 파비오와 엘레나가 몹시 좋아했다. 가급적이면 엽서나 열쇠고리로 사 달라고 했다. 그러고 보면 나도 서울에 살면서, 서울의 열쇠고리나 볼펜을 선물받은 적이 없다.

말이 나온 김에 기억을 더듬어 회상해 보면, 미국 남부에 있을 때 여행에서 돌아온 한 미국 친구에게 선물을 받았는데, 어쩐지 촉감이나 디자인이나 인상 같은 것이 친숙했다. 액자를 뒤집어 보니, 거기에 새겨진 활자는 나를 비웃듯이 바라보고 있었다. 'Made in Korea.'

재작년쯤인가. '아쿠타가와 상' 수상 작가가 서울에 와서 내가 행사 사회를 본 적이 있다. 뒤풀이 자리에 합석을 했는데, 단벌 신사인 이 일본 작가를 위해 한국 출판사 직원이 선물을 건넸다. '유니

클로'였다.

내년 초, 한 손엔 밀라노 열쇠고리를, 다른 한 손엔 밀라노 엽서를 손에 쥔 파비오 커플은 그때 미국에서의 나와, 서울에서의 아쿠타가와 수상 작가의 심정을 이해하게 될 것이다.

이렇게 인류는 하나가 되는 것이다.

그나저나, '사프란'이란 꽃이 있다. 밀라노의 한 건축가는 성당 유리를 칠하기 위해 인도에서 수입한 이 꽃을 썼는데, 빻으면 노란 즙이 나오기 때문이었다. 그러나 호기심이 강한 이 건축가는 흰밥(정말 '라이스')을 먹다가, 이 사프란 가루를 뿌려 먹어 보았다. 그러자 밥이 카레처럼 노랗게 변하면서 맛도 좋아졌는데, 이게 바로 '밀라네제 리소토(리소토 알로 자페라노)'의 시초가 된 것이다.

밀라노 사람들은 이 음식을 즐긴다고 한다. 후식으로는 감자를 으깬 무언가를 줄 요량이라는데, 이 역시 밀라노 사람들만 먹는다 했다. 왜 밀라노 사람들만 먹는지는 시식을 해 봐야 알 것 같다.*

내 집보다 훨씬 싸지만, 모던하고 근사한 파비오 집을 보니 나 여

---

* 이건 다 먹고 난 후의 첨언: 결국 돈가스에 으깬 감자였다. 파비오는 계속 고개를 저으며 "아아. 이게 아닌데!" "이 맛이 아닌데"라고 했다.

사가 생각났다. 그녀는 최근 스페인령의 '카나리아 군도'에서 휴가를 보내고 돌아왔는데, 오늘 내게 김치가 떨어지지 않았느냐고 연락을 해 왔다. 염치 불고하고 "그렇다"고 이실직고하니 나 여사 또한 나를 집으로 초대했다. 아직 세상은 살 만하며, 인류애는 살아 있다. 베를린에 거주하는 모든 이들의 마음속에 고독을 견뎌 내야 하는 일종의 동지애 같은 게 자리하고 있는 느낌이다.

부엌에서 새어 나온 매콤한 양파 냄새가 코를 자극하고, 프라이팬에서 무언가 지글거리며 익는 소리가 귀를 간질인다. 이탈리아어를 주고받으며 식사 준비를 하는 엘레나와 파비오 덕에, 괜찮은 이탈리안 레스토랑에 왔다는 느낌도 든다. 식탁 위에 접시를 받치기 위한 개인용 탁자보도 깔았다. 근사한 저녁이 될 것 같다. 이탈리아에게 축구 몇 게임은 져도 될 것 같다.

마흔세 번째 밤이다.

*

짧은 한국어를 구사하는 파비오가 드디어 이번 주 금요일에 인터넷 기사가 방문할 예정이라 했다. 내가 "와! 너흰 정말 운이 좋구나. 이렇게 빨리 오다니!" 하니까, 파비오는 검은 얼굴로 "한 달 전에 신청했다"고 했다. 그러면서 그는 "한국이 정말 그리워. 모든 게 정말 빠르더라고!"라고 했다. 게다가 한국은 테크놀로지의 나라라고 하며 심지어 길거리에서 작은 케이크를 파는 아저씨도 '테크놀로지를 이용해서 쿠킹하기에' 정말 충격을 받았다고 했는데, 자세히 들어 보니 붕어빵 장수를 말하는 것이었다.

11
—
27

이 글은 1유로짜리 싸구려 커피와 2유로짜리 싸구려 살라미 샌드위치를 먹고 난 후, 쓰고 있다.

　정확히 말하자면 내가 먹은 샌드위치는 살라미 치즈 샌드위치다. 종종 이용하는 학교 앞 역내 가게 점원이 굉장히 호의적이다. 며칠 전에는 약 20시경에 가니, 무인도에서 구조선을 만난 것처럼 반겼다. 이집트 이민자인 그는 내게 뜬금없이 악수를 청하며 '프렌드'라 칭했다. 그러면서 허니 크림빵과 딸기맛 빵 서너 개를 서비스로 담아 주었다. 나는 '어. 어. 이거 왜 이러는 거지'라며 어리둥절해 했는데, 그는 "너는 매일 와서 내게 안부를 물어보니까, 이제 손님이 아니라 친구다"라고 말한 뒤, 스스로 설정한 자신의 모습에 도취됐는지 "아아. 이건 내일 아침에 먹어"라며 크루아상을 또 집어서 봉투에 넣어 줬다.

　바로 이 녀석이 오늘은 내가 "살라미 치즈 샌드위치는 없냐?"고 묻자, 메뉴에는 없지만 널 위해 만들어 주겠다며 즉석에서 조리해 준 것이다(나는 이탈리아식 건조 햄인 '살라미'를 굉장히 좋아한다). 게다가, 오늘은 커피값을 받지 않았다. 나는 '아. 아. 그럴 필요까진 없는데'라며 역시 어리둥절해 있었는데, 그는 다시 내게 악수를 청하며 "We are Friends"라고 짧은 영어로 말했다. 역시 이집트인들은 어딜 가더라도, 급속도로 친구가 된다는 인상을 준다.

　파비오와 나 여사의 식사 초대, 그리고 이집트 친구의 서비스 정

신으로 미루어 보건대, 확실히 베를린인들에게 나는 불쌍해 보이는 것이다(한국 중장년의 영혼에 빙의한 프랑스 아가씨 아드리아나도 토요일에 자기 집에서 개최하는 '크레페 파티'에 나를 초대했다. 참고로 나는 크레페는 싫어하지만, 한국 아저씨 같은 아드리아나의 눈치를 안 볼 수 없어, 건강에 특별한 이상이 없는 한 참석할 예정이다).

오늘 드디어 학원의 첫 달 수업이 끝났다. 종강인 만큼, J 선생은 '야외 수업'을 하자고 우리를 꼬드겼는데, 교실을 박차고 간만에 밖으로 나오니 눈물이 얼음이 될 만큼 추웠다. 우리는 어쩔 수 없이 '성탄 장터(Christmas Market)'에서 따뜻한 와인(Gluh Wein)을 마셨는데, 마시다 보니 '이거 패키지 여행을 했더니 특정 쇼핑몰에 끌려 나온 관광객의 신세가 아닌가' 하는 생각이 들었지만 어느새 몸이 스르르 녹으면서 한국으로 돌아가고 싶다는 결론에 귀결했다.

온돌이 그립다. 어묵국, 전기장판, 돌솥밥, 누룽지, 부침개, 정
종…… 따뜻한 모든 게 그립다.

종강 날이라 그냥 헤어지긴 적적해 백림의 인간 내비게이션인 아
드리아나가 끌고 가는 대로 따라갔다. 역시 게토 같은 한 바였다. 게
르만 청년들이 포켓볼을 치고, 탁자 축구(Table Football)를 하고 있
었는데, 같이 하자기에 동참했다가, 깊은 패배의 우울감에 젖고 말
았다. 말이 손가락만 움직이면 되는 탁자 축구지, 그것은 상당한 기
술과 탁월한 전략을 요하는 하나의 세계였다.

게다가 여느 유흥 주점이 그렇듯, 대개 '어. 반가워. 나도 해도 될
까' 하며 쓰윽 끼는 고수가 있기 마련이다. 이런 식으로 합류한 덕국
의 한 청년은 '키카(kika)'라는 이 탁자 축구 경력이 7~8년 정도 된
다고 했는데, 그의 상당한 손놀림으로 미뤄 보아 적어도 십수 년 이
상은 식음을 전폐하고 탁자 축구 수련에 매진했다고 해도 과언이 아
닐 정도였다. 손잡이를 돌려서 공을 잡아채고, 그 공을 툭 쳐서 패스
를 하더니, 받은 공을 게르만 전차 군단의 대포처럼 쏘아 대는데, 역
시 '덕 중에 최고 덕은 양덕이더라'라는 명문을 떠올리지 않을 수 없
었다. 매번 느끼지만, 서양의 덕후(오타쿠)들은 이길 수가 없다.

그나저나, 전생에 한국인 아저씨였던 아드리아나는 물론, 어여쁜

엘레나까지 내게 강숫을 날리며 40대를 목전에 두고 있는 이 춥고 외로운 독거남을 농락했는데, 이들은 숫을 날릴 때마다 찢어지는 목소리로 나를 희롱하듯 "민숙!", "민숙!" 하고 외쳐 댔다.

여기서 잠시, 아드리아나와 엘레나에게 합동으로 보내는 마음의 편지.

친애하는 아드리아나와 엘레나에게.

봉쥬르 앤 본 조르노.

너희가 아직 세상 물정을 몰라서 그러는 모양인데,
너흰 한국에서 날 만났으면 나를 '선생님'이라고 불러야 돼.

응? 아드리아나. 따라해 봐. 머슈(monsieur)! 머슈(monsieur)!
선생이라고.

엘레나. 너도 따라해 봐. 인센얀떼(insegnante).
한 번 더. 인~쎈얀떼(insegnante).

알겠지. 나 이제 뼈도 안 붙는 나이야.

자, 그럼 다시 일기로.

연패를 당하고 나니 영혼까지 텅 빈 느낌이 들었다. 탁자 축구를
하니 대화는 자연스레 축구 이야기로 넘어갔는데, 이탈리아인 파비
오는 '안느(안정환)'에 대해 또렷이 기억하고 있었다. 신체 언어계
의 전문가인 파비오는 안면 근육의 약 89%를 사용하며 "Ahn이 우
리 가슴에 칼을 꽂았어"라며 그가 페루자에서 쫓겨난 일화와, 다시
는 이탈리아 땅에 발조차 붙일 수 없다는 현지 분위기를 생생히 전
했다. 안정환이 TV 쇼에서 "이태리에 여행조차 갈 수 없다"고 한 말
은 전혀 과장이 아니었다. 분위기로는 항공기 경유조차 못 할 것 같
았다. 이탈리아에서는 첫 번째 종교가 축구이기에, '안느'가 이탈리
아 공항에 발을 내딛는 순간, 그 누구도 그의 안전을 담보할 수 없다
고 말했다(정확히는, 생명을 담보할 수 없다고 했다). 부디 안정환의 인
생에 지속적인 안전과 평안이 깃들길 기원한다.

백림의 모든 상점과 식당이 문을 닫는 성탄 시즌에 어딜 갈까 고민
하다가, 결국은 스페인에 있는 다닐로 집에 머물기로 했다.

나 역시 그에게 "내 집에 있는 남는 방에 언제든지 맘껏 머물러도
좋다"고 했다.

마흔네 번째 날이었다.

이 글은 쌀쌀해진 날씨 탓에 오랜 시간 샤워를 하고, 온몸에 보디 로션을 잔뜩 바른 후 쓰고 있다.

두 번째 특강을 마쳤다. 이번에는 학부생을 대상으로 했기에, 좀 더 쉬운 한국어를 구사하려 했으나 몇몇 학생들이 여전히 어리둥절해 하기에 내 가난한 영어를 섞어서 했다. 그럭저럭 이해했길 바란다. 강의가 끝난 후 꽤 많은 학생들이 사인을 받아 갔다. 왜 받아 갔는지 의문이다.

알지도 못했던 작가의 사인을 받아 가는 것은 무슨 속내일까. 어떤 관점에서 보자면 나이를 먹었다는 것은 어쩌면 누군가에게 사인을 받을 필요가 없다는 걸 재빨리 파악할 줄 아는 게 아닐까 싶다. 이번에도 강의 초반의 어색함을 누그러뜨리기 위해 '시와 바람'의 노래를 한 곡 들려주었다(오늘은 홀머 선생이 먼저 부탁했다). 「아임 낫 어 김치」를 들려줬는데, 학생들이 키득거리며 좋아해 주는 눈치였다.

사실 나는 한국에서 내 취향과 내가 관여한 창작물들이 마이너하다는 것을 줄곧 느껴 왔는데, 그럼에도 불구하고 '어쩌면 서구권에서는 마이너하지 않을 수 있다'는 생각을 간혹 하곤 했다. 나의 날카로운 분석과, 이 예리한 예상은 다닐로와 아드리아나와 CJ와 파비오와 엘레나와 네 시간 동안 음악을 들으며, 철저히 무너졌다. 나는 한국뿐 아니라, 전 세계적으로도 마이너한 취향을 가진 것으로 판명 났다(적어도 미국과 이태리와 프랑스와 스페인과 남미 대륙으로부터는 마이너 취급을 받았다).

내가 즐겨 듣는 앨런 헐(Alan Hull) 같은 가수는 아무도 몰랐고, 그들이 열광하는 음악에 나는 별다른 흥분을 느끼지 못했다. 이 시간부로 내가 명백히 마이너한 취향의 소유자라는 것을 인정한다(아직 중동과 아프리카와 서남아시아의 반응까진 살피지 못했지만, 그쪽까진 확인할 만큼 열정적이진 않다).

다시 한 번 포기의 미학을 느끼며 그럭저럭 살기로 했다. 좀 더 어렸다면 '이게 다 내가 특별하기 때문이야'라며 편리한 자위를 했겠지만, 이제는 이런 합리화가 자기기만에 지나지 않는다는 걸 알고 있다.

다음 주부터는 시나리오 「시티투어버스를 탈취하라」의 수정을 시작할 예정이다. 2년 전부터 마음으로만 너무 열심히 쓴 탓인지, 작업하기 전부터 몹시 피곤하다. 이럭저럭 성탄 전에 끝내고, 부디 시나리오에서 해방되고 싶다.

마흔다섯 번째 밤이다.

11

29

이 글은 이불 속에 몸의 8할을 집어넣고 손과 얼굴만 대충 빼내어 쓰고 있다.

하루아침에 돌아선 연인처럼 공기가 몹시 냉랭해졌다. 나는 여름에도 마음이 추운 사람인데, 냉동 인간이 돼 버릴 만큼 몸까지 추워지니 버텨 낼 재간이 없다.

하여 저녁때 크레페를 먹으려고 아드리아나 집에 가다가 도저히 안 되겠다 싶어, 아무 상점에나 들러 일단 싸구려 외투를 한 벌 걸치고 나왔다. 부디 이 외투로 몇 주 정도는 버텼으면 한다.

오후에는 파비오, 엘레나와 함께 포츠담(Potsdam) 시를 방문하였는데, 가는 도중 동장군이 육신을 정복하려는 기운을 감지해 슬며시 발을 빼 일찍 귀가하고 싶었으나, 첫 행선지인 (그러나 주목적으로 변해 버린) 식당의 음식이 입에 맞았다. 독일에 와서 처음으로 소시지가 아닌 그럴싸한 음식을 먹어 봤다. 역시, 세상 어디에도 인간이 살아가는 이유는 존재하는 법이다.

우린 이방인으로서 영원히 사라지지 않을 허기를 일단 독일식 족발인 학세로 달랬는데, 마침 이날따라 먹으려 했던 '구운 학세'는 없고 '찐 학세'만 있다 하여, '아니, 나는 구운 학세를 먹으려고 다 죽어 가는 이 몸을 이끌고 한 시간 동안 헤매서 왔단 말이오!'라는 말을 표정으로만 짓고 군말 없이 갖다 주는 '찐 학세'를 먹으니 훨씬 맛있

었다. 추운 날씨에 추운 몸과 추운 마음까지 녹여 줄 학세의 기름기
와 부드러운 속살은 인도양과 대서양을 넘어 있을 고향의 음식 맛을
방불했으니, 나도 모르게 또 모두의 식대를 치르고 말았다.

파비오는 십 년 더 늙어서 나처럼 되고 싶다고 했다(귀찮아서 의미
를 물어보진 않았지만, 표정으로 보아 상당히 우호적인 발언인 듯했다).

생활이 단순해졌다. 아침에 일어나서 어제 일을 회상하며 일기를
쓰거나, English Breakfast로 첫 끼를 대충 때우고 연구실로 나가 글
을 쓴다(사실은 와이파이를 쓴다. 나는 중독자니까). 학원에 가서 수업
을 듣고 누군가와 함께 저녁을 먹거나 털레털레 걸어와 아침에 못 쓴
일기를 쓰거나, 그냥 무시하고 잔다.

이것이 나의 일상이다. 바라는 것이 계속 줄고 있다. 현재로서 바
라는 것은 부친의 부채 해결과 와이파이뿐이다. 하나 더 보태자면,
엄마 품 같은 '아주 따뜻한 외투 한 벌' 정도다.

이마저도 언젠간 사라질지 모르겠다.

마흔여섯 번째 날이다.

이 글은 대충 살기로 결심하기 전, 즉 지나치게 열심히 살던 시절 하루에 일기를 두 번 쓰는 우를 범해 어쩔 수 없이 보관해야 했던 글이다.

정확히는 2014년 11월 17일에 쓴 글이다.

말하자면, 나는 이제 일기에도 소설처럼 액자식 구성을 펼치는 '일기 속의 일기'라는 신장르를 만들어 내고 있는 것이다(라며 나의 게으름을 달래고 있다).

*

이 글은 스페인식 부리토를 먹고 미국식 콜라를 마시고, 독일식 지하철을 타고 집으로 돌아가는 길에 한글로 쓰고 있다.

베를린은 살기에 실로 적적하고 고단하지만, 그만큼 친구를 사귀기엔 좋다. 모두가 각자 나름대로 적적함과 고통을 겪어 봤기 때문인 듯하다. 그래서 완전히 안정된 생활을 하는 사람이 아니라면, 어느 정도는 각자 심리적 결손감을 느끼고 있는 것 같다.

건강이 좋지 못한 날 100미터 떨어져서 보면 톰 크루즈로 헷갈릴 법한 '스테판'(프랑스 청년. 나이 미상. 특징: 잘생겼음)이 내게 음악회에 갈 생각이 없느냐고 물었다. 나는 필하모니에 관심이 상당히 있었기에, (여유와 능력도 없으면서) 내가 좀 알아보고 연락하겠다고 하며 전화번호를 교환했다. 이런 식으로 친구가 생기는 것이다.

요약하자면,
1. 어. 반가워. 나 스테판이야.
2. 음악회 안 갈래?
3. 좋아. 이게 내 연락처야.

끝이다.
(덧붙이자면, 이후에 스테판과 음악회를 가진 않았지만, 대신 둘이 밥을 먹었다.)

저녁 식사를 하고 파비오, 아드리아나 커플과 함께 유럽의 세금에 대해 토론했다. 프랑크푸르트의 '乙'이 외국인 노동자이지만 소득의 1/3을 세금으로 내므로 "너도 이곳에서 일을 하면 1/3을 세금으로 내야 한다"고 하니, 파비오는 "당연하다!"며 "이태리에서는 소득의 절반을 세금으로 내기 때문에, 독일이 낫다!"고 했다. 소득은 독일보다 낮으면서 세금은 독일보다 많이 내야 하는 데다, 물가마저 독일보다 비싸면서 복지는 독일보다 좋지 않아 이태리 청년들은 죽을 지경이라 했다.

그러면서 "동거를 하지 않으면 집을 구할 수 없다"고 했다. 정말 많은 청년들이 경제적 이유로 동거를 하고 있었다. 그러니, 일단 어느 정도 적당히 사귀면 자연스레 동거 단계로 넘어가는 것이다.

요약하자면,

1. 어. 반가워. 나 파비오야.

2. 널 사랑해. 같이 살까?

3. 좋아. 이게 내 주소야.

또, 끝.

(덧붙이자면, 꽤 보수적 집단이라 할 수 있는 한인 부모 세대들도 '뭐. 어쩔 수 없잖아. 동거라도 해야지'라는 분위기다.)

이러다 보니 어떤 커플이 동거를 해도 실질적으로는 사랑이 다 식어 버렸으나 현실적 이유로 그럭저럭 함께 사는 것일 수도 있다.

파비오는 자신이 신문에서 본 한 그래프의 내용을 내게 알려 줬는데, 한 청년의 소득을 100이라 가정할 때 이태리 청년은 세금을 내고 집세를 내고 각종 공과금과 통신비 및 식대를 제하고 나면 결국 20이 남는다고 했다(밀라노 도심의 집세는 2000유로 정도). 반면, 독일 청년은 '100' 중에 '60'을 남긴다(이 숫자에 대한 견해는 나와 약간 달랐다. 나는 '40'이 남는다고 생각했다). 여하튼, 독일 청년들이 훨씬 더 남기고, 복지 혜택도 더 받는다는 데에는 의견을 일치했다.

독일 대학생들은 독일 정부에서 용돈을 받으며 학교를 다닌다(단, 고소득층 자녀에겐 용돈을 주지 않는다). 태어났을 때 1000유로 이상의 출산 장려금을 받고, 육아 지원비로 매월 200유로 이상 받는다.

이십 대 중반이 될 때까지 이 돈을 받는데, 대학에 입학하면 학업 지원금을 가정 형편에 따라 월 최대 700유로까지 받는다(500유로였나?). 여하튼, 어떤 학생(즉, 고소득층 가정 출신이 아닌 이십 대 초반 대학생)은 매월 정부로부터 900유로를 받으며 공부할 수 있는 셈이다.

내가 한국에서 매달 집세만 62만 원씩 내고 있다고 토로하니, 파비오는 한국에 가서 살고 싶다고 했다(물론, 나는 집세만큼 아까운 게 없다고 생각하는 사람 중 한 명이었다). 독일과 이태리의 급여를 이야기하다 보니 乙의 소득도 잠시 화제에 올랐는데, 파비오는 즉시 乙의 부하 직원이, 엘레나는 乙의 비서가 되고 싶다고 했다.

부디 乙의 부하 직원인 게르만 여성이 자리를 잘 지키길 바란다.

오늘 수업을 복습하려고 일찍 헤어지려는데, 파비오가 다시 한 번 말했다.
"친구에게 내가 놀고 있다고 말해 줘!"

서른네 번째 날이었다.

*

라는 일기를 재활용한 마흔일곱 번째 날이었다.

12

01

지금으로부터 마흔엿새 전, 즉 1,104시간 전, 그러니까 66,240분, 즉 3,974,400초 전, 나는 적막한 백림의 이 집에 도착했다.

시각은 자정을 넘었으며, 세상은 깊은 잠에 빠져 있었다. 밖은 어둠과 찬 공기로 가득 찼고, 방은 낯섦과 고요만이 가득했다. 그 방에서 불을 켜니, 창틀 위에 작은 화분이 있었다. 정체가 무엇인지 가늠조차 불가능한 녹색식물이었다. 뿌리와 줄기와 잎으로 구성된 식물이었다. 그날 나는 왼손을 쓸 수 없어, 오른손으로 문을 열었다. 그리고 오른손으로 그 뿌리와 줄기와 잎으로 구성된 식물에 수돗물을 부어 주었다. 다음 날에도, 프라하에 갈 때도, 프랑크푸르트에 갈 때도, 강의가 있는 날에도, 함부르크에 갈 때도 물을 부어 주었다.

그리고 다시, 3,974,400초, 아니 66,240분, 아니 46일이 지났다. 여전히 이 식물의 정체가 무엇인지는 모르겠다. 하지만 현재 이 식물은 뿌리와 줄기와 잎과 '꽃잎'으로 구성돼 있다. 며칠 전부터 한 잎, 두 잎 피기 시작하더니, 이제 여섯 송이가 만개했다.

시험 삼아 왼손으로 문을 열어 보았다. 열렸다!
역시 시험 삼아 팔굽혀펴기를 해 보았다. 단 1회조차 할 수 없어 깊은 무력감과 절망에 빠져 온종일 우울했던 것이 불과 2주 전이다. 지난번처럼 몸을 들다가 엎어져 다칠지도 모른다는 염려 속에 왼팔을 조심스레 뻗었다. 들렸다!
내 왼팔이 내 몸을 들었다. 핀 꽃송이 숫자만큼만 내 몸을 들고, 멈쳤다. 여전히 얼굴에 상처는 검게 남아 있지만, 그 색깔이 많이 옅어졌다.

역시 세상 누구에게라도 살아갈 이유는 존재하는 법이다.
(그 누구가 아시안 국제 호구라 할지라도.)

타임머신을 타고 해방 직후로 돌아가 조선인 양경종을 만나고 싶다.
그만이 나의 이 기쁨을 온전히 이해할 것이다.

백림에서 지내야 할 날들이 지내 온 날들보다 더 적어진 마흔여덟 번째 날이었다.

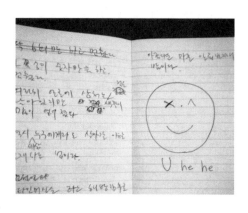

이 글은 격주로 연재하는 영화 칼럼을 위해 장안의 화제인 「인터스텔라」를 보러 가는 전차 안에서 쓰고 있다.

어제 학원의 두 번째 달 수업이 시작됐다. 지난달에 아무 생각 없이 낮 시간에 수강했다가 집필 활동을 전혀 하지 못했다. 이번 달은 저녁 시간으로 바꿨는데, 낮에는 구직 활동을 하길 원하는 다닐로와 엘레나 역시 시간대를 바꿔 나와 또 같은 반이 되었다. 우리 셋 외에 총 5명의 학생이 더 있는데, 유럽의 경제지표를 그대로 반영한 인구 구성이다. 몇 해 전 국가 부도를 선언한 그리스 커플이 두 명 있고, 키프로스에서 온 여학생 역시 그리스어를 쓰는 걸로 보아 그 나라 또한 그리스의 부도에 영향을 받아 온 듯하다. 즉, 그리스어권 학생이 3명, 폴란드 학생이 1명, 루마니아계 스페인 거주 학생이 1명 있다. 요약하면, 결국 그리스와 스페인, 이태리의 경기 침체로 모두 독일어 학원에 모인 것이다.

단, 폴란드 여학생은 변호사로서 그냥 베를린이 좋아서 왔다고 했다. 그녀에게서는 자본의 향기가 난다. '도이치 뱅크'라는 곳에서 일하는데, 마른 몸매와 퇴폐적 눈빛을 소유해서 그런지, 오늘 갑자기 다닐로가 내게 얼굴책 전갈(facebook message)을 보냈다.
"마크다! 마크다가 너무 예뻐!"
그러면서 "마크다를 우리 아파트로 초대해서 음식을 대접하자"고 했는데, 그가 '우리 아파트'라고 말한 이유는 다닐로가 나의 집에서 살기로 했기 때문이다.

결국 내 숙소의 빈방은 다닐로의 몫이 되었다. 나는 성탄 시즌에 다닐로의 스페인 집을 사용할 예정이다. 그나저나, 이 소식을 접한 파비오가 질 수 없다는 듯이 "밀라노 근교에 비어 있는 내 집을 쓰라구! 비어 있어!"라고 했다. 나 역시 서울에 있는 내 빈집을 언제든지 파비오 커플이 쓸 수 있다고 했다(사실, 한 영화감독이 쓰고 있다. 물론, 지금 당장 갈 가능성이 없어 보여서 한 말이지만, 이 둘이 서울에 오면 내가 딴 데서 자더라도 집을 제공할 생각이다). 우리는 숙박 공유 사이트인 'Air B&B'를 본떠서, 우리끼리 밀라노, 서울, 스페인 비고를 기반으로 하는 숙소 무료 공유 연대를 결성키로 했다.

머리카락이 꽤 자랐다.

어서 자라서 버섯 모양이 사라지길 바랐는데, 더욱더 큰 버섯이 되었다.

머리를 감고 거울을 볼 때마다, 얼굴 위에 얹어진 심각하게 발육이 좋은 대형 버섯을 목도한다. 예상컨대, 시간이 지날수록 버섯은 더욱 자랄 듯한 낌새. 이발사 할아버지를 다시 찾아갈 생각을 하니 벌써부터 속이 쓰려 온다. 신체발부수지부모인데, 도무지 적응할 수 없는 환경이다.

온종일 시나리오를 마음으로만 썼더니, 이상하게도 몸까지 지쳤다. 목적지에 도착했다.

마흔아홉 번째 날이었다.

12
03

AY

RIEN

EEK

4 || 12h Sektempfan̄g...
...a, 1.Etage, Otto-von-Simson-Str. 23

4 || 20h30 Kneipentour in Neukölln
...b, Biebricher Str. 14

.14 || 16h Offenes Treffen im Schwulenreferat
...illa, 1.Etage, Otto-von-Simson-Str. 23

.14 || 20h30 Filmvorführung „Taxi zum Klo"
...enheiten, Weserstr. 50

1./22.10. + 28./29.10.2014

이 글은 힘들었던 학원 수업을 마치고 귀가하다, 일본 샐러리맨처럼 동네 바에 들러 고독하게 맥주를 한 잔 옆에 두고 쓰고 있다.

다닐로가 미인이라고 흥분했던 폴란드 여변호사는 심각한 다혈질이었다. 그녀는 선생이 수업 시간에 진도 나갈 생각은 않고 길거리에 떨어진 밥알이 없나 이리 기웃, 저리 기웃하는 부랑자처럼 헤매고 다닌다고 언성을 높이고는 강의실을 떠났다. 언젠가 폴란드인은 한국인과 비슷하다는 말을 들은 적이 있는데, 그 이유가 술을 엄청 마시기 때문이라 했다. 음주량은 모르겠지만 '다혈질'인 것은 한국인 이상인 듯했다.

키프로스 여학생은 지중해의 모든 태양열을 혼자서 흡수한 듯 더욱 뜨겁게 성토했다. 그리스 남학생은 이 모든 분노가 수업을 더디게 했던 자신의 농담 탓인지 모르는 듯 유유자적했다. 이 그리스 청년의 몸속에는 유럽 전역은 물론, 전 세계를 경기 침체에 빠뜨리고서도 태평하게 지내는 그리스의 면모가 그대로 녹아 있는 듯하다.

그나저나, 민주주의의 초석을 마련한 플라톤과 아리스토텔레스는 자신들의 후예가 21세기의 독일어 학원에서 쓸데없는 농담을 길게 늘어놓다가 타인들에게 폐를 끼친 걸 알고 있을까. 아니면, 그리스 청년이 말이 많은 것 역시 토론 문화를 발전시켰던 플라톤과 아리스토텔레스 같은 선조들 탓일까. 여하튼, 그리스 청년 '이오네스'는 독일어 학원이 아테네의 아고라 광장인 듯 말을 많이 한다. 물론, 그 말

은 민주 사회로 가기 위한 토론은 아니고, 일자리가 시급한 이들 앞에서 늘어놓는 재미없는 농담인지라 학생들이 비분강개하고 있다.

사실, 한가한 나는 강 건너 불구경하듯 '으음. 다혈질이군' 하며 볼 뿐이다. 단지 키프로스 학생이 그리스 청년의 농담으로 인해 더뎌진 수업 진도를 독일 선생에게 따지는 모습이 마치 '그리스 때문에 내가 독일에 와서 이 고생을 하고 있잖아!'라고 우회적으로 항변하는 것 같다. 폴란드 여학생은 유럽의 경기 침체와 상관없이 단지 베를린이 좋아서 왔듯이, 그저 '내가 수업에 집중하기 힘들잖아!'라는 식으로 화를 낼 뿐이다.

개인은 실로 다양하고 모두 제각각이다. 하지만, 국적은 개인에 대해 일정 부분 정도는 설명해 준다. 물론, 일정 부분 이상의 해석은 예의에 어긋난다. 어제 두 달째 독일어 수업을 수강하며 깨달은 사실이 하나 있는데, 그건 독일어가 아니라 스페인어를 배워야 한다는 사실이다.

수강생 전원이 스페인어를 했다.

일본어와 이태리어를 배울 때에도 느꼈는데, 영어를 제대로 하지 못하는 사람에게 일본어와 이태리어를 쓸 기회는 오지 않는다(물론, 개인의 유흥이나, 현지에서의 삶을 위해서는 필요하다). 즉, 외국어 학습에도 순서가 있는 셈이다.

말하자면,

영어 → 스페인어 → 불어, 독어 → 일본어, 이태리어, …… 스와힐리어, 와 같은 순이다(중국어는 배우고 싶은 마음이 없어서 제외시켰다).

사실 나는 대학원을 졸업하고 서반아어를 두 달 정도 배웠지만, 금세 포기해 버렸다. 그리고 이태리어와 독일어를 배우면서 깨달았다.

이 노력이면 차라리 다시 스페인어를 배워야 한다는걸. 게다가 스페인어는 쓸모 있다(물론, 가장 필요한 것은 영어지만, '노력 대비 가용성'을 말하는 것이다).

살면서 여러 번 느꼈지만 영어를 전혀 못 하면 인생의 범위는 60억 분의 5천만, 즉 120분의 1로 줄어든다. 달리 말해 전 세계의 범위가 1이라면, 인생을 살며 분노를 느끼든, 좌절을 겪든, 정부에 불만이 쌓이든, 혹은 주머니에 돈이 쌓이든 간에 상관없이, 그저 120분의 1의 세계에만 머물러야 한다. 하지만 영어를 그럭저럭 구사하면 자신이 머무를 수 있는 세계의 범위는 2분의 1로 확장된다. 스페인어까지 하면 5분의 3, 그 외 불어, 독어, 이태리어까지 하면 자기 세계의 범위는 점점 더 넓어지는 셈이다(그럼에도 불구하고 이 삶은 고단한 이방인의 삶이다. 그건 어쩔 수 없다). 애석하지만 이것이 현실이기에, 다시 영어와 스페인어를 공부해 볼까 생각 중이다. 그다음에 어중간하게 끝내 버린 일본어를 다시 해 볼까 싶다. 프랑스엔 별 관심이 없으니 통과하고, 이태리어와 독어는 (양국에겐 미안하지만) 그다음이다(냉정히 말하자면, 그만큼 쓸 일이 없는 것이다).

두 번째 일기장을 다 썼다.

아, 오늘 40분 동안 수정해야 할 시나리오의 50%를 끝냈다.

역시 글은 마음으로 쓰는 것이다(사실 소설은 몸으로 쓰는 것이다. 그것은 조사 하나, 수식어 하나 세밀하게 선정해야 하기에 시간이 걸린다. 하지만, 시나리오는 생각한 바를 그대로 옮겨 적으면 되기에 사실 마음으로 쓰는 시간이 훨씬 길다. 물론, 내 경우에 말이다).

팔굽혀펴기를 스무 개 했다.

쉰 번째 날이었다.

이 글은 안개비 내리는 한낮의 오후에 도피오 에스프레소를 마시고 연구실로 돌아와 프랑크푸르트 중앙역에서 산 스파이용 새 수첩을 펼쳐 쓰고 있다.

스파이용이라 그런지 수첩 최후 면에는 독일 지도가 인쇄되어 있는데, 도시명 위에 사격용 과녁이 그려져 있다(도시를 쏘라는 건지, 도시에서 쏘라는 건지, 아니면 그냥 디자인인지 영문을 알 수 없지만, 멋있다). 이 수첩 디자이너를 존중하는 의미로, 앞으로 이 수첩에 일기를 쓸 때는 어디서든, 코트 깃을 올려 세워 입고 쓰기로 했다.

잠시 코트를 입고 돌아와 쓰고 있다. 실내라 약간 답답하지만 이 정도는 스파이용 수첩을 쓰는 문필가로서 감수해야 하는 수고라 생각한다.

싸구려 코트라 그런지 어깨가 결린다. 코트 깃이 예민한 목을 간질인다.

아마 내 심정은 2001년 토니 스콧이 연출한, 스토리와는 별 상관없이 오로지 멋만을 추구했던, 그 이름도 대놓고 스파이 영화인 「스파이 게임」에 출연했던 로버트 레드퍼드만이 이해할 것이다.

영화 속 그 역시 추운 동백림에서 코트 깃을 세운 채 걸어갔다. '이봐, 스파이는 수첩에다 일지를 쓸 때도 코트 깃을 세운다고'라는 듯이.

그나저나, 쉬는 시간에 심각한 다혈질인 폴란드 여변호사 마크다가 내게 성큼성큼 다가왔다. 내 앞에서 무슨 신경질을 부릴까 잔뜩 긴장하지 않을 수 없었는데(나는 이미 속으로 '아아. 절대로 농담 안 할게. 그건 내 속에 있는 또 다른 자아였다고'라는 변명까지 준비해 두었었다), 그녀는 완벽히 다른 자아로 "네 티셔츠가 마음에 들어"라고 했다.

다닐로가 우리의 대화를 말없이 지켜봤다.

나는 다닐로의 안구에서 발사됐음이 분명한 적외선을 뒤통수로 감지하며 그녀의 말을 잠자코 들을 수밖에 없었는데, 그녀는 이미 서울을 두 번 방문한 적이 있다고 했다. 한 번은 출장으로 일주일을, 다른 한 번은 출장에서 겪은 일주일이 굉장히 맘에 들어 사비를 들여 휴가로 다녀왔다고 했다. 그러면서 내게 "서울 이즈 어 쿨 시티"라고 했는데, 나는 처음으로 그녀에게 대답을 했다. "추운 게 아니고?" 그녀는 "아니야. 아니야. 라이브 피시와 핫 라이스가 얼마나 신기하고, 매력적인데!"라고 했다.

라이브 피시란 물론 활어회를 말하는 것이다. 그러나 핫 라이스라는 것이 도무지 감이 잡히지 않아 다닐로의 적외선을 의식하며 잠자코 들었는데, '장갑을 끼고 즉석에서 재료를 넣어 조리한다'는 설명을 꽤나 듣고 나서 결국 김밥천국의 주먹밥이라는 것을 알았다.

음식 이야기가 나오자 다닐로가 이때다 싶어 마크다에게 "나는 순두부도 먹었다고!"라고 했는데, 그 순간 마크다는 마네킹이 돼 버렸다.

그녀가 침묵하면 정말로 마네킹 같다.

나는 이런 온탕과 냉탕을 오가는 성격에 몹시 지쳐 있는 사람인지라, "요즘은 중국산 김치도 많아. 좋다구"라고 해 줬다.
부디 지성적인 여변호사가 대화의 맥락을 잘 이해해 줬길 바란다.

L 교수가 토요일에 친히 집으로 초대를 해 주었으나, 아쉽게도 방문하지 못할 것 같다.

목돈을 주고 구입한 유레일패스가 아까워, 주말에 드레스덴에 가기로 했다.

팔굽혀펴기를 스물한 개 했다.

쉰한 번째 날이었다.

Lebensfreude

JESUS

GEO SP

SHANGHAI,
HONG

Spektrum

Das Reich d

12
—
05

Schwe

Heiß auf Weiß
Das waren Zeiten
Läuft super

MUS

MEISTER-BAC

T & DVD

DUMMY

GEO EPOCHE
Die DDR

erlin

이 글은 금요일 밤의 적적함을 달래기 위해 TV를 틀어 놓은 채 쓰고 있다.

백림을 잠시 스쳐 가는 뜨내기들만 사는 이 집에는 당연히 케이블 TV 같은 게 나오지 않는다. 이 집에 도착한 첫날 밤 나는 정체불명의 화분과 역시 정체불명의 안테나를 하나 발견했는데, 신문방송학 전공자답게 밤 12시가 넘은 시각에 즉시 안테나를 연결해 TV 수신을 확인해 보았다.

엉망이었다.

화면에 비가 세로로 내리기도 하고, 갑자기 강풍이라도 불어닥친 듯 비가 가로로 내리기도 했다. 백림의 우울한 날씨에 걸맞게 화면은 지속적인 장마철에 접어들었고, 그 화면이 뿜어내는 음성은 비 맞은 독일 병사처럼 뭔가 투덜대는 듯, 딱딱하면서도 불만 가득하게 들렸다. 굉장히 건전하고 이성적인 정치 토론 프로그램을 볼 때에도 모자이크가 생겨서, '어허. 역시 정치 이야기는 청소년의 정서에 해롭단 말인가' 하면서 보았다.

눈을 감아도 하얀 사선이 보일 만큼 브라운관 속 빗줄기를 서너 시간 보고 난 그때, 나는 한 가지 사실을 깨달았는데, 그건 독일 TV가 정말 재미없다는 것이다. 어느 정도냐면, 내가 이때껏 다닌 40여 개국의 모든 국가를 통틀어서 1위라 해도 손색없을 만큼 재미없었다. 케냐 TV와 에티오피아 TV보다 재미없다(독일인들에겐 미안하지만, 정말 그렇다). 하나, 서울에서 일주일에 영화 두 편씩은 봐 온 나로서는 답답하기 그지없어, 어쩔 수 없이 TV를 틀었는데 여전히 브라운관은 장마철을 벗어나지 못하고 있었다.

그런데, 빗줄기 속에 성룡이 중국 고대 의상을 입고 (비를 맞으며) 독일어를 하고 있었다(지난주에는 니컬러스 케이지가 유창한 독일어를 구사했다). 한국에서 흥행에 참패한 제목조차 알 수 없는 영화였는데, 조금 지나자 좀 더 낯익은 얼굴이 나와 독일어를 했는데, 도무지 이름이 기억나지 않았다. 너무 낯익어 '어. 어. 누구지? 분명히 아는 사람인데…… 왜 한국 이름이 안 떠오르지?' 하는 중에 유승준이라는 걸 깨달았다.

베를린의 내 방 안 TV 속에서 검게 그을린 얼굴로, 유창한 독일어를 구사하는 유승준은 건강해 보였다. 그러고 보니, 그는 군대 문제로 활동을 접은 것 같은데, 영화 속에서는 상당히 많은 부하를 거느린 장수 역할을 하고 있었다. 나는 군대에 다녀왔지만, 유승준이 군대를 안 갔다고 해서 딱히 억울하거나 괘씸하다는 생각을 하지 않기에, 그저 그의 연기가 좀 더 자연스럽기만을 바랄 뿐이다(그가 공언한 것을 지키지 않았다 해도 나는 별 관심이 없다. 다시 말하지만 나는 그의 군 문제에는 별 관심이 없고, 그저 독일어로 더빙을 해도 어색해 보이는 연기만 좀 더 자연스러워졌으면 할 뿐이다).

백림에 와서 무얼 했나 뒤돌아 보니, 일기만 쓴 것 같다. 대충 살자고 해 놓고, 일기를 너무 열심히 쓴 것이다. 일기를 쓴다고 해서 누가 '아이고. 최 작가님 고생하십니다' 하며 계좌 이체를 해 주는 것도 아니고, 국가에서 '최 작가. 적성에도 안 맞는 군 복무 하느라 힘들었네. 다음 생에 한국에서 또 태어나면 면제로 해 주지' 하는 것도 아닌데, 너무 열심히 쓴 것 같다.

일기를 열심히 쓴 만큼, 시나리오는 더욱더 마음으로만 쓰게 됐다 (모든 게 일기 탓이다).

그럼에도 불구하고 일기를 쓰는 내 심정은 왜란 중에도 일기를 꼬박꼬박 썼던 이순신 장군만이 이해할 것이다.

팔굽혀펴기를 스물두 개 했다.

내일이면 수도지만 시골 같은 베를린을 떠나 드레스덴으로 간다. 드레스덴은 내가 여행을 가 보기로 한 후보지 중 유일한 구 동독 지역이다. 미국 작가 커트 보네거트의 찬사가 한몫했다. 그가 연합군으로 참전해 드레스덴에서 독일군 포로가 되었을 때, 자신을 해방시켜 준 아군의 폭격을 원망했을 만큼 아름다웠다는 드레스덴의 건축물과 사람들은 어떠할까.
아마, 숙소에선 TV도 잘 나오겠지.
쉰두 번째 날이다.

12

06

이 글은 비 내리는 날 우산 없이 버스 정류장에 몸을 피한 채, 코트 깃을 세우고 목도리를 하고 장갑을 끼고서 쓰고 있다(간단히 말해, 춥고 축축하다).

어제 암흑 속에서 한 시간을 걸었다.

기차 안에서 어쩐지 시나리오가 잘 써져, 그만 숙소 예약을 하지 못하고 드레스덴 역에서 내렸다. 당연히 아는 것도 없었다. 내가 아는 것은 단지 미국 작가 커트 보네거트가 드레스덴을 사랑했다는 사실밖에 없다(어쩌면 그의 소설을 좋아하지도 않으면서 이곳에 온 것이 실수였는지도 모르겠다).

기차에서 시나리오를 쓰느라 시간은 흘러갔고, 나름의 성과를 자축하느라 맥주를 한 잔 홀짝이니 어느새 드레스덴에 내 몸은 당도해 있었다. 세상은 어두웠고, 방문했던 모든 호텔에서 "선생을 위한 빈 방은 없소"라는 대답만 들었다. 결국, 애증의 대상(이지만 항상 그랬듯 최후의 보루)인 '부킹 닷컴'에 접속해 드레스덴에 딱 하나밖에 남지 않았다는 100유로 남짓한 방을 잡았다(물론, 300~400유로씩 지불하면 방은 많다).

허기진 상태로 컴컴한 '구시가'를 둘러보니 자연히 배낭을 멘 어깨가 아파, 일단 숙소에 짐을 두기로 했다. '데이터 빈자(貧者)'인 내가 드레스덴 열차 앱까지 다운 받아 호텔 주소를 입력하니 그곳은 대중교통으로 한 시간이 걸리는 곳에 위치해 있었다. 게다가, 버스와 노면 전차를 번갈아 타며 가야 하는 곳이었다.

결국 호텔에 전화해 택시 타고 가면 얼마가 나오느냐고 물으니 직원은 (예의 그렇듯) "노 앵글리쉬(No Englisch: No English)"를 반복했다. 베를린의 해보다 짧은 내 독일어로 결국 30유로.정도 한다는 걸 알아내 택시를 탔는데, 갑자기 인적과 차량이 없는 평야 지대를 향해 달렸다(택시 기사는 컨트리 송을 틀어 주었다). 숙소 앞에 도착해 보니 '아니, 이래도 되나?' 싶을 정도로 아무것도 없었다. 진정 찬바람과 공기와 나무와 고독밖에 없는 곳에 호텔만 덩그러니 있었다.

'노 앵글리쉬' 아줌마는 내게 '노 와이파이 인 치머(Zimmer: 방)'라고 했다(방 역시 와이파이 전파 대신, 고독이 가득했다). '아니. 이건 광고와 다르지 않소!'라고 따지려 했으나, 이 문장을 독일어로 할 수 없어 "아! 소!(아, 그래요!)"라고 호응했다. 아줌마도 내가 아시안 국제 호구라는 걸 아는지, "글쎄. 그렇다니까!"라고 맞장구쳤다.

호텔 레스토랑에서 허기라도 달래려 하니 '노 앵글리쉬' 아줌마는 '무슨 북경에서 순댓국 찾는 소리 하느냐'는 표정으로, 최초의 영어를 했다.

"에브리바디 홈."
(모두 퇴근했다는 뜻인 듯했다. 성탄절이 다가오고 있다.)

그럼, 방 안에 미니 바는 있지 않느냐고 물으니 이번에는 '무슨 이 태리에 와서 아메리카노 찾느냐'는 표정으로 독일어와 영어를 섞어서 말했다.

"노 쿨쉬랑크! 니히트!"
(냉장고 없는데! 없다니까!)

그리하여 나는 결국 암흑 속에서 오로지 십 리 밖에 인류가 존재한다는 증거인 희붐하게 뿜어져 나오는 불빛 하나만을 쫓아서, 30분을 걸어온 것이다.

남극을 최초로 탐험한 노르웨이 탐험가 아문센만이 내 심정을 이해할 것이다(돌아올 때도 역시 30분이 걸렸다).

'노 앵글리쉬' 아줌마의 설명으로 간신히 찾아낸 식당(역시 '아니, 이래도 되나' 싶을 만큼 자연 한가운데에 덩그러니 있었던 식당)에 당도하니, 역시 모두가 '노 앵글리쉬'였다. 모두가 '노 앵글리쉬'이다 보니, 드레스덴이 미 공군과 영국 공군의 폭격을 차례로 받아 영어를 싫어하는가 하는 생각이 들 정도였다. 덕분에 나는 독일어 실력이 느는 느낌을 받았다.

일단 물보다 싸다는 지역 맥주로 목을 축이고 정신을 차려 보니, 옆방에선 역시 '아니 이게 가능하단 말이야'라고 할 정도로 많은 사람들이 모여 회갑연 같은 걸 벌이고 있었다. 밴드는 맥주를 마시며 연주를 했는데, 간간이 '법흥리 김 할아버지 오래오래 사세요' 같은 유산 상속자들이 싫어할 법한 덕담도 늘어놓(는 것 같)았다.

버스는 25분째 오지 않고, 이 글을 쓰는 사이 많은 '노 앵글리쉬' 현지인들이 정류장에 모였다. 첩보원 수첩 디자이너를 존중하기 위해 코트 깃을 세우고 가죽 장갑까지 낀 채 수첩에 한글로 일기를 적는 내 모습을 보고 한 독일 아주머니가 웃으며 "쿨러"라고 했다.

무슨 뜻인지 모르겠다.

어감상 '쿨하다'는 느낌 같다. 그러고선 친구에게 "호호호. 이걸 보라고" 하며 수군거리자, 결국 모두가 내 주위에 모여 내가 일기를 쓰는 광경을 지켜보고 있다. 코트 깃을 세우고 가죽 장갑을 낀 채로 일기를 쓰다가, 잠시 고개를 들어 그간 한 번도 써먹지 못한 문장을 연습한 미소와 함께 읊었다.

"이히 빈 슈리프츠텔러."
(저는 작가입니다. 음음.)
'쿨러' 아줌마가 대답했다.
"아, 소?"
(아, 그래?)
대화가 끊겼다.

버스가 왔다.

쉰세 번째 날이었다.

*

팔굽혀펴기를 스물세 개 했고. 시나리오는 70% 썼다.

URALT-ROCKER
Die Prog-Rock-Legende Uriah Heep präsentierte im Alten Schlachthof auch neue Songs **SEITE 11**

EINBLICKE
Luise Fischer, das 20. Dresdner Stollenmädchen, beantwortet den DNN-Fragebogen **SEITE 16**

Stadthaushalt ohne höhere Grundsteuer geplant

Pegida verzichtet auf Marsch – Montag nur Kundgebung

LEITARTIKEL
VON JAN EMENDÖRFER

Das Experiment Erfurt beginnt

Thüringen: Linker Regierungschef
Ramelow will versöhnen statt spalten

이 글은 드레스덴 신시가지의 성탄 장터에 서서 뜨거운 와인을 후후 불며 간간이 마시면서 쓰고 있다.

물론 코트 깃도 세우고 있다.

낮에 와 보니 드레스덴은 상당히 아담하고 운치 있는 도시였다. 버스에서 내려 노면 전차를 타고 도시를 가로지르니 '아니, 이래도 되나' 싶을 만큼 동화적인 공간들이 쏟아졌다.

지금 이 글을 쓰는 입식 선술집에는 성탄 캐럴이 흘러나온다. 비틀스, 조지 마이클, 마이클 부블레, 레이 찰스 누구 하나 가릴 것 없이 모두 캐럴을 불러 대고 있다('시와 바람'마저도 캐럴에 동참해야 할 것 같은 분위기다).

온(溫) 적포도주를 모두 마셔 온 백포도주를 한 잔 더 사 왔다. 모양은 보리차 같지만, 맛은 좋다. 이곳은 2주 전부터 줄곧 성탄 이브였다. 그래도 이 정도면 연구실 동료 알렉스가 주장한 "독일인은 일 중독자다"라는 게 어느 정도는 타당한 셈이다. 밴쿠버에 있을 때엔 9월부터 사람들이 성탄 계획을 짜고 있었다. 여하튼 성탄 이브 같은 분위기는 앞으로 (당연히) 2주간 더욱 뜨겁게 지속될 것 같다.

늙어서 그런지, 나도 이젠 마음이 따뜻해진다.

내년엔 기부를 좀 더 해야겠다.

드레스덴의 시가지를 거의 보지 못했다. 첫 번째 이유는 오후 3시 40분부터 밤이 돼 버렸기 때문이고, 두 번째 이유는 오후 2시경에 내가 스시 뷔페 식당을 발견했기 때문이다. 그곳에서 나는 시간과 목적과 자아와 여생을 잃어버린 것처럼 먹었다.

내 허기를 달래 준 일본인 행세를 한 중국인 셰프에게 감사를 전한다.

스시 뷔페였지만, 당연히 스시는 하나도 없었다.
(김밥과 유사한 롤과 튀김, 누들이 있을 뿐이었다.)

스시도 없지만 스시 뷔페 집 사장 행세를 한 중국인 사장에게도 감사를 표한다.

덕분에 김밥의 개념을 스시로까지 확장해 게르만 땅에서 한일 양국이 하나 되는 식경험을 할 수 있었다. 다 일본인 행세를 해 준 중국인 사장과 셰프 덕분이다.

드레스덴은 아름답다. 이곳에서는 같은 음악을 듣더라도, 유치하거나 통속적이지 않고 실로 따뜻하게 다가온다. 「라이온 킹」 주제가라도 눈물을 쏟게 할 정도다.

라고 막 쓴 순간 주인장이 음악을 레게로 바꾸었다.

성탄에 레게라니, 역시 눈뜨자마자 찬 빵을 우걱우걱 씹어 대는 독일인의 정신세계는 이해하기 힘들다.

드레스덴에서 코트 깃을 세우고 군은 표정으로 일기를 쓰는 내 심정은 「스파이 게임」에서 연기만큼이나 품위에 신경을 써야 했던 로버트 레드퍼드와 전쟁 중에도 홀로 추석과 설을 보내야 했던 조선인 양경종과 남극에서 고생을 하고서도 '인생은 어차피 탐험이잖아'라는 자세로 또다시 북극으로 떠나 줄곧 떠돌아다녔던 노르웨이 탐험가 아문센, 이 모두가 조금씩 이해해 줄 것이다.

자주 마음이 따뜻해진다.

한국의 친구에게 보낼 선물을 샀다.

소시지가 먹고 싶어졌다.

독일인이 다 되었다.

쉰네 번째 날이다.

12

08

OLYMPIA

SEKE

si
990

Überwachungsstaat

Stasi-
Kinder

Hubertus Knabe
Die Täter sind unter
Über das Schönreden der SED-Diktatu

이 글은 일과를 대충 끝내고, 독일어 학원으로 가는 전차 안에서 쓰고 있다.

내가 특강을 했던 강의 시간의 원래 강사인 홀머 선생과 점심을 함께 했다. 20년 넘게 차이 나는 남자 둘이서 식당에 가려니 손을 잡을 수도 없고, '거. 여유 있으시면 양자나 삼으시죠?'라고 할 수도 없어서 그지 애매한 분위기 속에서 걷고 있었다.

그 탓인지 선생은 태연한 얼굴로 평양에서 4년 살았었다고 했는데, 나는 이때다 싶어 "아! 왜 못 마주쳤죠? 저는 10년 살았었는데"라고 하니, 그가 까무러치듯 놀라며 "탈북자셨어요? 전혀 몰랐는데" 하는 것이었다. 홀머 선생의 대종상 남우 주연상을 능가하는 열연에 나는 "허허허. 선생님 연기도 잘하십니다"라고 하니, 그가 다시 한 번 진지하게 "탈북자 아니셨어요? 깜짝 놀랐잖아요" 하는 것이었다.

이번에는 내가 깜짝 놀랐다.
"아니. 그럼, 진짜 평양에서 4년 사셨던 겁니까?"

홀머 선생이 최대한 놀란 어투로 반문했다(이때에도 그의 얼굴은 태연했다. 알고 보니, 그의 얼굴은 희로애락에 상관없이 항상 태연해 보이는 것이었다).
"모르셨어요? 저, 동독 출신이잖아요."

동독 출신인 그는 훔볼트 대학 재학 당시 학과 규정에 따라 한국학 전공자는 '김일성 종합대학'에서 2년간 수강해야 한다 해서 어쩔수 없이 78~79년 양해에 걸쳐 평양에 머물렀는데, 정작 당시 평양에 간 동기는 자신과 다른 한 명뿐이었다. 당해에 총 여섯 명이 입학했는데, 두 명은 입학 후 얼마 지나지 않아 학과 공부(그러니까 당시 명칭은 '조선어')를 포기했고, 다른 두 명은 북한에 갈 즈음 전과를 해버려, 결국 홀머 선생과 동기 한 명만이 평양에 가게 되었다.

　체류 당시 박정희가 김재규의 총에 맞아 죽어 버렸는데, 홀머 선생은 정말 공포에 떨었다고 했다. 북한 학생들이 "수령님께서 명령만 내려 주시면 남조선에 내려가 불쌍한 남한 동무들을 해방시켜 줘야 할 때입니다!"라며 모두 흥분했기 때문이었다. 여하튼, 그는 이렇게 '조선어'를 배운 게 계기가 되어, 88년에서 89년까지 또 한 번 김일성 정권의 초청(?)을 받아 평양에서 일하게 됐는데, 당시 그가 맡은 일은 총 40여 권에 육박하는 김일성 선집(연설문, 선언문, 주체사상 강의록 등 그 내용이 실로 다양함) 중 제36권과 37권을 독일어로 번역하는 것이었다. 그땐 어차피 동독도 사회주의 국가여서 그냥 일한다는 느낌으로 갔는데, 그는 평양의 몇 안 되는 외국인이라 차관급의 집을 제공받았다고 했다(그때 평양에 있던 외국인은 러시아인, 동독인, 중국인 정도였다).

　그렇게 2년을 일하고 88년에 동독으로 돌아왔는데, 이번엔 88올림픽을 한다 해서 동독 대표 팀의 통역원으로 서울에 가게 됐다. 여행의 자유가 제한됐던 동독인으로서 그때까지 가 본 외국이라고는 '폴란드'와 '체코슬로바키아'(모두 공산권), 그리고 '북한'이 전부였다. 젊은 홀머 선생은 서울에 도착하자마자 '아! 이게 자본주의구나' 하고 처음으로 느꼈다. 같은 나라인데도 남조선과 북조선이 현격히 달랐다고 회상했다. 김포공항에 도착해 서울로 가는 차 안에서 연신 셔터를 눌러 댔는데, 그 누구도 그에게 사진을 찍지 말라고도, 찍은 사진을 검열하지도 않았다. 이쯤에서 스포츠 뉴스를 많이 보아 온 나는 한국이 어땠느냐는 질문을 내뱉고 싶었지만, 아무래도 '박지성을 아느냐?'는 질문 같아서 하지 않았다.

"아! 소!(아, 그래요?!)" 하며 그의 말에 동의하며 잠자코 들었다.

홀머 선생은 한국어를 하게 된 연유로 버라이어티한 삶을 살았다고 했다. 그리고 동독으로 돌아온 지 2년 후, 통일이 된 것이다.

홀머 선생은 지난 9월에도 세미나 초청을 받아 평양에 다녀왔다 (아니, 어떻게 가십니까, 라고 하니, "어. 북경에서 평양으로 가는 비행편이 세 개 있는데. 에어차이나. 러시안에어. 그리고 고려항공이 있어"라고 했다. 독일에는 북한으로 가는 여행사도 있는데, 단 개인이 갈 경우 북한에서 붙여 주는 수행원, 통역원, 운전기사와 함께 다녀야 한다).

내가 평양에 꼭 가 보고 싶다고 하자 그는 금강산과 개성공단, 평양, 그리고 북한 지방에 대한 차이점을 설명해 줬는데, 그에 따르면 평양은 겉은 화려하고 멀쩡하지만 속은 부실하다고 했다. 고층 아파트가 있으나, 수도는 2~3층까지만 나오고, 엘리베이터가 없는 건물도 많다고 했다. 콘크리트와 시멘트는 제조할 수 있어 외관은 멀쩡하게 지었지만, 내부 시설을 확충할 인프라가 없어 안에 들어가면 텅 빈(마치 내부 공사 마감이 되지 않은 공사장 같은 분위기의) 집이 꽤 있다고 했다. 게다가 평양은 당으로부터 인정받은 사람들만 거주하기 때문에, 뭔가 밉보이는 행동을 할 경우 추방당해 영원히 평양으로 들어올 수 없다고 했다.

그러면서 "개성공단은…… 어휴. 거긴 남한이에요. 보도블록도 알록달록한 남한 것, 가로등도 남한 것…… 아, 패밀리마트도 있고, 우리은행인가? 암튼 남한 은행도 있고, 거긴 좀 과장하면 동독 시절의 서베를린 같은 느낌이야. 북한 아니야"라고 했다. 참으로 신기하다.

나도 예전에 NGO에서 근무하던 시절 북한 사업 팀이 있어 종종 외근 간다며 '국산 트라제'를 몰고 아침에 여의도에서 출발해 개성으로 쓱 갔다가 저녁에 쓰윽 돌아오는 직원들을 보곤 했는데, '서베를린'이라 하니 약간 감이 잡힌다(하긴, 광화문에서 출근 버스 타고 매일 개성에 가니까……).

암튼, 북한 시골에는 "중세 시대의 한국 모습이 그대로 남아 있다"고 했다. 그게 진짜 북한이라며 흥미진진한 이야기를 해 줬는

데, 내가 세속적으로 "선생님. 서울에서 이런 이야기하시면 방송사에서 좋아할 텐데요"라고 하니, 그는 안 그래도 케이블 TV가 개국할 때, 현대방송에서 인터뷰도 하고 했는데, 뭐, 별 상관없어 하는 눈치였다.

확실히 동독 출신 독일인은 세속적인 욕심과는 거리가 멀다는 인상을 준다(한국 나이로 예순인 그는 유행이 지난 청바지를 매일 입고, 배낭을 직접 메고 다니며, 학교에서 독일 학생들에게 한국어를 가르치며 지낸다). 그러면서 그는 "연금 나올 때까지 계속 일해야 해" 하며, 내 식사 값까지 치르고 연구실로 갔다.

"아니, 이거 더치페이 하는 독일인한테 얻어먹어서 어쩌죠?"라고 하니, 그는 갑자기 단어가 떠오르지 않는 듯 "나는 한국에 염색됐으니까"라고 했다. 내가 "오염 말씀입니까?"라고 하니, "아니!"라고 하기에, "그럼, 감염?" 하니, "것도 말고"라고 했고, "그럼, 전염?" 하니까, "아니!"라며 웃기에, "그럼 물들었다는 말씀이십니까?"라고 하니, 마침내 "맞다! 물들었으니까!"라고 했다.

돌아오는 길에 캠퍼스 한구석에 대나무가 심겨 있었는데, 그는 잠시 멈추더니 "으음. 한국 냄새" 하며 공기 중에 떠다니는 대나무 향을 흠뻑 마셨다.

파비오에게도, 마크다에게도, 홀머 선생에게도 나에게는 지겨운 일상이라는 단어가 추억이라는 이름이 되어 생활의 활력으로 작용하는 듯했다.

과연 붕어빵과, 주먹밥과, 대나무 간의 상관관계가 어떠한지는 모르겠지만 말이다.

다닐로가 드디어 입주를 했고, 하루 만에 방을 1년간 쓴 것처럼 만들어 놓았다.

시나리오를 75% 썼고, 팔굽혀펴기는 다닐로의 뒷정리를 하느라 피곤해 건너뛰었다.

쉰다섯 번째 날이었다.

이 글은 겨울비가 내리는 오전, 연구실에 앉아 간밤에 먹었던 볼로 네제 스파게티와 스페인식 샐러드의 맛을 회상하며 쓰고 있다.

하루 만에 방을 1년간 쓴 것처럼 만들어 버리는 특출한 재주가 있 는 다닐로는 요리에도 빼어난 재능이 있었다. 그는 어제 학원에서 나를 보자마자 자신감 있는 미소를 짓더니, "널 위해 장을 봐 뒀어" 라고 했다. 나는 쉬는 시간이 될 때까지 기다렸다가 "순두부라도 사 둔 거냐?"라고 물었는데, 그는 음흉한 한국 아저씨처럼 "가 보면 다 알아"라며 농을 쳤다.

그러면서 내게 소금과 설탕과 오레가노(유럽 음식에 쓰이는 박하와 비슷한 향료)를 사야 한다고 했는데, 그 와중에 파비오와 엘레나가 대화에 쓱 끼어들자 이들에게 고발하듯이 "민숙은 설탕과 소금도 없 이 살아!"라고 하는 게 아닌가. 파비오와 엘레나는 마치 내가 '빛과 소금'도 없이 산다는 듯이, "아니, 어떻게 설탕과 소금 없이 살 수 있 느냐?"고 물었고, 나는 "안 그래도 집에 물도 없어서, 오늘 아침에 급하게 물 한 박스와 맥주와 커피를 사 두었다"고 하니, 파비오는 고 개를 끄덕이며 "민숙은 아침에는 물, 점심에는 커피, 저녁에는 맥주 를 마시며 산다"고 역시 이탈리아식 농을 쳤는데, 정확히 맞혀 버려 서 당황했으나 나는 대종상 남우 주연상을 노리는 심정으로 "허허 허. 그런가" 하며 가식적 웃음으로 무마했다.

그나저나 집에 가 보니 프라이팬 위에 볼로네제 양념이 볶아져 있었다. 다닐로가 내게 "부리토를 먹고 싶냐? 스파게티를 먹고 싶냐?"
고 물었고, 나는 인터넷 중독자 다음으로 면 중독자이므로 당연히 "내
게 (와이파이가 아니면) 스파게티를 달라"고 응답했다. 내가 샤워를 하
는 동안 그는 하루 만에 약 1년을 산 주부처럼 "호호호. 음식 다 됐어
요(실제로는, '민숙. 컴 히어. 유어 푸드 이즈 레디')"라며 나를 불렀다.

그리하여 나는 "으음. 어디 한번 맛이나 볼까. 헤헤헤(실제로는 '오.
잇 룩스 굿')" 하며 코리안 마초 아저씨다운 대사를 또 한 번 대종상
남우 주연상을 속으로 노리며 뱉었다. 사실 별 기대도 안 했건만, 맛
을 보니 상당히 좋았다. 그리하여 나는 "앞으로 방은 마음껏 어지럽
히려무나. 내 방도 어지럽혀도 된다꾸나" 하며 그의 헌신적 요리에
대해 경하했는데, 그는 이번엔 "맛있게 먹어 주니 행복해요. 호호호
(실제로는 '아이 워리드 웨더 유 라이크 잇 오아 낫. 나우, 아임 해피')"라
며 10년 차 전업주부처럼 미소를 지어 댔다.

그러면서 하나 더 하겠다며, 즉석에서 스페인식 샐러드를 만들었
는데, '아아. 이것은 내가 이때껏 이 음식을 모른 채 살아온 과거가
실로 헛된 것이었다고 한탄할 만큼, 내 입맛에 쏙 맞고, 건강에도 좋
고, 살도 별로 안 찔 만한 그야말로 노벨상 요리 부문을 신설해서라
도 경하하고 싶은 음식'이었다.

여기서 잠깐, 독거 생활 10년 차 다닐로 조리장(30세, 온두라스)의
레서피 공개.

1. 토마토를 세워서 반으로 잘라요. 그리고 세로로 쓰윽 쓰윽 잘라요.

2. 같은 방법으로 양파를 세로로 쓰윽 쓰윽 잘라요.

3. 참한 접시에 자른 토마토와 양파를 놓고 소금을 약간 뿌린 후, 올리브 오일을 마른 꽃에 물 준다는 마음으로 뿌려 줍니다.

4. 그다음 제 마법의 향료인 '오레가노'(그는 이것을 마치 '미원'처럼 여기저기 썼다)를 뿌려 줘요.

5. 그러고 나서 고향에 있는 여자 친구의 손을 잡는다는 생각으로 쓰윽 쓰윽 샐러드를 주물러서, 민숙에게 "호호호. 음식 다 됐어요"라고 외치면 돼요.

그리하여, 이 스페인식 샐러드를 먹어 봤는데, 맙소사 입안에서 유레카를 외치는 함성이 팡팡 터지는 것이었다. 물론, 나는 별것 아닌 음식에 감탄하기도 하고, 대단한 호텔 음식에 심드렁하기도 하는데(쉽게 말해, 나는 굉장히 취향이 오락가락하는 예민한 도시 남자), 맥주를 꿀떡꿀떡 마시며 먹으니 감칠맛 나면서 굉장히 잘 어울렸다.

오늘 아침에 연구실로 나서며, 늦잠에서 깬 이틀 만에 2년을 사용한 듯한 방에서 나온 다닐로에게 "내게도 너의 볼로네제 스파게티 레서피를 전수해 달라"고 읍소했다. 다닐로 조리장은 너그럽게도 "그럼 한번 심야에 주방에서 소매를 걷어 보지"라며, 내게 비법을 전수해 줄 것을 약속했다. 그때 왜 그랬는지는 모르겠지만, 갑자기 내 손이 통통한 그의 엉덩이에 가 닿아 '찰싹' 하는 소리를 냈는데, 다닐로

는 또 왜 그랬는지 모르겠지만 매우 크게 웃으며 상당히 좋아하는 것
이었다.

"아아. 미안해. 이게 너희 문화권에서는 허용 안 된다는 걸 알지
만, 나도 모르게 실수로……"라고 장황하게 설명을 하려는데, 그는
"우린 더해. 똥침을 놓아!"라고 해서 깜짝 놀랐다.

맙소사. 전 세계 모두 똑같구나.

친구끼리 장난으로 주물러도 전혀 낯설지 않다는 것이었다.
서로 얼굴을 보며 같은 대사를 주고받았다.
"벗, 위 아 낫 어 커플"(하지만, 우린 부부가 아니야).
번역하고 나니 더 이상하다.

팔굽혀펴기를 스물네 개 했고, 스쿼트도 서른 개 했다.

첫눈이 온다.

쉰여섯 번째 날이었다.

나는 지금 전철 옆자리에서 과도하게 진한 키스를 하며 내 자리로까지 진격해 오는 커플 옆에서 몸을 쪼그리며 이 글을 쓰고 있다.

오늘 밤 뜨거운 잠자리가 예상되는 이들의 격렬한 키스로 미루어 보건대, 확실히 베를리너들은 모두 외롭다는 인상을 준다. 방금 여자가 남자의 목에 손을 두르면서 너무 흥분했는지 그 손가락이 내 얼굴에 닿아, 잠시 둘 다 하던 일을 (여자는 키스를, 나는 일기를) 멈추고 서로 정색한 채 "앤슐디궁(미안합니다)" 하고 외쳤다.

말하고 나니, 내가 왜 미안하다고 했는지는 헷갈렸으나, 이 글을 쓰면서 생각해 보니 격렬한 키스를 하고 있는데도 '누우세요'라며 자리를 떠나지 않은 것 자체가 청춘에 대한 실례였던 것 같다.

여하튼, 독일인은 가끔 피해를 주기도 하지만, 사과도 재빨리 한다는 인상을 준다.

오늘 어쩌면 내 소설을 독일어로 번역해 줄지도 모를 선생을 만났다. 먼저 번역가가 내 소설을 맘에 들어 해야 하고, 독일 출판사도 콘택트를 해야 하지만, 이 만남을 주선해 준 '김 교수(프라우 킴: 그렇다. 일전에 필하모니 동양인 단원 전담 이발사를 주선해 준 전력이 있는 선생이다)'에게 감사를 표한다. 김 교수는 이 모임을 마련하며 식사와 차와 후식까지 후하게 대접해 줬는데, '딱 한 시간밖에 여유가 없다'며 후다닥 식사와 후식까지 마친 후 연구실로 돌아갔다.

확실히 독일에 거주하는 모든 근로자는 성탄 전에 모든 업무를 처리하고, 1월 중순까지는 푹 쉬겠다는 인상을 준다.

같은 맥락에서 나도 아기 예수의 탄생 이전에 모든 세속적 작업을 끝낼 생각이다.

시간을 절약하기 위해 전차 안에서만 일기를 쓰고 있다. 그러나 시나리오는 현재 75% 상태에서 멈췄다.
종착역에 도착했다.
팔굽혀펴기를 서른 개 했고, 꽃은 여덟 송이 피었다.
쉰일곱 번째 날이었다.

이 글은 어제에 이어 시간을 절약하기 위해 역시 전철 안에서 이동하며 쓰고 있다.

새벽에 한국에서 전화가 걸려 와 깼다. 탁자 위에서 게르만 전차에 버금가는 막강한 진동을 울리기에 받아 보니, "고객님, 안녕하십니까?"로 시작하는 상냥한 목소리의 은행 여직원 전화였다.

내가 '국제전화'라고 하니, 그녀는 매우 다급하고 상냥한 목소리로 부친의 대출이자를 차주 월요일까지 입금하지 않으면 내 명의로 된 모든 신용카드 사용과 은행거래가 정지된다고 말하며, "거기는 몇 시냐?"는 질문을 잊지 않았다. 이런 연유로 인연이 닿지 않았다면 "몇 시에 퇴근하냐?"고 묻고 싶은 상냥한 목소리였다. 덕분에 그녀의 몸에 밴 친절과 한국으로 돌아갔을 때 나를 기다리고 있을 불행과, 역시 닥쳐오고 있는 마감을 생각하며, 검은 하늘이 새벽 태양으로 붉게 타오를 때까지 잠을 자지 않았다.

기왕 이렇게 된 김에 일찍 나가서 마감이나 하려고 그럭저럭 계란을 굽고, 우유에 콘 프로스트를 붓고, 빵에 치즈와 햄을 끼워 넣고, 탄산수와 커피와 주스를 곁들인 아침 식사를 하(다 보니 굉장히 맛있었……)고, 연구실에 도착해 글을 쓰려 했는데 누군가 연구실 1층 문을 두드렸다.

문을 여니 한 젊은 독일 여자가 바게트 빵 봉지 같은 걸 감싸쥐고 불쌍한 표정으로 비를 맞으며 서 있었다.

'아, 여기에도 잡상인이 오나?' 싶었는데, 그녀는 갑자기 울상이
되어 비를 맞으며 내 앞에서 울먹이기 시작했다(비와 눈물이 범벅된
얼굴을 본 경험이 있는 사람이라면, 이 광경이 얼마나 애처로운지 알 것이
다). '아, 가족 중에 누가 큰 병치레를 하나?'라는 생각을 하며, 긴 바
게트 봉지 안에 든 것을 사 주려고 맘먹었는데, 여전히 울먹이며 영
어로 "I heard about 김기원 선생님(이 단어를 한국어로 발음했다)"이
라 하는 게 아닌가.

나는 순간 의아해져 어서 안으로 들어오라고 한 뒤, 그녀가 울음을
그칠 때까지 기다린 후 자초지종을 들었는데, 사연인즉 "김기원 선
생님이란 분이 지난 주말에 돌아가셨다"는 것이다.

그는 한국의 진보 경제학자로 널리 알려진 분으로, 내가 이곳에 오
기 전까지 같은 연구실을 쓴 분이었다. 그녀는 내가 2층으로 올라가
연구실 문을 열어 주자, 갑자기 내 옆자리의 책상을 바라보고 차마
들어가지도 못한 채 왈칵 울음을 터트려 버렸다. 고인은 내 옆자리
를 쓴 것이었다. 그러면서 바게트 봉지를 열었는데, 그것은 한 송이
의 기다란 국화였다. 나는 다시 1층의 부엌에 가서 컵을 하나 씻고,
거기에 물을 받아 그녀가 가져온 국화를 꽂아 주었다. 그녀는 "김기
원 선생님에게 한국어를 배웠다"고 말했는데, 다시 선생이 떠올랐
는지 손부채를 부치며 겨우 말렸던 눈동자가 다시 젖어 버렸다. 사

라라는 이 젊은 여성은 연신 내게 고맙다며 한국인처럼 고개를 숙여 인사를 한 뒤, 선생이 썼던 연구실 문밖에 서 있다가 돌아갔다.

방을 함께 쓰는 M 교수(L 교수가 아닌 또 다른 교수)는 사연을 듣고, 고인의 가족에게 조의를 전하겠다며 컵에 꽂힌 국화꽃을 사진으로 찍었다. 나는 고인을 만난 적이 없지만, M 교수는 고인과 연구실을 함께 쓰면서 점심도 자주 하며 대화를 나눴는데, 어느 날 불쑥 건강상의 이유로 귀국한다고 다급하게 전화를 남긴 뒤, 몇 달 뒤 결국 이렇게 돼 버린 것이다.

고인은 나보다 스무 살 남짓 많은 듯했다. 모든 사람은 반드시 죽는다는 자명한 진리와, 사람이 자라 온 환경과 문화의 차이는 있지만, 결국 모든 인간은 인간을 추억하고 그 인간의 생에 대해 경의를 표한다는 명백한 사실이 적막한 방 안에 공기처럼 가득 찼다. 건강이 악화되는 와중에도 희망을 품고 독일어 공부를 해 신문도 읽었다는 고인의 삶에 존경과 조의를 표한다.

생의 모든 시간이 귀중하다는 것을 사라의 방문을 통해 되새긴다.

어제 술을 마신다고 외박한 다닐로가 낮에 메시지를 보내 친구 집에서 가구를 옮겨 주다가 바지가 찢어졌다며 학원으로 바지를 가져올 수 있겠냐고 물었다. 아쉽게도 나는 이미 집에서 나온 지 한참이 지난 뒤라 미안하다고 답을 했고, 학원에 가자 그가 명찰 핀을 가랑

이 사이에 잔뜩 꽃은 바지를 입고 나타났다.

김 교수에게 전화 버튼을 잘못 누른 걸 모르고 있다가, 한 시간 이십 분이 지난 뒤 발견했다. 그녀 역시 뭔가 잘못 눌러 내 전화를 받았는지, 우린 한 시간 이십 분 동안 각자 자기 일을 하며 언어 없는 대화를 한 걸로 기록돼 있었다. 오랜만에 멍청한 짓을 다시 했다(하지만 나 같은 소비자의 희생이 쌓이면, 독일의 경기가 좋아져 일자리가 많이 생길 것이고, 언젠가는 파비오도, 엘레나도, 다닐로도 급여를 받게 될 날이 올 것이라고 합리화를 했다).

아침 일찍 나섰으나, 결국 시나리오는 한 줄도 쓰지 못했다.

내일부터 3일간 뮌헨에 다녀오기로 했다.

팔굽혀펴기를 서른한 개 했고, 여덟 송이의 꽃잎 중 네 송이가 땅으로 떨어졌다.

쉰여덟 번째 날이었다.

이 글은 호텔에 물이 없어 갈증을 느낀 채 체크아웃 했다가, 백소 시지로 아침을 때우러 오니 음료가 맥주밖에 없어 독일인처럼 맥주로 갈증을 달래며 쓰고 있다.

신체에 공급하는 하루의 첫 액체가 맥주라니, 독일인보다 더 독일인이 된 심정이다.

뮌헨으로 오는 길에 크고 작은 불친절을 연차적으로 겪었다. 나는 사실 독일에서의 불친절에 대해서는 어느 정도 포기한 상태다(이를 일일이 열거하면 내게 불친절을 행사했던 이들과 같아질까 봐, 언급 않고 잊어버리려 했다).

물론 독일인이 일반적으로 불친절한 것은 아니지만, 유독 열차를 탔을 때 불친절을 겪었기에 적어도 내가 만난 일곱 명의 철도 직원들은 불친절하다는 결론을 내렸다(부디 그들이 인종차별주의자는 아니었길 바란다. 미국과 일본, 이탈리아 등지에서 인종차별을 겪었을 때 몹시 불쾌했었다. 하지만, 모국에서 행해지는 동남아인과 흑인에 대한 인종차별이 더욱 심한지라 — 우리는 정말 반성을 해야 한다 — 그들의 고통을 이해하기엔 나의 고충이 턱없이 부족하다는 것을 깨달을 뿐이었다).

그럼에도 불구하고 독일 철도 직원이 조금은 나를 인간답게 대해 줬으면 한다.

식당 칸에 앉아 한 시간을 기다려도 주문을 받지 않기에, 찾아가 "주문해도 되느냐?"고 물었을 때 '왜 인내심이 없느냐'는 투로 손가락질하며 "자리로 가서 기다리라!"고 한 것은 아무래도 불친절하다는 인상을 준다(그러나 독일인이 식당 칸에 왔을 때는 대개 10분 이내로 주문을 받으러 왔다. 나는 일곱 명이 주문을 받는 동안 몇 번의 "앤슐디궁(실례해요)"과 "할로(저기요)"를 번갈아 가며 물었고, 대답 없는 그녀가 언젠가는 내게 주문을 받으러 오길 기다렸다).

부디 독일의 철도 직원이 모든 인류를 평등하게 대해 주었으면 한다.

뮌헨에 간다 하니 유학생 경보가 꼭 '브레첼'이란 빵을 먹어 보라며 메시지를 보내 줬다.

브레첼을 단 하나만 먹은 현재, 내 육체는 과도히 공급된 염분으로 인해 어쩔 수 없이 또 다른 맥주를 찾고 있다(상술했다시피 물이 없다).

확실히 독일은 이곳에 거주하는 한국인마저도 음식을 짜게 먹는다는 인상을 준다.

아울러 "반드시 OO를 먹어 봐야 한다!"는 강도 높은 추천을 한다는 인상을 주는데, 내게 언젠가 영어를 잘한다고 한 적이 있는 베트남계 학생 타잉은 꼭 추천을 할 때마다 "You Should"라고 표현한다. 아쉽게도 그녀가 "You should"라고까지 하며 강력히 추천한 것은 모두 이미 경험을 했거나, 경험한 추억에 미치지 못한 것들이었다. 이것은 스무 살 남짓한 타잉의 탓이 아니라, 전적으로 내 경험 탓이다.

나는 이제 무엇에도 크게 들뜨지 않거나, 무엇에도 심드렁하거나, 무엇이든 이미 최상의 경험을 해 봤을 나이에 도달했는지 모른다. 혹, 그런 나이가 아니라면 내가 너무 많은 것을 겪고 즐기고, 고통받았는지 모르겠다. 그 탓에 크게 화를 내거나, 크게 실망할 일은 없지만, 이것이 과연 좋은 것인지는 모르겠다.

파비오가 추천한 양조장에 앉아 경보가 추천한 메뉴를 먹고 있으니, 한 뮌헨 시민이 "우리 바바리안(바이에른 지역 주민을 칭하는 용어)은 다르다!"며 베를린 사람들 흉을 잔뜩 봤다. 예전에도 이런 일을 몇 차례 겪었는데, 이는 비난의 대상인 국가와 도시만 바뀔 뿐 맥락은 비슷했다. 오사카 사람은 도쿄 시민을, 밀라노 사람은 로마와 나폴리 사람을, 나아가 터키인들은 그리스인들에 대해 비평하는 식이었다(예컨대, 부산 사람들이 '서울 사람들은 얌체 같아서 말이야'라는 맥락과 비슷하다).

여하튼 그는 "우리 바바리안은 의리가 있고, 마음이 열려 있으며, 화끈하다(일정 부분 공감한다)"며 내게 자기 자리로 와서 함께 마시자고 즉석에서 청했다. "알았다"고 한 뒤 일단 주문한 음식이 나와 먹고 있으니, 그가 다시 내게 와서 "넌 왜 그렇게 멍청하냐! 너 정말 너무 멍청하다!"며 성토했다.

내가 왜 그러냐고 물으니, "어떻게 내가 초대를 했는데, 안 올 수가 있느냐?!"고 했다.
(확실히 바바리안은 화끈하다는 인상을 준다.)

나는 그에게 "타인의 삶을 존중해 주길 바란다"고 했다. 그의 친구가 와서 "이 녀석은 엉망이다"며 원래 이런 녀석이라면서 사과를 했고, 그 역시 사과를 했는데, 역시 독일인은 베를린 시민이건, 뮌헨 시민이건 피해도 잘 끼치고, 사과도 재빨리 한다는 인상을 준다.

여담이지만, 그는 철도 까는 일을 하고 있었다.
(확실히 독일의 철도는 게르만 전차 같다는 인상을 준다.)

덕분에 지금껏 다닌 100개 이상의 해외 도시 중 뮌헨이 가장 상식이 통하지 않는 도시로 손꼽혔다(동시에 뮌헨은 택시 기사가 지척의 거리를 두고서도, 서울에서 부산 가듯 돌아서 간 상하이와, 역시 더하면 더했지, 덜하지 않았던 나폴리와, 결국은 나를 지속적으로 실망시켰던 대구에 이어, 불친절한 도시 '4위'로 자리매김했다).

농담의 형태를 빌린 급사의 조롱과 수시로 몸을 밀치는 결례가 언젠가는 끝나길 바란다.

이 와중에 경보와 파비오와 엘레나가 번갈아 가며 혼자 있는 나를 염려해 여러 식당과 명소를 추천하는 메시지를 보내 주었다. 이들의 호의로 하루를 버텼다.

하루 만에 도시의 인상을 결정하는 것은 이곳의 시민들에 대한 예의가 아니라 생각되어, 하루를 더 묵기로 했다(실은 내일 묵을 숙소의 예약 취소가 되지 않는다).

간밤에 '우와, 로마네스크 양식 멋진데!'라는 생각을 품게 했던 맞은편 건물의 장식이 아침에 일어나 보니, 결국 모두 그림이었다는 것을 알게 됐다(한국식으로 말하자면, 나무 바닥이 아니라, 원목 무늬 장판과 같은 것이다).

역시 뮌헨은 만만한 도시가 아니라는 인상을 지울 수 없다.

같은 맥락인지, 숙소가 좁아 아침마다 수년째 해 온 국민체조를 못할 위기에 처했다.

화장실에 위풍당당하게 '핸드, 보디, 헤어, 올인원'이라고 쓰인 비누를 쭉 짜서 씻었다.

로마네스크 양식의 그림.

뒤끝 있게 그녀(철도청 직원)의 뒤태를 찍었다.

그냥 비누였다.

역시 뮌헨은 샤워 제품도 만만치 않다는 인상을 준다.

모든 인류가 상대의 국적과 피부색, 거주 도시와 소득수준, 사회적 위치와 외모에 상관없이 인간을 평등하게 대해 줬으면 한다.

쉰아홉 번째 날이었다.

꿇여서 주는 백소시지
(이걸 아침으로 먹는다).

12

13

이 글은 뮌헨의 한 호텔에서 조식 뷔페를 먹고 포만감에 젖어 움직일 수 없는 상태가 되자, '그냥 일기나 쓰자'며 소화를 시키려는 심산으로 쓰고 있다.

백소시지를 먹고 숙소에 들러 전화기를 충전하고 나오니 해가 져 버렸다. 늦은 아침을 먹으니 캄캄해져 버린 것이다. 여기에서 지낼수록 많은 것을 포기하게 된다.

결국 아침을 먹고 난 후 해가 져 버려 모든 일정(이랄 것도 없었지만, 그래도 명색은 '일정')을 포기하고, 바로 저녁을 먹기로 했다.

소시지와 맥주에 너무 지쳐 있었기에 일식집에 들러 메뉴판을 펼치니, 합정동에서 먹던 것과 똑같은 재료로 구성된 '지라시 덮밥'이 있었다. 지라시 덮밥이란 말 그대로 조리사가 이것저것 내키는 대로 넣어서 만들어 주는 덮밥인데, 어떻게 합정동의 한인 조리사와 뮌헨의 동양인 조리사(일본계 같으면서도 베트남·말레이계처럼 보였던 요리사)가 택한 재료가 똑같을 수 있단 말인가. 곰곰이 조리사의 얼굴을 뜯어보니 한국인이라 해도 수긍할 수밖에 없는 얼굴이었는데, 나는 간혹 아침 드라마를 보는 시청자로서 '아니! 형제 아니야?'라는 합리적 의심을 품기로 했다.

그러고 보니, 덮밥의 형태와 재료를 썬 크기, 놓은 방향, 심지어 빛깔까지 유사했다. 나는 소설가이므로 당연히 「발가락이 닮았다」

와 같은 걸작을 남기고 싶은 마음이 있는데, 관찰 결과 특히 오징어의 크기와 모양이 데칼코마니로 겹쳐도 감쪽같을 만큼 닮은 것이었다. 따라서, 언젠가 「오징어가 닮았다」는 단편소설을 쓰기로 결심했다(한·독·일, 3국을 배경으로, 코트 깃을 세운 한 미남 작가가 출생의 비밀로 인해 떨어져 지낼 수밖에 없었던 비운의 형제를 만나게 해 주는, 눈물 없이는 읽을 수 없는 인류가 하나 되는 훈훈한 소설이다. 여기에 한 극악한 독일 여성이 악역으로 등장하는데, 그녀는 철도청 직원의 옷을 입고 나온다).

이런 생각을 하며 나오느라, 식당에 목도리를 놓고 나왔다(나중에 돌아가니 없었다. 역시 뮌헨은 만만치 않다는 인상을 준다).

아울러 16세기 적부터 존재해 온 '호프 브로이 하우스'라는 역사적 선술집을 지나칠 순 없었다. 하지만 나의 심신은 이미 충분히 지쳐 있었으며, 동시에 맥주를 마시다가 내게 허락된 단 몇 시간의 일광(日光)을 놓친 전력이 있으므로, 더 이상은 맥주로 인생을 허비하고 싶지 않은 마음이 양조장 안의 맥주 거품처럼 일고 있었다.

나는 이 갈등을 '호프 브로이 딜레마'라 부르기로 했다.

돌이켜 보니, 수많은 '호프 브로이 딜레마'를 겪은 것 같다. 물이 없어 맥주를 마실 때마다 '호프 브로이 딜레마'를 겪는다.

가게 안에 들어가니 충북 음성군의 한 호프집 벽에 걸려 있던 달력 속 광경이 눈앞에 그대로 펼쳐졌다. 거대한 실내와 개미 떼를 방불케 하는 전 세계 관광객들이 저마다 1리터짜리 대형 잔을 들고 각국의 언어로 건배를 외치고 있었다(구약성서 시절, 언어가 같았던 인류가 바벨탑을 짓다가 신의 노여움을 사, 갑자기 서로 다른 언어를 뱉기 시작했다는 바로 그 시점, 모두가 각자의 언어로 '건배'를 외쳤다면, 이와 같은 풍경이 될 것이다).

너무나 소란스러워 구경만 하고 떠날까 하다가, 밖에 나가 다시 생각을 해 보았다.

'나는 이 장면을 다시 한 번 충북 음성의 호프집 벽에 걸린 달력으로 볼 것인가. 아니면 내가 그 달력 속의 한 인물이 될 것인가. 혹시, 그 달력은 네팔이나 잠비아 같은 곳에도 가지 않을까?'

이와 같은 내면의 작가적 상상력과, 혼자 앉기에는 실로 소란스럽다는 작가적 위신이 나의 뇌 안에서 빅뱅을 일으켰다. '아아. 하늘이시여!' 하며 고개를 드니, 마침 2층에서 차분한 불빛이 새어 나왔다. 2층은 상대적으로 덜 혼잡해 보였으나, 그것은 어디까지나 상대적일 뿐이었다.

나는 2층에 갈까 말까 하는 이 마음을 '2층 불빛의 딜레마'로 명명했다.

확장하자면, 연애를 하자니 걸리는 게 많고, 안 하자니 아까운 대상이 '2층 불빛의 딜레마'와 같은 유형이라 할 수 있다.

결국 '호프 브로이 딜레마'와 '2층 불빛 딜레마'를 모두 무시한 채, 2층 바에 가니 서서 마실 수 있는 공간이 있었는데 그곳은 얼핏 보아도 한때는 고요했던 공간으로 추정되는 곳이었다. 왜냐하면 내게 '싸와디캅'을 외치는 이탈리안 청년과 그 옆에서 미소를 짓고 서 있는 방글라데시 출신 이탈리안 청년이 자리를 점유하고 있었기 때문이었다.

나는 '아아, 어제에 이어 오늘은 이 친구인가' 하며 아무 대꾸 안 하고 있었는데, 그 '싸와디캅' 이탈리안 청년은 잔뜩 취해 내게 갖은 소재로 대화를 시도해 댔다. 한때 국제 구호 기구에 근무했던 자로서 인류애적 동정으로 한참 대화를 해 보니 '이반'(왜 자기 이름이 러시안 이름인지 모르겠다고 했다. 러시아와 아무 연관이 없다며 내게 성토했는데, 말하자면 한국인이면서 이름만 '요시무라'이거나, '따꿉'인 셈이었는데, 이 청년)은 아는 제2 외국어가 '싸와디캅'밖에 없었다.

그는 한 풍만한 독일 여성에게 다가가 "싸와디캅"이라고 말한 뒤 수작을 걸다가, 그녀의 남자 친구가 오자 "기다렸어요!"라며 그를 포옹하면서 대환영하더니, 기다린 것치고는 너무 무색하게 2분간 "오오, 독일을 사랑해", "호프 브로이 맥주 너무 좋아!"라는 말만 반복하다 돌아왔다(물론, 이 대사는 영어로).

그러면서 내게 다시 대화를 시도했는데, 그 사이 그의 친구들이 하나둘씩 오더니 어느 순간 나는 이탈리안 청년 예닐곱 명에게 둘러싸여 있었다. 이반은 스물일곱 살이었고, 흑맥주 맛을 "나쁘지 않다"고 품평했던 방글라데시계 이탈리안 청년 '싸반'은 열여섯 살이었다. 존댓말을 해야 하나 고민했던 대상(학위가 없다면 학위를 줘서라도 박사님이라고 불러야 마땅할 선생의 풍모가 가득한 청년)은 스물두 살이었다. 모두가 한 축구 팀이라는 이들은 버스를 대절하여 이태리에서 이곳까지 왔는데, 맞은편의 다른 청년들은 또 열여섯 살과 서른여섯이었기에, 무슨 '세대 차이 극복 위원회' 같은 데서 지원을 받아 온 게 아닐까 싶을 만큼 연령이 다양했다.

머리가 어지러워, 발코니로 나가니 역시 같은 축구 팀의 다른 이탈리아 청년 두 명이 있었는데(이들은 삼십 대였다), 그중 한 명이 "내게 마리화나가 있어. 이따가 맞은편 하드록 카페로 오라고. 여자들 한번 꼬셔 보자고"라고 했다.

다른 한 명은 "나는 해리포터를 좋아한다고. 마음에 들어. 자네는 코리안 해리포터야"라고 했다(아마 내 둥근 안경테과 코트 때문인 듯했다).

확실히 이탈리아인들은 화끈하다는 인상을 준다.

쉬어야겠다는 생각에 호텔로 돌아오는 길에 파비오에게 메시지가 왔다.

언젠가 내가 지나가면서 물은 헤르타 베를린의 축구 시합 관람을 알아봐 뒀다고 했다.

어제는 다닐로도 프라하에 간 바람에 수업에 혼자 남게 된 엘레나에게 메시지가 왔다.

"너희들(다닐로와 나)이 없어서 수업 시간에 외로웠잖아! 일요일 몇 시쯤에 올라와?" 하면서.

(며칠 전에는 내가 그녀의 꿈에 나와서 이탈리아의 화장실이 엉망이라고 투덜댔단다. 나는 한국에선 이런 꿈을 'Dog Dream(개꿈)'이라고 한다고 알려 줬다. 한편, 동일한 시각, 파비오는 살인자에게 쫓기는 꿈을 꾸고 있었다.)

파비오도 그렇고, 엘레나도 그렇고, '싸와디캅'도 그렇고, 확실히 이탈리아인들은 엉뚱하고, 화끈하고, 친근하고, 재미있다는 인상을 준다(물론, 새치기도 잘한다).

어제 묵은 숙소보다 오늘 묵은 숙소가 더 좁아 국민 체조를 하는데, 이틀째 어려움을 겪고 있다.

오늘 숙소는 화장실과 방의 크기가 같다.

(화장실이 크다는 것이 아니라, 방이 작다는 것이다.)

결국 팔을 제대로 휘두르기 힘들어, 동작에 따라 방과 화장실을 번 갈아 이동하며 체조를 마쳤다.

뭐, 하루만 쓰면 되겠지 했던 일체형 비누는 가는 곳마다 있어, 계 속 쓰고 있다.

팔굽혀펴기를 서른 몇 개 했고, 여행하는 김에 오스트리아 잘츠부 르크까지 가기로 했다.

뒤돌아보니, 다소 무례했던 사람들은 실은 나와 친해지고 싶었던 것 같다는 생각이 들었다.

(단, 열차 직원은 빼고. 그녀는 내게 불친절을 행사하여 「독립운동가 변 강쇠」라는 단편소설에 이미 출연한 바 있는 OO동 카센터 주인인 이재만 과 함께 다음 소설의 악역으로 등장할 것이다. 물론, 「오징어가 닮았다」이 다. 그녀는 이재만의 부인이 되어, 이재만으로부터 학대를 당할 것이다.)

예순 번째 날이었다.

12

14

이 글은 볼프강 아마데우스 모차르트와 슈베르트가 단골이었다는 잘츠부르크의 한 지하 식당에서 쓰고 있다.

과연 모차르트가 애용했던 식당이 맞나 싶을 만큼 우스꽝스러운 조리장 캐리커처가 잔마다 그려져 있고, 무슨 영문인지 '인도 음식, 이태리 음식 전문'이라고 쓰여 있다. 슈베르트의 First Name이 맞는지, 그리고 '볼프강 아마데우스 모차르트'는 동명이인이 아닌지 의심스러운 대목이다.

최근 연이어 나를 덮친 우울감이 다 고기를 먹지 않은 탓이 아닌가 싶어, 200g짜리 스테이크를 주문했다. 웨이터가 음료를 가져다주며 "필요한 게 없냐?"고 묻기에, "모차르트가 단골이었던 집이 맞지요?"라고 물으니, "내가 그걸 어떻게 알겠소, 선생! 난 그저 웨이터일 뿐이오"라고 했다.

다시 한 번 메뉴판에 쓰인 안내문에 의구심을 품게 됐다.

그나저나, 모차르트 생가를 지나치게 됐는데, 생가라 하기엔 입구나 안내문이 너무나 검소하기 짝이 없어, 마침 그 옆에 서 있던 슈퍼 주인에게 물어보니 "어, 맞소. 여기 2층에서 태어났지. 내일 아침에 오면 입장할 수 있소"라고 했다. 모차르트 생가가 쇼핑 골목 한가운데에 있는 건물 2층이라니, 어쩐지 그가 청계천 세운상가 2층에서 태어난 아무개 씨처럼 가깝게 느껴진다.

그나저나, 3일간의 여행으로 몹시 지쳤다(물론, 이 모든 피로의 발단은 향후 내 소설에 독일군 여장교로 등장할 철도 여직원 탓이다. 그녀는 2차 대전에서 소련군의 포로가 되어 시베리아 벌목 현장에서 다 떨어진 옷만 입고 수년간 노역하다가, 소련군으로 변절한 전남편 이재만을 만나 자신을 구해 달라고 애원한다. 하지만 이재만은 "왜 인내심이 없냐? 저기 가서 10년 동안 나무를 더 베면서 기다려라!"라는 말만 한다. 그녀는 이재만에게 애걸하며 "저, 러시아어를 몰라서, 잘 못 알아듣겠어요"라고 말하지만, 이재만은 "히히. 나는 독일어를 못 하는데"라고 하더니 슈웅 가 버리고, 10년이 지난 후에야 아사 직전의 그녀에게 와서 몹시 유창한 독일어로 말한다. "그래. 뭐 먹을 테야?" 하고).

방금 스테이크가 나왔는데, 한 입을 베어 물고 나도 모르게 소금을 뿌렸다.

독일인보다 더 독일인이 된 심정이다.

독일어를 6주 배우고 스페인어를 배워야 한다는 걸 깨달았듯, 약 7주간의 단속적인 여정을 통해 유럽 여행은 역시 여름에 해야 한다는 사실을 깨달았다.

해가 너무 빨리 진다.

뮌헨에서 아침을 먹고 두 시간 후 잘츠부르크행 기차를 타고 내리니, 밤이었다.

오후 4시면 밤이 되고 밤 기차는 시간이 상당히 오래 걸리니, 해가 떠 있는 시간에 이동할 수밖에 없고, 그러면 하루가 끝난다. 마찬가지로 내일 저녁에 베를린으로 돌아가는 기차는 13시간이 걸리고, 낮에 가는 기차는 8시간이 걸린다. 잽싸게 오전에 모차르트 생가를 방문한 후 집(그렇다. 조선인 양경종과 나를 가깝게 해 줬던 백림의 그곳이 이제는 바로 집!)에 돌아갈 생각이다.

낯선 길 위에서 숙소를 찾아가 짐을 풀고, 새로운 와이파이 암호를 입력하고, 숙소의 위치를 머릿속에 새겨 두고, 크게 다르지 않은 풍경과 건물의 차이점을 발견하려 노력하고, 불친절한 사람의 장점을 발견해 보려고 애쓰는 일에 이제 지쳤다.

돌이켜 보니, 일기를 쓰는 시간이 큰 힘이 됐던 것 같다.

돌아갈 날까지 일기를 계속 쓸 것이다.

좋은 사람이 되어야겠다고 결심했다.

실수하면 인정하고, 잘못을 저지르면 사과하고, 좋은 것이 있으면 감사하고, 남은 시간을 소중히 쓰기로 했다.

철도 여직원을 용서하기로 했다.

그녀는 내 소설에 등장하지 않을 것이다.

크리스마스가 다가오고 있다.

예순한 번째 날이었다.

*

팁을 넉넉하게 주고 다른 웨이터에게 물어보니, 슈베르트와 모차르트가 오곤 했던 식당이 맞다고 했다. 단, 그때엔 작은 방 하나뿐인 식당이었다고 했다.

확인하고 떠나려 하니 "내가 그런 걸 어찌 알겠소, 선생. 난 웨이터일 뿐이오"라고 했던 급사가 와서 "뭐, 잊은 게 없냐?"고 했다. '팁을 이중으로 달란 말인가'라는 생각에 멍하니 있으니, 그가 나와 오랜 시간을 함께한 브라운 가죽 장갑을 건네주었다.

숙소로 오는 길을 약간 헤맸지만, 춥게 느껴지진 않았다.

이 글은 잘츠부르크를 떠나는 기차의 역방향 좌석에 앉아 쓰고 있다.

역방향 좌석에 앉으니 자꾸만 뒤로 가, 비단 구두 사 오겠다고 약속하며 여동생을 두고 뒷걸음질 치는 오빠 심정이 된다.

서울 간 오빠만이 내 심정을 이해할 것이다.

태어나서 역방향은 처음인데, 어떤 도시를 떠나기 아쉬울 때는 역방향도 나쁘지 않겠다는 생각이 든다(반대로, 정방향은 어딘가로 향한다는 느낌이 온전히 들어 항상 목적지를 생각하게 된다. 즉, 역방향은 과거지향적이고, 정방향은 미래지향적이다).

역방향 좌석에 앉으니, 방금 (두고) 떠난 (여동생 같은) 잘츠부르크를 생각하지 않을 수 없다. 상당히 아담하고 운치 있는 도시였다. 흥미로웠던 건 모차르트의 생가였는데, 어제 간 식당에서 모차르트가 식사를 하지 않는 게 어려울 만큼 생가와 식당은 가까웠다. 동시에 구시가지는 매우 작아서, 사실 우기자면 모든 업소가 모차르트의 방문 장소라고 주장해도 손색없을 정도였다.

생가에서 확인한 사실인데, 모차르트는 어린 나이에 잘츠부르크를 떠나 빈으로 가 버렸다. 따라서 그가 이 식당에서 밥을 먹었다 해도 그건 몇 번 안 되겠거니와, 그 역시 본인의 의사와 상관없이 아버지를 따라와서 얻어먹었을 가능성이 크다. 고로, 엄밀히 말하자면, 모차르트의 단골집이 아니라, 모차르트 아버지의 단골집이라 하는 게 맞을 것이다(같은 맥락으로 박지성이 더 유명해져서, 박지성의 부친이 종종 오다가 한두 번 박지성을 데리고 와서 밥을 먹었다면, 그 식당 역시 언젠가는 박지성의 단골집으로 둔갑해 있을지 모를 일이다. 슈베르트 쪽 집안까지 조사하기엔 일정이 너무 빠듯했다).

뮌헨과 가까워서 그런지, 잘츠부르크 역시 만만치 않다는 인상을 준다.

그럼에도 불구하고 이곳 사람들은 미소를 자주 머금고, 친절하고, 여유가 있다.
아마 도시가 작아서 그런 것일지도 모른다.

철도 여직원을 용서한 이후로 마음이 줄곧 평안한 상태다.
"심연을 오래 들여다보면, 결국 심연이 너를 들여다볼 것이다"라고 말한 니체는 옳았다.
아마 독일인 니체는 식당 칸에서 심각한 불친절을 겪었을 것이다. 학자로서 품위를 지키느라 어디 가서 말도 못 하고 며칠간 끙끙대다 이 말을 생각해 냈을 것이다.

나만이 죽은 니체의 억울한 심정을 온전히 이해해 줄 것이다.

식상한 말이지만, 용서는 자신을 그 생각에서 해방시켜 주는 것이기에 언제나 용서의 진정한 수혜자는 자신이다. 독일인 니체는 아마 저 명언을 떠올리고 나서야, '에이. 그래도 멋진 말 하나 건졌어'라며 잊을 수 있었을 것이다.

지질하게 일기에 쓰고서야 잊은 나만이 니체의 심정을 '훈더트 퍼센트(백 퍼센트)' 이해할 것이다.

천재 모차르트는 죽을 때까지 다작을 했다.

그의 최후 몇 시간을 묘사한 그림을 보면, 그는 죽음을 앞두고도 미완성한 레퀴엠 악보를 쥐고 있다. 제자의 증언에 의하면, 그는 의식을 잃기 몇 시간 전까지 레퀴엠의 악상을 떠올렸다고 한다.

천재도 노력해야 한다는 걸 모차르트를 통해 배운다.

단, 그에게는 미녀 부인이 있었다.

천재도 미녀 부인이 있어야 노력할 수 있다는 걸 역시 모차르트를 통해 배운다.

모차르트가 서른다섯이라는 젊은 나이에 정체불명의 질병으로 급사해 버렸을 때, 미녀 부인이었던 '콘스탄체'에게는 그가 남긴 두 명

의 아들과 빚밖에 없었다(총 여섯 명의 자녀가 있었지만, 네 명은 아주 어릴 때 죽어 버렸다). 콘스탄체는 자신이 노래를 불러 가면서까지 모차르트의 작품을 무대에 올렸고, 그의 악보집을 출간하고, 전기 작가에게 부탁해 전기 출판 작업까지 했다. 남은 두 명의 아들 역시 미혼인 채로 죽어 버려 결국 후손이 없는 모차르트에게 이 부인이 없었다면, 그의 생이 우리에게 온전히 전해지지 않았을 것이다.

이 전기를 출판하는 데에는 한 덴마크 외교관이 큰 도움을 줬는데, 그는 18년이 지나 그녀와 코펜하겐에서 살림을 차려 버린다(이 외교관이 그 전기 작가였다).

결국 죽으면 다 소용없다는 걸 모차르트를 통해 배운다.

그런데 마침 새 남편도 모차르트의 팬이었던지라, 이 부부는 계속 모차르트의 공연을 올리며 그 수익을 착실히 거둬들인다.

결국 예술가가 일찍 죽으면 유족들 좋은 일만 시킨다는 사실을 또한 번 배운다(전처의 재혼남에게까지 유익하다. 참고로, 유사시 미래의 나의 부인은 일찍 재혼해도 된다. 아쉽게도, 인세는 거의 없을 것이다. 고로, 무조건 오래 살기로 한다).

모차르트가 한때 주춤하긴 했지만 죽기 전에는 다시 상당한 수입을 올렸는데, 죽을 때 빚만 남겼던 건 사실 모두 그의 사치스러운 삶과 도박 때문이었다.

결국, 죽으면 남 좋은 일만 시켜 주니, 살아 있을 때 빚을 내서라도 잘 먹고 잘 쓰고 즐겨야 한다는 사실을 모차르트를 통해 또 한 번 깨닫는다.

그는 과연 천재였던 것이다.

도스토예프스키도 그렇고, 모차르트도 그렇고, 노력형 천재인 예술가들은 모두 도박에 빠졌었다. 참고로, 나도 카드를 굉장히 잘 쳤다. 나는 상대가 버린 카드를 모두 외웠다. 하지만, 밤을 새우며 치긴 무릎이 너무 아파, 갬블러로서 (데뷔도 하기 전에) 은퇴해 버렸다.

도박을 그만뒀기 때문에, 나는 대가는 되기 어렵다는 사실을 모차르트를 통해 또 한 번 깨닫는다.

그나저나 생가에 전시된 모차르트의 머리카락은 어떻게 확보한 것일까.

대가가 되기 위해서는 무릎이 아파도 노름을 꾸준히 해야 하고, 머리카락도 다 빠지기 전에 꼼꼼하게 어딘가에 챙겨 놔야 한다. 여간 성가신 게 아니다.

당분간 베를린을 떠나지 않을 것이다. 성탄 전에 시나리오 마감을 해야 하고, 어쩌면 다닐로와 함께 베를린에서 성탄을 보낼지도 모르겠다.

세 번째 일기장을 다 썼다.

돌아갈 날이 한 달도 남지 않았다.
예순두 번째 날이었다.

$$\frac{12}{16}$$

이 글은 과연 인터넷이 인류에게 가져다준 것은 무엇인가, 하는 연구자적 입장에서 쓰고 있다.

시간은 고향을 향해 거슬러 올라가는 연어 떼처럼 대이동을 하여 약 40일 전.

어찌하면 와이파이가 척박한 이 땅, 덕국에서 첨단 문명의 혜택을 누려 볼까 자나 깨나 고민하던 나에게 (한국인의 심정을 누구보다 잘 아는) 영수 씨가 신묘막측한 기기를 하나 건넸으니, 그것은 하얀 빛깔과 고운 자태를 눈부시게 자랑하는 모바일 인터넷 장비였다(한국 업체는 이를 '에그'라 부른다).

이는 제 몸속에 친히 딱딱하고 차가운 유심카드를 품으사, 그로부터 발생하는 무선 전파를 필자처럼 인터넷에 굶주린 중독자들을 위해 도처에 퍼트려 주는 희생적인 존재로서, 겸손하게도 몸집마저 검소한 크기이니 충전만 충분히 하면, 함께 이동하며 정보에 목마른 갈증을 와이파이로 채우게 해 주는 혁신적인 기기였다.

단점이 있다면, 5기가를 충전할 때마다 35유로씩 지불해야 한다는 것이다. 또 다른 단점이 있다면, 아울러 이 충전 금액 구매는 50유로 단위로만 이뤄진다는 것이다(마치, 7잔을 마시면 한 병이 끝나는 소주와 같다).

여하튼, 이 기기로 인터넷을 쓰고 있었는데, 문제는 지난 주말 나는 뮌헨으로, 동거인인 다닐로는 프라하로 가면서 내가 이 인터넷 기기를 품고 떠났다는 것이다. 당연히 독일 기기이므로, 체코인 프라하에서는 쓸 수 없다. 따라서 둘의 원만한 합의하에 이 기기를 모시고 뮌헨으로 갔지만, 변덕이 심한 내가 잘츠부르크에 하루 더 머무르면서 결국 다닐로는 인터넷 없는 하루를 살게 되었다.

어제 새벽 한 시가 되어서 집에 도착하니, 다닐로는 조선인 양경종의 얼굴이 돼 있었다.

"왜 안 자고 있었냐?"고 하니, 그는 당연하다는 듯이 "나를 기다렸다"고 했다. 그러더니 갑자기 자신의 방으로 달려가면서 절규하듯 외쳤다.
"노 인터넷! 노 인터넷!"

그의 방을 따라가 보고 나는 깜짝 놀랐는데, 그건 바로 누가 봐도 나라고 할 만한 인물의 초상화가 그의 책상 위에 올려져 있었던 것이었다. 내가 어리둥절해져 "아니, 어찌 된 일이냐?"고 하니, 그는 또 한 번 "노 인터넷! 노 인터넷!"을 외치며 내 초상화를 벽에 붙이고선 화살을 던지는 시늉을 하는 게 아닌가.

장희빈의 바늘에 찔려 가며 제 한 몸 희생했던 저주 인형만이 내 심정을 이해할 것이다.

외로웠을 다닐로에게 미안함을 느끼며 일단 내 방으로 피신하니, 침대 위에 내 빨래가 곱게 개어져 있었다. 부엌에는 정체불명의 밥이 조리돼 있었는데, 다닐로는 "민숙. 널 위해 요리했어" 하면서, 태어나서 처음 해 봤다는 냄비 밥에 간장을 버무려 '무언가(그렇다. 사전에 존재하지 않는 무언가)'를 만들어 놓았다. 프라이팬을 보니 역시 동양의 미적(味的) 감각을 살려, 간장으로 양념한 고기 야채 볶음이 있었다. 나는 라면이나 한 그릇 끓여 먹으려 했으나, 마음을 바꿔 그가 조리한 밥과 고기 야채 볶음을 먹었다.

다닐로의 얼굴은 조선인 양경종과 독일인 니체와 탐험가 아문센과 동양 필하모니 단원을 거쳐, 이 모든 이들의 심정을 겪은 나를 거쳐 마침내 그로 되돌아온 듯했다.

고독과 우울만이 가득했을 이 집에서 인터넷 없이 하루를 버틴 그에게 위로의 박수를 보낸다.

이제 내 심정을 이해할 사람은 조선인 양경종과 독일인 니체와 온두라스인 다닐로일 것이다.

아침에 나 여사에게 마지막 월세를 냈다.

모레면, 아드리아나가 떠난다. 그녀는 맥주병을 부딪치며 '이제 가면 언제 오나. 어이야 - 디이여 -' 하는 얼굴로, "영영 못 볼지도 몰

라" 하며 감상에 푹 젖어 말했다.

그 말이 맞는지도 모르겠다. 시기적절하진 않지만, 인생은 수많은 이별들로 구성되어 있다. 지구는 매일 수많은 탄생과 죽음을 배경으로 움직이고 있으며, 인생 역시 수많은 만남과 이별을 배경으로 흘러간다.

아드리아나와 긴 시간을 함께하지 못함에 미안함을 느낀다. 항상 감상에 푹 젖어 있어 때로는 내 마음을 상하게 하고, 때로는 과도한 호감을 보여 줬던 그녀의 프랑스 생활이 행복하길 바란다.

집을 나서기 전, 늦게 일어난 다닐로가 "스페인으로 아예 돌아가야 해"라고 말했다.

친구가 알아봐 준 결과, 온두라스인인 그가 취직할 수 있는 경우의 수는 '독일인이 그의 일을 할 수 없고, 유럽인도 그의 일을 할 수 없고, 오직 그만이 해당 업무를 할 수 있을 때'뿐이라고 했다. 그래야 근로 비자를 얻을 수 있다고 했다. 나는 '독일에 왜 왔냐?'고 묻고 싶었지만, 마침 그가 "그래도 친구는 한 명 만났잖아"라고 자위하기에, 악수를 하며 "만나서 반가웠다"고 대답해 줬다.

아마, 우리는 성탄 이후에 스페인으로 갈 것이고, 그 후 다닐로는 한동안 베를린에 안 올지 모른다.

나 역시 비슷할 것이다. 지구가 매일 무수한 탄생과 죽음을 배경으로 움직이듯, 삶이라는 여정 또한 정착과 떠남이라는 상반되는 두 단어들이 바통을 전해 주며 이어진다.

예순세 번째 날이었다.

12

17

이 글은 다음 주 월요일부터 1월 4일까지 학교가 폐쇄될 것이라는 슬픈 소식을 접한 뒤, 와이파이는 어떻게 쓸까 걱정하며 쓰고 있다.

오늘 아침에 독일 통신사에서 장문의 메시지가 와 6주간 배운 독일어 실력으로 어림잡아 해석을 해 보니, 다시 요금을 충전하라는 자본주의 철학에 입각한 내용이었다. 확인차 메시지를 사진으로 찍어 영수 씨에게 전송하고, 전화를 해 물어보니, 자본주의 체계에 이리저리 이용당한 나의 예상이 맞았다. 그래서 일단 영수 씨가 자신의 계좌로 요금을 충전해 줬으니, 그에게 현금을 건네야 해 월요일에 학교에서 보자고 하니 갑자기 그가 "아, 모르셨어요? 월요일부터 학교 안에 들어가는 거 illegal인데"라고 하는 게 아닌가. 그의 말에 따르면 학교 안의 모든 전기까지 차단된다고 하였다. 기상한 지 얼마 안 되어 몽롱했던 나의 정신은 확 깨고 말았다.

그리하여 경보와, 1층 연구실 동료인 아르네와, 학과 비서인 안드레아와 M 교수와 기타 여러 사람들에게 물어보니 이에 대해 정확히 아는 사람이 아무도 없었다(당연하다. 아무도 학교에 올 생각조차 않았으니, 관심도 없는 것이다. 반면, M 교수는 "아! 그래요?" 하며, 처음 듣는다는 표정을 지었다. L 교수 역시 어제 내게 "월요일에 연구실에서 만나 맥주나 한잔하러 갑시다!" 하고 헤어졌다). 방금 이 글을 쓰는 동안, J 선생이 연구실로 방문하여 물어보니 그녀 역시 자세히 몰랐다. 결국, 아르네와 J 선생이 백방으로 전화를 하여 알아보니, 이들의 증언은 약간씩 차이가 있었다.

J 선생이 알아본 쪽은, 한국에서 나와 함께 대학원을 다닌 적이 있는 '똑똑이 씨'(그렇다. 이제야 말하지만, 이곳에 와 보니 동문이 꽤 있었다)인데, 그는 10년 전부터 자신의 총명함을 만방에 알리던 인물이었다. 내가 그를 한국에서 처음 본 순간, '아. 똑똑하게 생겼다'라고 생각했는데, 알고 보니 정말로 똑 부러지게 똑똑한 것이었다. 그런데 이 '똑똑이 씨'마저 "아, 글쎄. 작년에는 학교에 와 보니 전기랑 인터넷은 됐는데…… 물론, 공지문에는 그런 내용에 대한 언급이 전혀 없었고…… 올해는 모든 게 안 된다고 하는데……" 하며 확실한 진술을 남기지 못했다.

결국 나보다 열댓 살이나 많은 아르네(그는 이완 맥그리거를 닮았다)가 내 연구실로 올라와 '친절한 매니저'와 통화한 결과, 전기와 인터넷은 쓸 수 있지만 난방이 전혀 되지 않을 것이며, 동시에 대학 측과 보험회사의 계약 때문에 사설 경비업체의 직원이 순찰을 할 것인데, 그 직원이 나를 발견해서 만약 나의 신분이 확인되지 않으면 내게 학과장이 허락한 증명서를 요구할 것이며(마치 조선 시대에 포졸들이 지키는 특정 지역을 통과하려면 임금의 허가증이 필요한 것과 같은 느낌이다), 만약 그런 공식적인 허가증이 없으면 나를 쫓아낼지도 모른다고 했는데, 이 와중에 그는 내게 '괜찮아. 여기는 한국학과 연구실이고, 너는 한국인처럼 생겼으니 아마 친절한 경비원은 도둑으로 생각하지 않을 거야'라며 잔뜩 걱정하는 표정으로 애써 위안했다.

그러나 한국에서도 종종 중국인이나 태국인, 일본인 등으로 오해

받는 내가, 경비원의 안면 인식 능력을 어떻게 신뢰할 것이며, 동시에 그 경비원이 친절할 것이라는 보장은 어디 있으며, 아울러, 난방도 안 되는 추운 곳에서 느긋하게 '으음. 이 문장은 좀 더 정교하게 할 필요가 있어. 자, 부사를 좀 바꿔 볼까' 같은 세밀한 작업을 어떻게 할 수 있단 말인가.

게다가, 지금 비록 수요일의 일기를 쓰고 있지만, 현재 시각은 목요일 오후 12시이며, 결국 학과장에게 이 허가증을 받을 수 있는 시간은 오늘 오후와 내일밖에 없다는 것인데, 모든 것이 느리고(해마저 오후 3시 반이면 퇴근 채비를 갖추는) 독일에서 하루 반 만에 학과장을 만나 허가증을 받는다는 것은 내일 당장 결혼식을 올리겠다는 것과 동일한 목표다.

그리하여 나는 무조건 이번 주말까지 모든 원고를 마감하고, 월요일부터는 학교에 나오지 않을 것으로 결심하였다.

시간이 없는 관계로 오늘 일기는 이걸로 줄인다.

마음이 급해지는 예순네 번째 날이다.

　아, 어제 파비오가 성탄 이브부터, 밀라노에서 함께 시간을 보내 자고 해서 그러기로 했다. 성탄은 이태리에서, 그 후는 스페인에서 보낼 예정이다. 한동안 대학과 관공서는 물론, 식당과 슈퍼마켓마저 문을 닫는 이곳에서 혼자 지낼 나를 걱정하여, 자신의 집으로 초대 해 준 파비오와 다닐로에게 고마운 마음뿐이다.

유럽 도시 곳곳에 있는 마차.
(말이 안 추워야 할 텐데……)

이 글은 비 맞은 중처럼 중얼거리며 쓰고 있다.

실제로 비를 맞으며 왔다. 코트가 한 벌뿐인데, 젖은 코트 깃에서 물이 뚝뚝 떨어졌다.

한 벌뿐인 승복을 입고 비에 흠뻑 젖은 승려만이 내 심정을 이해할 것이다.

백림은 늘 하늘에 먹구름을 머금고 있지만, 그렇다고 딱히 시원하게 비를 뿌리는 건 아니다. 따라서 매번 우산을 들고 다니기는 애매하다. 하지만, '내가 먹구름 머금고 있었잖아. 몰랐었어?' 하는 식으로 막상 비가 내려 버리면, 우산을 들고 나온 것도 아니니, 맞으며 걸을 수밖에 없다.

결국 대형 버섯을 위장하기 위해 공들여 세운 머리가 풀 죽은 파김치가 돼 버렸다.

따라서, 여전히 중얼거리고 있다.

어제 M 교수와 간단하게 점심을 먹었다. 은퇴를 준비 중인 M 교수는 과묵하지만, 한 번씩 나누는 대화에서 삶을 지내며 겪은 내공이 전해진다. 한 해가 저무는 시점인지라 나이 듦에 대해서 대화를 나눴다.

그는 나이에 따라 누릴 수 있는 최대치의 쾌락이 존재한다고 했다. 젊음이 가져다주는 객관적인 쾌락과 절대치의 기쁨이 존재하지만, 인간은 모두 개별적이고 주관적인 존재이기에 자신의 나이에 따라 변화무쌍하게 다가오는 쾌락을 누릴 수 있다는 말을 했다.

이쯤 되면 나올 법한 위로의 결론인 '최 선생. 그러니 우울해하지 마쇼' 같은 말은 덧붙이지 않았다. 그는 '행복'이란 식상한 단어를 선택하는 것을 싫어하는 듯했다.

그의 '쾌락'을 이런저런 단어로 바꾸어서 생각해 보았는데, 여기 갖다 붙여도 저기 갖다 붙여도 다 말이 되지만 어디 가서 써먹지는 못하고 소심하게 일기에나마 기록해 둔다.

그는 몇 가지 말을 덧붙였다. 모든 포유류가 번식능력이 가장 왕성할 때 새끼를 잉태하고, 그 뒤부터는 죽음의 길을 향해 걷지만, 오직 인간만이 그 후에도 끊임없이 지식과 정보를 축적하여 세상에 남기고, 그것이 눈에 보이지 않는 누군가에게 전해진다고 했다.

기록의 목적 역시 그러한 차원에서 존재하는 것이다(내 일기 역시 널리 인간을 이롭게 하고자 하는 '홍익인간 정신'에 입각한 희생적 기록의 산물은 아니고, 그저 내가 외로웠기 때문에 쓴 것이다).

그러면서 그는 "사실 답은 다 나와 있어. 대부분 그걸 다 알고 있고. 단지, 우리가 실천을 못 할 뿐이야"라고 하고선, 커피값을 지불했다. 그는 삶의 지혜를 실천했다(저번엔 나이도 가장 어리고, 말도 가장 적게 한 내가 커피값을 계산했다는 걸 기억했는지도 모르겠다. 나는 인생의 선배들에게도 호구 짓을 하는 것이다).

M 교수의 핵심은 "그래도 우린 항상 'Carpe diem' 해야지요"였다.

그래서, 어제는 시나리오 원고를 전혀 쓰지 않았다.

하루의 충실한 기쁨을 누리기 위해 다닐로와 독일식 돈가스를 배부르게 먹었고, 영화 칼럼을 꼼꼼히 고치려다가 '아! 카르페 디엠' 하며 그럭저럭 보내 버렸다.

나 역시 삶의 지혜를 실천한 것이다(물론, 그가 말한 '하루의 기쁨을 충실히 느끼며 살자'는 것은 다른 맥락에 적용될 수 있겠지만, 나라는 작은 우주 안에서는 이런 식으로 변용되는 것이다. 역시 인생을 아는 대로 실천하기란 어렵다).

어제 치의 일을 보충하기 위해 연구실에서 글을 쓰고 있었는데, 특강을 들은 적이 있는 한 학생이 찾아왔다. 별것 아니라면서 내게 뭔가를 건넸는데, 무척 좋아하는 단팥빵이었다. 사실, 나는 일주일 전부터 단팥빵을 먹고 싶었다. 비 맞고 걸어와 젖은 양말을 말리면서, 단팥빵을 우걱우걱 씹어 먹으니, 삶이란 참으로 사소한 웃음들로 이어지는 기나긴 여정이라는 생각이 든다. 단팥빵이 맛있다. 물 없이 두 개를 모조리 먹었다.

한국의 영화사 대표에게 전화를 하니 다 포기한 목소리로 "어차피, 내년에 주시려고 한 거 아닙니까? 마음대로 하십시오"라고 했다. 출판사도 그렇고, 영화사도 그렇고, 칼럼을 연재하는 매체도, 청탁하는 모든 사람과 매체가 나에게는 언제나 "최 작가님, 마음대로 하세요"라고 하니, 마음대로 하고 싶지만, 그 마음을 잘 다져야 한다고 생각된다(그들은 모두 이런 나의 심리를 꿰뚫고, 고도의 술수로 나를 이용하는 것일까. 똑똑한 사람들이다).

비가 내렸다. 그쳤다가, 다시 내린다.

굉장히 독일스러운 날씨다.

다시 팔굽혀펴기를 시작했고, 꽃에 물을 주었다.

예순다섯 번째 날이었다.

역시 뮌헨의 한 건물. 길을 잃은 김에 자포자기하는 심정으로 찍은 사진.

카르페 디엠—명필 최민석.

뒷북 사진 2. 뮌헨의 아저씨 축구 팬들(맥주 한 잔 시켜 놓고
축구를 끝까지 보는 인내심을 소유하고 있다).

12

19

이 글은 분주하고 긴 하루를 마친 후, 독일인이 다 된 심정으로 퇴근길에 홀로 바에 들러 주문한 음료를 기다리며 쓰고 있다.

두 달간 했던 시나리오 수정을 끝내기 위해 오늘 마침내 최종 검토를 한 후, 원래 시나리오가 더 나았다는 사실을 깨달았다.

독일어를 두 달 배우고, 결국 스페인어를 배워야 한다는 사실을 깨달은 심정이다.

오늘 한 작업은 예전에 쓴 대사와 수정한 캐릭터를 원래대로 되돌려 놓는 일이었다.

긴 마라톤을 한 후에 반대 방향으로 달렸다는 걸 깨달은 심정이다.

이상하다고 신호를 준 직감에 귀 기울이지 못한 내 무심함 탓이다(라고 썼지만 실은, 와이파이가 안 돼서 생긴 불안감 탓이다). 몸과 정신에 힘이 하나도 남아 있지 않다. 충무로에서 고생하는 모든 시나리오 작가들에게 경의를 표한다.

왜 나보다 두 살 많은 시나리오 작가 수경이 형이 열 살은 많아 보이는지 이제야 이해된다.

예순여섯 번째 날이다.

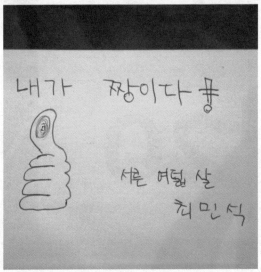

전날 만 나이로 적었다가, 모국에서 들려올 비난을 우려해
구차하게 한국식 나이로 정정했다. 나는 이토록 융통성이 뛰어난 인간이다.

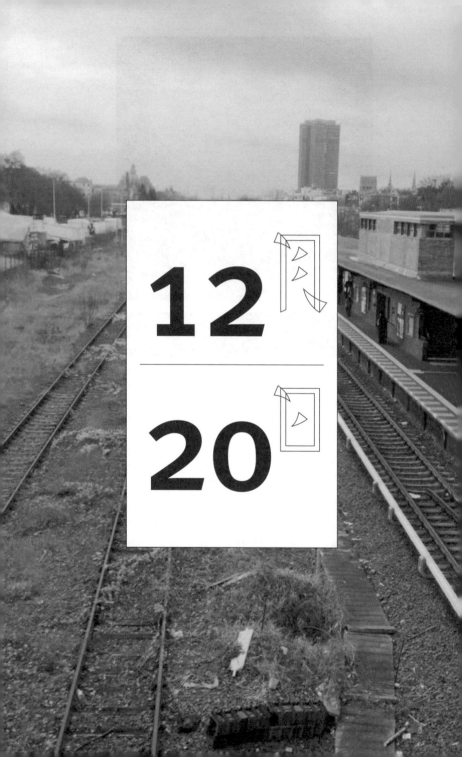

이 글은 이틀간에 걸친 초등학생 필체의 자필이 웃길 거라 예상했다가 의외로 진지한 반응에 당황하여 쓰고 있다.*

한 불가리아 여성의 집에 초대를 받아 식사를 마치고 돌아왔다. 불가리아 여성 '정'은 급우다.

'정'은 나와 엘레나, 다닐로, 파비오, 그리고 CJ와 그리스 여성 빠라스께비와 다른 불가리아 남성을 초대했다. 그녀는 회계사로서 굉장히 명석한 두뇌의 소유자다. 나는 수업 시간에 매번 그녀의 노트를 훔쳐본다. 열등생이 우등생의 답안을 훔쳐보는 느낌이다. 그녀는 불가리아 전통 음식으로 우리를 환대했는데, 요구르트의 나라여서 그런지 모든 음식이 장 건강에 유익하게 느껴졌다. 내일 나는 튼튼해진 장으로 시원한 아침을 맞이할 듯하다.

모두가 튼튼해진 장으로 집에 가려고 옷을 입었을 때(물론, 나도 하나뿐인 코트의 깃을 세워 입었다), 그녀는 "민숙은 여기서 자고 가도 돼"라고 하여 모두를 경악시켰다.

아침을 시원하게 맞이하는 나라라 그런지, 확실히 시원하다는 인상을 준다.

* 최민석은 이 일기를 매일 자신의 SNS에 연재했다.

그녀는 내게 줄곧 호감을 보여 왔는데, 아무래도 뭔가 대단한 착각을 하고 있는 것 같다. 이틀 전 내게 부탁이 있다며 어렵게 말을 꺼내기에 "뭐냐?"고 하니, 고작 사진을 한 장 같이 찍어 줄 수 없겠느냐는 것이었다. 그래서 대수롭지 않게 "그러자"고 하니, "오. 굉장히 유명한 분과 사진을 찍게 되어 영광이다"며 전혀 근거 없는 감격에 젖어 말했다.

아무래도, 다닐로가 거짓말을 잔뜩 한 것 같다.

분위기가 이렇게 되다 보니 귀갓길에 엘레나의 주도하에 한국 남성과 이태리 남성을 비교 평가하는 노상 토론회가 열렸는데, 그녀는 "한국 남성에게 호감이 간다"며 그 근거로 "그들은 젠틀하다"고 했다.

현재까지 엘레나가 아는 한국 남자는 나밖에 없다. 나는 그녀가 범하고 있는 혁명적인 일반화(의 오류)와 전체주의적 시각(물론, 이것이 무솔리니의 그것과는 현격히 다르지만, 맥락상 어감이 주는 오해에 그냥 기대기로 한다)에 어느 정도 책임을 질 수밖에 없는데, 곰곰이 따져 보니 이 오해는 아마 나의 과묵하고 간결한 영어 구사 방식 때문이었다는 생각이 들었다. 그녀는 내가 하고픈 말을 다 하는 한국어를 모두 듣고 이해하고 나서, 자신의 판단을 재고해 봐야 할 것이다 (어쩌면 '한국 남자가 세상에서 제일 지질해'라며 의견을 급수정할지도 모르겠다).

애인 버리고 혼자 나오니 평온해진 파비오.

다닐로 조리장의 세 번째 요리. 부리토.

이런 엘레나의 평가를 듣고 다닐로가 "그럼 이태리 남자는 젠틀하지 않냐?"고 묻자, 엘레나는 "몇몇은……" 하고 말을 흐리며 그리스 여자와의 대화에 잔뜩 심취해 있는 파비오를 한심하게 바라봤다.

파비오는 정말 흥겹게 격한 손짓을 섞어 가며 그리스 여자와 열정적으로 대화하고 있었다.

오늘 밤, 부디 파비오가 엘레나와 평화로운 시간을 보냈길 바란다.

내일은 파비오와 다닐로와 함께 드디어 분데스리가 축구 시합을 관람하기로 했다. 엘레나의 증언이 맞는지, 파비오는 해방된 표정이 되어 "혼자 오겠다!"고 기쁨의 제스처를 섞어 가며 말했다.

확실히 이탈리아 남자는 자유를 사랑한다는 인상을 준다.

팔굽혀펴기를 스물두 개 했고, 원고는 여전히 좌절 속에서도 약진 중이다.

예순일곱 번째 날이었다.

12

21

이 글은 머리를 자르기 위해 전철을 타고 이동하는 중에 쓰고 있다.

어제 드디어 분데스리가 축구 시합을 경험했다. 이때까지 본 모든 축구 게임 중 가장 재미없었다. 헤르타 베를린은 5:0이라는 처참한 결과로 패배했는데, 다행히 한 골은 넣었다. 물론, 자책골이었다. 첫 골을 자신의 발로 자기 쪽 골대 안으로 넣어서 당황해 버렸는지 수비수들은 연이어 패널티 킥을 두 번씩이나 양보했고, 전반 15분 정도가 지났을 때 순식간에 스코어는 3:0이 돼 버렸다.

확실히 베를린은 시민뿐 아니라, 축구 팀마저 양보 정신이 투철하다는 인상을 준다.

정신력이 붕괴돼 버린 선수들은 상대 선수의 공격을 오프사이드라 착각하며 수비하지 않았고, 심판은 휘슬을 불지 않았다. '아니, 이건 너무 친숙하잖아' 하고 기억을 떠올려 보니, 그건 지난 월드컵에서 한국 대표 팀이 저지른 실수와 똑같은 것이었다.

기왕 이렇게 된 것, 4:0보다는 5:0이 더 익숙하잖아, 라고 생각하는 찰나, 한 골을 더 헌사하며 헤르타 베를린은 완벽한 기시감을 충족시켜 줬다. 그럼에도 불구하고 열정적으로 응원하는 베를린 시민들을 보니, '확실히 다들 겨울나기가 힘들구나' 하는 느낌이 들었다.

인터 밀란 서포터인 파비오는 이 충격적인 점수를 받아들이지 못했고, 이런 패배에 너무나 익숙한 내가 태연해하자, "어떻게 그럴 수 있느냐?"고 했다. 나는 잠시 아픈 기억을 끄집어 내어 그에게 LG 트윈스의 역사에 대해 알려 줬다.

그는 말없이 나를 포옹했다.

그리고 서양인으로서는 이례적으로 허리를 숙여 인사하며, 그간 내가 겪었을 심적 고통에 대해 위로해 줬다.

헤르타 베를린의 굴욕적인 패배로부터 정신적 외상을 입은 파비오를 위로하기 위해, 이탈리안 펍을 수소문하여 인터 밀란의 경기를 보러 갔다. 그는 "반드시 승리하여 이 패배감을 떨쳐 버리겠다!"며 호언장담했고, 시합이 시작된 지 1분 만에 한 골을 먹어 버렸다. 파비오의 심정을 아는지 모르는지 상대 팀인 라치오는 15분 뒤에, 한 골을 더 넣어 버렸다.

파비오는 손짓, 발짓, 안면 근육을 모두 활용하여 이탈리아어로 갖은 욕을 내뱉었다. 파비오뿐 아니라, 그 자리에 있는 다른 이탈리아인들도 열심히 욕설을 내뱉었다(뭔가 합동으로 욕설 랩을 하는 느낌이었다).

확실히 이탈리아인은 화끈하다는 인상을 준다.

가까스로 후반에 두 골을 넣어, 파비오의 팀은 겨우 비겼다. 파비오가 "우리 팀은 늘상 이겼기 때문에 비기는 경기조차 익숙하지 않다"며 풀이 죽어 있기에, 집에 와서 찾아보니 파비오의 팀은 지는 데 더 익숙한 승률을 보유하고 있었다.

확실히 이탈리아인들은 소설가적 재능이 뛰어나다는 인상을 준다.

곧 만나게 될 헤어드레서는 일본인 히토시다.

이번에는 영수 씨의 소개로 알게 된 숍이다. 어제 읽은 '일본인, 65%가 한국인에게 친밀감을 못 느껴!'라는 기사가 나의 새로운 도전에 악영향을 부디 끼치지 않길 바란다.

예순여덟 번째 날이었다.

12

22

이 글은 백림의 명동이라 할 수 있는 쿠담 거리에 위치한 한식집 '한옥'에서 불고기 정식과 순두부, 된장찌개, 그리고 백림의 W호텔 스카이라운지라 할 수 있는 몽키바에서 '라임 민트 소다수 with 보드카'*를 먹고, 마시고 돌아와 쓰고 있다.

어느덧 백림에서의 생활이 끝나 버렸다.

내일부터 스위스를 경유하여 이태리, 스페인, 포르투갈 여행을 마치고 돌아올 생각이기에, M 교수와 L 교수, 그리고 경보와 함께 한식을 먹었다. 백림 생활이 끝나는 시점에 격조 높은 한식당을 알게 되다니, 아무래도 내 팔자에 품격은 들어올 여지가 없는 모양이다.

M 교수는 내가 포르투갈에서 돌아오면 베를린 필하모니 공연을 함께 보자고 제안했다. 앞자리에 앉아서 동양인 단원의 앞머리를 유심히 살펴볼 예정이다. 아마, 그의 연주에는 삶의 집착이나 미련 따위와는 거리가 먼, 달관의 미학 같은 것이 배어 있을 것이다.

베를린 필하모니 동양인 단원의 심정은 오직 나만이 이해할 수 있을 것이다.

최근 고조된 한일 양국 간의 갈등이 일본인 미용사 히토시에게는

---

* 몇 개월 뒤 생각해 보니, 그냥 모히토였다.

영향을 끼치지 않았다. 그는 상당히 중립적인 사내였다. 국적 따위야 상관 않고 전 인류를 품는 진정한 코즈모폴리턴이었는데, 그 때문인지 이탈리아 여자 친구를 사귀고 있었다. 동시에 '호돌이'라는 한식당에 종종 들러서 한식도 즐긴다고 하는 그는, 언젠가는 한국인 여자 친구를 만나고 싶은지 커팅을 하는 내내 내게 "이건 한국어로 어떻게 말하냐"고 물었다.

갠차안스무니다. 아이. 촌마네요. 벼루 마알쑴울. 또 만나요. 사랑하무니다.

와 같은 문장이 그와 나 사이에 여러 번 정정과 수정을 거쳐 오고 갔다.

내가 일본어를 배운 것은 지금으로부터 12년 전인데, 그간 많은 시련과 고뇌를 겪느라 나의 뇌 안에 일본어가 자리할 여지가 없었다. 그리하여 12년 전에 석 달간 배운 일본어를 겨우 기억해 내어,

히토시에게 그간 내가 얼마나 헤어스타일로 인해 고충을 겪어 왔는
지 설명했는데, 그는 공감을 못 하는 눈치였다.

내가 그를 수소문하기 위해 와이파이가 되는 공간으로 가서, 홈페
이지를 뒤지고, 미용실 위치를 확인하고, 그가 근무하는 시간을 확
인하고, 집에서 한 시간 떨어진 곳까지 전철을 갈아타고 와서 비를
맞고, 다시 미용실에서 한 시간을 기다렸건만, 그는 내 절실함과 고
초의 깊이를 이해하지 못했다.

그리하여 다시 아픈 기억을 끄집어 내어, 보고 싶지 않았던 게르만
두발 참사 직후에 촬영한 사진을 보여 주었다. 히토시는 잠시 다른
차원의 세계로 빠진 듯, 숍이 떠나가라 웃은 뒤 내게 정중히 사과했
다. 사진을 보는 순간, 자기도 모르게 이성을 잃어버렸다고 했다.

그는 필하모니 동양인 단원 전담 이발사의 1/3 가격으로, 무려 30
배나 동양인에게 적합한 커팅 실력을 선보였다.

물론, 한국에 비하면 만족하기 어렵지만 이곳이 (해가 뜨지 않는 도
시) 백림이라는 것을 감안할 때, 이것이 얼마나 감격적인 성취인지
모른다.

떠날 때가 되어서야 비로소, 생활의 안정 요소를 어떻게 구축하는
지 깨닫게 된 것이다(생활의 안정 요소=소시지가 아닌 근사한 '한식' +

인간답게 보일 수 있는 '두발').

　내일은 하루 종일 기차로 이동하여 스위스 바젤에서 잠만 자고, 다시 익일 오전 중 밀라노행 기차에 몸을 실을 예정이다. 전형적인 유럽 여행객처럼 인터라켄에 들러, 융프라우의 백설과 알프스 정상에서 맛보는 신라면(컵라면)을 만끽해 보려 했으나, 파비오와 엘레나 가족들이 나를 만나기 위해 성탄 이브에 시간을 비워 뒀다고 하여 바로 포기해 버렸다.

　나는 이제 혼자 하는 여행에 지쳐 있다. 함께하는 사람이 친구의 가족이건, 친구의 여자 친구의 가족이건, 누군가와 함께할 수 있다는 사실 자체로 감사할 따름이다. 다닐로의 여자 친구 가족은 내가 잘 방까지 준비해 뒀다는데, 과연 다닐로가 여자 친구 가족을 만나는 날까지 스페인에 도착할 수 있을지 모르겠다. 나는 날이 갈수록 친구의 여자 친구 집에서 환대받는 존재가 되어 가고 있다.

　두 달 넘게 백림의 우울한 면만 봐 와서 그런지, 오늘 백림의 맛과 멋을 즐겨 보니 이곳도 나쁘지만은 않게 느껴졌다.

　문제는 이걸 떠나기 하루 전에 느꼈다는 것이다.

　1월 8, 9, 10, 11일, 4일간에 걸쳐 그간 느끼지 못한 백림을 느끼고, 사람들에게 차례로 인사하고, 12일에 귀국행 비행기를 탈 것이다.

다닐로의 도움을 받아 시나리오에 들어갈 스페인어 대사를 완성했다.

다닐로가 현금이 없어 저녁을 굶고 왔다며, 밤 12시가 넘어 스파게티를 끓여 먹었다.

유럽의 젊은 친구들은 상상외로 너무 가난하다(때로 2유로, 3유로가 없다). 젊은이들이 살아가기 힘든 지구적 현실이 매우 안타깝다. 나라고 해서 딱히 나은 건 없다. 하지만, 저성장 시대에 돌입한 모든 국가의 젊은이들과 국가 부도를 맞은 일부 나라 청년들이 일자리를 찾아 이 나라, 저 나라 유랑하며 1, 2유로를 아끼는 모습은 어떻게 보더라도 '청춘의 통과의례'처럼 느껴지지 않는다. 독일과 영국을 제외하고선, '청년을 위한 나라'는 어디에도 없는 것 같다(요즘, 미국이 어떤지는 모르겠다).

풍요로워 보이는 나라에서 온, 풍요롭지 못한 (그렇기에 상대적으로 더욱 힘든) 친구들을 볼 때마다, 길었던 나의 실업 시절이 떠오른다. 어서 모두 집세 걱정, 밥값 걱정 없이 지내길.

날이 갈수록 탄산수에 중독되어 간다.
이제 왜 맥주보다 물이 비싼지, 이해할 수 있을 지경이다.

예순아홉 번째 날이었다.

이 글은 알프스 설산을 배경으로 달리는 스위스 바젤발 이태리 밀라노행 열차 식당 칸에서, 만 4천 원짜리 수프와 6천 원짜리 물(0.5리터)을 마신 후 쓰고 있다.

스위스 바젤은 상당히 조용한 도시였다.

중앙역에 내리자마자 마주친, 막 대마초를 잔뜩 피운 듯한 인상의 사내를 제외하고는, 모두 상당한 수준의 영어를 구사했다(중국 식당 청소원도 영어를 했다). 밤에 시내에 나가 보니, 영국인임에 분명한 청년들이 거주자의 풍모를 풍기며 통화를 하고 있었다. 아무래도, 많은 청년들과 이주민들이 일을 하기 위해 이곳에 온 듯했다. 그 이유는 불과 5분을 탔는데, 택시비가 2만 5천 원이나 하는 물가 덕인 듯하다.

식당 칸에서 만난 덴마크 출신 비즈니스맨은 역시 물보다 싼 하이네켄 맥주를 마시고 있었다. 그에게 "개인적으로 유럽에서 살기 가장 좋은 곳이 어디냐?"고 물으니, 그는 약간 망설이더니 스위스라고 했다. 유럽의 한가운데에 있어서, 두 시간이면 밀라노에 가고, 파리도 가고, 한 시간 반 비행하면 런던도 가니, 나쁘지 않다고 했다.

내가 그래도 물가가 비싸지 않느냐고 하니, 그는 산전수전 다 겪은 표정으로 수프 계산서를 가리키며 "이 정도면 나쁘지 않다"고 했다(그는 1분에 세 번 정도 '나쁘지 않다'는 표현을 썼는데, 듣기에 그렇게 나쁘지 않았다). 내가 "물이 6천 원 하지 않소!"라고 하니, 그는 진지하게 "Don't drink water"라고 했다.

확실히 유럽인들은 물을 잘 마시지 않는다는 인상을 준다. 호텔에 방문했을 때도, 손님에게 베푸는 최고의 호의가 물을 공짜로 주는 것처럼 느껴진다. 어제 잤던 호텔에서는 유리병에 든 생수와 탄산수가 하나씩 비치되어 있었다.

국빈 대접을 받은 느낌이다.

그러나 새벽 1시에 샤워를 하던 도중 정전이 되어 버려, 암흑 속에서 나체로 옷을 주섬주섬 주워 입고, 프론트에 전화를 해 의사소통이 거의 불가능한 인도 아저씨와 약 40분간의 개보수 작업을 함께했다(물론 작업은 그가 주도했지만, 나 역시 필수적인 역할을 했다. 나는 그 옆에서 휴대전화 조명을 켜서 들고 있었다).

그러더니 그는 결국 "노 프러블럼!" 하고선, 내게 다른 방 열쇠를 주었다.

(왜, 처음부터 주지 않은 걸까.)

사실 그는 내 전화를 받자마자 "노 프러브럼!" 하며 안심시키려 했는데, 그 말을 듣자마자 나의 걱정은 무한대로 증폭되었다. 나는 예전에 국제 구호 기관에 근무하며 인도, 네팔, 아프리카 등지로 출장을 종종 다니곤 했는데, 호텔 직원들이 나타나서 '노 프러블럼'을 외치는 순간부터 '진짜 프러블럼이 시작된다'는 것을 경험칙으로 잘 알고 있다.

예컨대, 전등이 고장 나면 '노 프로블럼'을 외치고 한 시간 뒤쯤에 양초를 하나 가지고 오거나, 이불이 없으면 또 '노우 프라블럼!'을 외치며 타올을 잔뜩 가져오는 식이었다(덮고 자라는 것이다. 처음에는 '아니, 뜨거운 물로 샤워를 해서 체온을 높이라는 건가…… 뭐, 밤새 씻으라는 건가?'라고 생각했다). 이때마다 항상 듣던 게 '노 프러블럼(인도: 특이 사항, 이 말을 하면서 고개를 좌우로 흔든다. 오케이라는 뜻이다)', '노 쁘라불람'(네팔), '노우 프로블렘'(아프리카)이었는데, 그 말을 스위스 바젤에까지 와서 들어야 하다니, 결국 인생은 돌고 돌아도 제자리라는 느낌이다. '노 프라블럼.'

어쨌거나, 예전에 아드리아나가 아시아인들은 나이를 가늠할 수 없다면서, 굉장히 어려 보이는데 알고 보면 마흔이 넘은 경우가 허다하다 하여 나는 '음. 그런가…… 그게 아니라, 유럽인들이 늙어 보이는 게 아닌가'라고 생각했는데, 내 추정의 첫 번째 근거는 바로 그들이 물을 거의 마시지 않는다는 것이다. 즉, 몸이 수분을 원할 때 언제든지 편하게 맘껏 마셔야 노화가 방지되는데, 이들은 마트에서 산 싼 물을 집에서만 잔뜩 마시고, 식당에서는 물이 비싸니 와인이나 맥주를 대신 마시는 생활을 하면서 자기도 모르게 야금야금 늙어버리는 것이다.

물론, 지중해의 강렬한 태양(피부 노화를 촉진시킨다) 혹은 북유럽의 우울한 날씨(술을 많이 마시게 된다), 물의 비싼 가격(피부가 사막화된다), 게다가 화장실도 맘대로 못 가는 상황(정작 급할 때, 1유로 내는 게 아까워 오줌을 참는 녀석들을 많이 봤다. 전립선염과 방광염이 우려된다) 등등을 고려해 보았을 때, 청소년도 몇 년만 방심하면 금세 중년이 되는 환경인 것이다.

방금 6천 원짜리 물을 한 모금, 즉 6백 원어치 마셨다.

그럼에도 불구하고 덴마크인은 스위스가 살기 좋다고 했는데, 나도 약간은 그렇게 생각한다. 내가 택시비가 싸고 물이 싼 나라에서 와서 소비 행태가 이럴 뿐이지, 만약 고기를 수시로 먹어 대는 유럽인이나 북미인이 한국에서 살 경우, 한우를 두 끼만 먹으면 기겁을 할 것이다. 동시에 맥주를 물처럼 마시는 독일인이 일본에 갈 경우, 폭동을 일으킬 만큼 분노할 것이다. 아울러, 대학 교육을 공짜로 받는 덴마크인이 한국에서 등록금 고지서를 받으면 '아이고 뒷골이야' 하며 병원에 갔다가, 병원비 역시 웬만해선 개인이 감당해야 한다는 걸 알고선 '이거 웬만하면 집 밖에 나오지 않는 게 상책이야'라고 생각하고 집을 사려 하면 '차라리, 세금을 52% 내면서 북유럽에서 사는 게 낫겠네'라고 할지도 모를 일이다(세금은 조사 결과, 북유럽 52%, 이태리 49%, 독일 30%, 스위스 20%, 한국은 내 경우 3.3% ― 단, 연말정산 및 종합소득세 신고 제외. 물론, 평균치이며, 고소득자일수록 비율은 높아진다).

그러니까, 각 나라마다 적정한 소비 행태가 있는 것이다.

즉, 유럽에서는 물 대신 맥주를 마시고, 미국에선 야채 대신 닭고기를 먹고, 한국에선 닭고기와 물과 야채를 맘껏 먹고 마시는 것이다. 단, 집 살 생각만 포기하면 된다.

방금 휴대전화기로 이태리에 진입했다는 안내 메시지가 왔다. 이재 한 시간 반 후면, 밀라노 중앙역에서 파비오를 만날 것이다. 시간이 없어서 파비오 가족의 선물을 준비하지 못한 게 천추의 한이다. 독일에서 장안의 화제라는 비누처럼 생긴 샴푸를 준비했는데, 하나밖에 없어서 엘레나 엄마에게 드려야 할 것 같다.

그녀는 저번에 나와 화상 통화를 하며 "스무 살로 착각했다"고 했다(왜 그랬는지는 모르겠지만, 나는 어느 날 파비오 집에 가서 그의 가족과 엘레나의 가족과 화상 통화를 했다). 물론, 그것 때문에 그녀 선물만 준비한 건 아니지만, 어쨌든 말 한마디가 천 냥 빚을 갚는다는 한국 속담을 이탈리아인인 엘레나 엄마가 증명한 것이다.

식당 칸에서 만난 덴마크인은 상당히 강권적인 영어를 구사했는데(예컨대, "물 마시지 마!"; Don't drink water!), 그는 내게 '토리노'와 '친퀘테레'를 가라고 했다(You Should go 'Torino and Cinque terre'!).

이건 결국 '6천 원 내고 물 몇 모금 마시는 인생을 사느냐', 아니면 '6천 원 내고 닭고기를 먹는 인생을 사느냐' 하는 문제와도 같은데, 나는 기왕이면 '6천 원을 내고 닭고기를 먹는 덴마크인의 삶의 지혜'에 기대기로 했다(왠지, 낙농 후계자가 된 기분이다).

격주마다 코펜하겐과 스위스를 오가며 일한다는 그는 항상 노트북을 가지고 다니며 비행기에서 일을 한다고 했다. 하지만, 오늘은 노트북 대신 크리스마스 선물을 가지고 기차를 탔다고 했다.

나도 오늘은 시나리오를 펼쳐 보지 않았다.

일기는 계속 두서없이 손 가는 대로 쓰기로 했다.

기차 안에서 누군가 아기처럼 새근대는 소리를 내며 자고 있다. 그 소리에 묘한 음악성이 있어, 나도 모르게 졸린다.

한 달 만에 햇빛을 쬐며 눈을 감았다.

스위스 설산 옆을 달릴 때, 하늘에서 쏟아지는 햇볕을 맞으며 눈을 감으니 그 따뜻함에 눈물이 날 것 같았다. 덴마크인은 내게 "어디에 있다가 왔기에 그러느냐"고 했고, 나는 "베를린에서 석 달 있었다"고 대답했다.

그는 이내 고개를 끄덕이며 말했다.

"Enjoy Sunshine."

강권적인 영어를 구사하는 그는 베를린에 대해 딱 한마디만 했다.

"정말 싸. 수도인데도 말이야."

젊은이들이 살기 좋고, 우울한 곳이지만, 그 역시 베를린을 사랑한다고 했다.

이유를 물으니, 실용적인 덴마크인은 다시 간단히 대답했다.

"말했잖아. 싸다고!(I told you. It's cheap!)"

그러면서, 그는 끝까지 물을 사 먹지 않았다.

덴마크인은 확실히 실용적이라는 인상을 준다.

일흔 번째 날이었다.

12月

24日

이 글은 인생에는 과연 업보 같은 게 존재하는구나 하는 회의에 잠겨 쓰고 있다.

잠시 나의 어린 시절 이야기를 하는 것을 양해해 주기 바란다(일기를 쓰면서도 누군가의 양해를 바라는 이율배반적이고, 설명하기 힘든 상황에 나는 처해 있다).

오늘 곰곰이 생각해 보니, 내가 어린 시절에 살던 집은 상당히 낙후되어 거의 박물관이 되기 직전이었는데, 희한하게도 보일러는 엄청 잘 돌아가면서 뜨거운 물만은 제대로 나오지 않았다. 훗날 조선인 양경종의 심정을 누구보다 잘 이해하게 될 소년은 '아, 인생은 이런 건가' 하며 한겨울에도 찬물로 샤워를 했다. 소년은 훗날 자라서 성실하고 주인 눈치 잘 보는 세입자가 됐는데, 그가 조선인 양경종의 심정을 이해하기 위해선 아직 인생에서 2년이란 시간을 더 보내야 했다. '인생은 결국 한겨울에도 찬물로 샤워하는 것'이란 걸 깨달은 소년은, 이즈음 어쩌다 보니 소설가가 되어 있었는데, 마침 그해 한 출판사로부터 장편소설상을 받게 되어 우여곡절 끝에 그 상금으로 이사를 하게 되었다. 때는 찬물로 씻기에 최적의 시기인 8월이었으니, 그의 가슴에서 조선인 양경종에 대한 씨앗이 움트기에는 아직 두 계절을 더 보내야 했다. 2012년, 그가 살고 있는 나라가 건국 이래 최대 한파라 할 만큼 혹독한 추위에 시달리고 있을 즈음, 성실하고 주인 눈치 잘 보는 이 세입자가 사는 집의 샤워기는 여전히 8월에 적합한 온도의 찬물을 뿜어내고 있었으니, 이때부터 그는 삶의 사소한 것들을 하나둘씩 포기하기 시작했다.

2년간 총 6회에 걸친 대수리 끝에 마침내 아무 문제없이 뜨거운 물로 샤워를 하게 되었을 즈음, 이 세입자는 철저한 회의주의자가 되어 누구도 믿지 않게 되었으며, 이듬해 겨울 중 약 2달은 따뜻한 남국으로 피난을 가기도 하였다(그러나, 무슨 영문인지 이 따뜻한 남국 조차 현지인들이 혀를 내두를 만큼 이상 기온을 맞이하여, 결국 덜덜 떨며 지내야 했다. 물론, 찬물로 씻었다).

완벽한 회의주의자가 된 이 세입자는 백림에서 또다시 성실하고 눈치 잘 보는 세입자 생활을 시작하였는데, 문제는 이곳 사정에 어두운 그에게는 거대한 언어의 장벽이 있었으니, 그저 "여긴 물이 원래 잘 안 나와"라고 하면 "아! 그렇구나" 하며 어쩔 수 없이 묵묵히 견뎌 내는 생활을 할 수밖에 없었던 것이었다. 이때, 어느 날 그의 머릿속에는 조선인 양경종이란 존재가 떠올랐으니 이 세입자는 그의 인생을 상상하며 '그래도 조선인 양경종만은 나를 이해해 줄 것'이라며 그럭저럭 이 시기를 보냈다.

이제 이 세입자는 백림을 탈출하여 예로부터 해 좋고, 음식 좋다는 이달리야(Italy)로 피신을 오게 되었는데, 결국 인생은 돌고 돌아 제자리라고 했던가, 어찌 된 영문인지 예로부터 따뜻하기로 유명한 이달리야의 날씨가 이상 기온을 맞이하여 백림보다 더 추워졌으며, 세입자가 머무른 미란(밀란)은 해가 뜨기는 하나, 안개가 자욱하여 한

치 앞도 볼 수 없게 된 것이다. 이 회의주의자는 역시 '인생은 오리
무중이란 말인가' 하며 더 깊은 회의에 젖어, 따뜻한 물로 몸이라도
씻으려 했으나, 결국은 대륙을 돌고 돌아 마치 스위스에서 인도인에
게 '노 프라블럼'을 듣는 것처럼 찬물만이 콸콸 나오는 상황을 마주
하게 된 것이다.

이 세입자는 이제 어딜 가더라도 조선인 양경종과 함께하는 심정
이다.

조국이 해방된 뒤, 미국에서 제2의 삶을 살았다고 전해지는 조선
인 양경종이 알려지지 않은 여러 어려움을 겪었을 것이라는 것도 세
입자는 이해하게 되었다.

92년 LA 폭동에 휘말려 고초를 겪었을지도 모르겠고, 사소하게는
비싼 값을 치르고 도저히 받아들일 수 없는 헤어스타일로 오랫동안
지냈을지도 모르겠다.

여하튼, 미란은 백림보다 더하여, 애초부터 따뜻한 물이 아예 나
오지 않는다.

(세입자의 친구인 이달리야인은 "아니, 이럴 리가 없는데" 하며 어리둥
절해 했다. 당연히 이것은 파비오의 탓이 아니고, 나의 숙명 같은 것이라
받아들이고 있다.)

게다가 인터넷마저 되지 않는다.

세입자가 이달리야인 친구인 파비오에게 "도대체 밀란은 무엇으로 유명하냐?"고 물으니, 그는 뻔뻔하게도 "우린 안개로 유명하지"라고 대답을 한다.

안개로 유명한 무진에서 한 치 앞도 알 수 없는 인생을 감내하는 소설 『무진 기행』의 하 선생만이 내 심정을 이해할 것이다.

팔굽혀펴기 할 의지는 잃어버렸고, 시나리오는 맘에 안 드는 구석이 있어서 좀 더 만져 본 후에 보내기로 했다.

일흔한 번째 날이었다.

이 글은 밀라노에서 안개 다음으로 유명하다는 대성당(두오모 디 밀라노)에서 성탄 예배를 드리고 와서, 과연 아기 예수와 요셉과 마리아도 한겨울에 찬물로 씻었을까 하는 궁금증에 젖어 쓰고 있다.

파비오는 "안개가 정말 유명해"라며 소설가 김승옥의 영혼에 빙의된 듯, 자조적으로 안개 이야기를 계속했다. 파 선생이 등장하는 '미란 기행'이라도 써야 할 듯하다.

어제는 엘레나 가족의 초대를 받아 이탈리아식 전통 식사를 하였는데, 열 명이 넘는 친척과 친척의 남자 친구까지 합세하여 나의 가족사와 취미와 작품 세계와 여자관계에 대해 질의·응답하는 시간을 가졌다.

이탈리아인들은 친구의 여자 친구 가족과, 친척과, 그 친척의 남자 친구라 해도 타인의 인생에 관심이 많다는 인상을 준다.

음식은 입맛에 상당히 맞았는데, 문제는 한평생 남 눈치만 보고 살아온 세입자이자 원고 마감자인 나로서는 최근에 (찬물과 원고 마감과 일정상 하루 단위로 바뀌는 국가로 인해 새 언어와 지리에 적응하느라) 받은 스트레스로 인해 장염에 시달려, 그만 맛만 볼 수밖에 없었다.

그럼에도 불구하고, 엘레나의 가족은 새 음식이 나올 때마다 "아, 이건 최 선생의 입에 맞소?" 하며 나에게 음식을 건네며, 11명에 육박하는 가족과, 친인척과, 그 친인척의 남자 친구마저 내 표정을 살피는 바람에 우걱우걱 씹어 먹으며 CF를 찍는 심정으로 "최고예요!"를 연발할 수밖에 없었다.

이탈리아인처럼 오른손의 엄지에 네 손가락을 모은 다음 입술에 대고 "우-우-우-우-우-우-우-우-우-우-우-우-움" 한 다음 "쪽" 하는 키스 소리와 함께 마침내 모든 손가락과 팔을 정면으로 쭉 뻗는 시늉을 하자, 일제히 안도와 환영과 우정의 웃음을 보이며 "부오노! 부오노!(좋아! 좋아!)"를 외쳐 줬다.

물론 "밀란을 사랑하느냐? 밀란의 인상이 어떠냐? 다녀 본 도시 중에 밀란이 몇 위에 꼽히느냐?"와 같은 질문을 수차례 받았으며, 나는 이때마다 "박지성을 어떻게 생각하느냐?"는 질문을 받은 외국 축구 감독의 심정이 되었다.

"안개가 정말 마음에 들어요! 아무것도 안 보이는 게 마치 인생 같아요"라는 대답은 물론 맘속으로만 하였고, 이들의 환대와 친근한 장난이 고맙고 맘에 들어 "밀란에 살고 싶으니, 방 좀 빼 달라"는 너스레를 떨었는데 까무러치게 좋아하면서 정말로 원한다면 지금 쓰고 있는 집을 원하는 시기에 비워 둘 테니 말만 하라고 했다.

물론, 그때는 집세를 내야 한다며, 곧이어 구체적인 홍정이 이어졌다.

이탈리아인들은 재미있고, 친근하지만, 그래도 삶의 필수적 요소는 놓치지 않는다는 인상을 준다.

아, 파비오가 제공해 준 집은 기대 이상으로 상당히 넓다(물론, 뜨거운 물과 와이파이는 없다. 바닷물은 아름답지만 마시면 엄청 짜다. 보는 것과 실상은 다르다). 근사한 침실이 있고, 거실이 있고, 고풍스런 나무 문으로 장식된 냉장고가 있고, 넓은 창과 발코니가 있다.

확실히 이탈리아인들은 곧 죽어도(즉, 따뜻한 물과 인터넷이 없어도) 멋은 지킨다는 인상을 준다.

그나저나, 엘레나와 파비오의 집을 차례로 방문하며 이탈리아 소시민들의 가정에 대해 많은 것을 느꼈다. 내가 머문 곳은 정확히 말하자면, 밀라노가 아닌 '빈얀떼(파비오 네)'와 '멜조(엘레나 네)'라는 곳인데, 밀란까지 차로 20분 걸리는 거리이지만 느낌은 김포나 동두천에 와 있는 기분이다.

아니, 파주의 철책 앞이라 할 만큼 아무것도 없다.

게다가 두 가정 모두 검소하고 가족적이라 이탈리아인치고는 목이 늘어난 티셔츠를 입거나, 보풀이 다 일어난 셔츠를 입고 성탄을 맞이하는 등 패션에 무심하기도 하다. 파비오는 밀라노의 명품 거리를 소개해 주겠다며 나를 안내했는데, "오오! 엄청 비싸! 오오! 정말 비싸!"라며 손사래를 치며 살 생각은 아예 하지 말라 했다. 하지만, 가격표를 보니 한국의 백화점보다 훨씬 쌌으며, 어떤 것은 한국의 중저가 브랜드 중 야심 찬 상품과 비슷한 가격의 제품도 있었다. 그래도 파비오는 고개를 절레절레 저으며 "살 생각은 꿈에도 않는다"고 했다.

확실히 이탈리아인이건, 독일인이건, 스위스인이건, 서민들의 삶은 어딜 가나 똑같다는 인상을 준다.

상점가를 구경만 한 뒤 파비오의 엄마 집에 차를 타고 돌아와, 그의 권유로 비디오 게임(축구 게임)을 했다. 그는 '헤르타 베를린'을 선택해, 나를 무차별 폭격했다. 마침내 '헤르타 베를린' 경기를 관람한 후 겪은 패배의 트라우마를 떨쳐 낸 듯했다.

파비오의 엄마는 페루인인데, 그는 엄마가 저녁 식사로 돼지고기와 감자와 밥과 양파를 곁들인 전통 음식을 해 줄 것인데, 아마 매콤하니 내 입맛에 맞을 것이라며 오랜 시간 설명을 했는데, 막상 마주해 보니 제육볶음밥이었다.

한국에 방문해 출판사 직원으로부터 유니클로 옷을 선물받은 아쿠타가와 수상 작가만이 내 심정을 이해할 것이다.

그나저나, 한국인이건 페루인이건 결국 인간이 원하는 것은 본질적으로 비슷하다는 인상을 준다. 어차피 영화 칼럼 마감도 해야 하는 마당에, 내일 엘레나와 파비오 커플이 영화 「호빗」을 보러 간다고 하여 슬쩍 끼기로 했다. 「호빗」에는 관심이 없지만, 이탈리아 영화관을 한 번쯤을 체험해 보고 싶었다. 물론, 이탈리아어로 더빙된 영화다.

찬물 샤워로 인해 감기 기운이 돈다.

일흔두 번째 날, 즉 크리스마스였다.

이 글은 라티노들의 아침 드라마 격인 소프 오페라(Soap Opera)를 틀어 놓고 쓰고 있다.

특징이 있다면 남자 배우들은 과도하게 흥분을 잘하거나, 격하게 놀란다거나, 여자 배우들은 (스토리의 개연성과는 상관이 있는지 모르겠지만) 가슴을 1/3, 1/2쯤 드러내 놓고 집에서 커피를 마시거나, 회사에서 회의를 하거나, 죽어 버린다. 그리고 자주 카페 무드음악 같은 게 흘러나와, 갑자기 남녀 배우의 눈에서 뜨거운 광선 같은 것이 뿜어져 나온다.

그나저나, 어제 낮에는 엘레나 가족들과 식사를 했고, 저녁에는 역시 파비오 가족들과 식사를 했다. "왜 이렇게 가족 식사가 많냐?"고 물으니, 엘레나는 "휴우" 하고 손을 내저으며 어제와 그제는 외가 쪽 친지들과의 식사였으며, 오늘은 친가 쪽 친지들과의 식사였다고 했다. 그러면서 성탄이 되면 3일간(24~26일) 꼼짝없이 모든 친지와 그 친지의 남자·여자 친구까지 만나야 한다고 했다.

확실히 이탈리아는 가족들과의 관계가 끝장나면, 인생도 끝장난다는 인상을 준다.

이제 파비오는 나의 대변인이 되었다.

예컨대, 내가 수없이 받은 질문들을 나를 대신해 약 5~6분간 장구히 대답한다.

순서가 있다:

1. South Korea 출신이다.

2. 서울에 산다.

3. 미혼이다.

4. 형제 관계는 ○○다.

5. 소설가다.

6. 이때껏 여행한 국가는 …… &#@$%……다.

— 이러면, 꼭 가장 맘에 든 도시와 가장 맘에 들지 않은 도시를 순서대로 물어본다.

7. 한국어, 영어, 일본어를 구사하고 스페인어를 조금 한다.

그러면, 너무나 자연스레 "한국어와 일본어를 차례로 들어 볼 수 있느냐?!" 하는데, 나는 한국어와 일본어를 차례로 아무 말이나 한 뒤(주로 "이랏샤이 마세! 어서 오십시오"를 들려준다), 두 언어의 차이점에게 대해 느낄 기회를 제공한다(무슨 이유에서인지, 만나는 가족마다 일본어와 한국어가 어떻게 다른지 물어보고, 시범을 보여 달라고 소녀 같은 초롱초롱한 눈동자로 기다린다. 어쩌면 내 입장에선 스페인어와 이탈리아어가 어떻게 다른지 궁금한 것처럼, 이는 인간의 본능일지도 모른다).

환대를 해 준 두 가족의 본능을 차례로 충족시켰고, 「호빗」을 보러 가서 숙면을 취했다. 이탈리아어를 하는 간달프를 보니, 나도 모

르게 잠이 쏟아졌는데, 꿈속에서도 호빗을 본지라 도대체 뭐가 스크
린으로 본 호빗이고, 뭐가 꿈속에서 본 호빗인지 헷갈린다. 확연한
차이점은 꿈속에서 간달프가 파비오와 함께 스파게티를 먹고 있었
다는 것이다.

파비오 집에서 저녁에 피자를 먹었는데, 정말 들은 대로 젊은이부
터 96세 노인까지 피자를 1인당 한 판씩 깔끔히 먹어 치웠다. 확실히
이탈리아는 피자의 나라라는 인상을 준다. 파비오가 피자를 주문하
기 전에 내게 무엇을 먹을 거냐며 전단지를 건네 줬는데, 보는 순간
그만 머리가 어지러워졌다. 피자의 종류가 무려 67가지였다.

선택을 잘못 했는지, 내가 주문한 피자에는 정어리가 멸치젓처럼
절여져 반으로 갈라진 채로 얹혀 있었다. 특기할 만한 점은 가게 이
름이 무슨 뜻이냐고 물으니, 파비오는 고개를 저으며 양손가락을 명
치로 모아 "아! 나도 몰라! 이집트어야"라고 했다.

이탈리아의 피자 장인은 이집트인이었다.

엘레나는 무슨 영문인지, 이집트인들이 굽는 피자가 굉장히 맛 좋
다고 했다.

떠올려 보니 베를린에서 먹은 가장 맛 좋은 케밥은 그리스인의 손
에서 나온 것이었다.

이틀에 걸쳐 파비오 커플과 함께 토스카나 여행을 하기로 했다. 엘레나는 자동차 제공을, 파비오는 운전을, 나는 적절한 감탄과 묵묵히 먹어 치우는 걸 담당할 예정이다.

일흔세 번째 날이었다.

이 글은 엘레나의 차 안에 아홉 시간째 갇힌 후 절망과 좌절과 이탈리아를 탈출하고 싶은 욕구에 사로잡혀 쓰고 있다.

왜 파비오가 밀라노를 떠나서 베를린으로 오고 싶어 했는지 절절히 공감하고 있다.

피렌체로 가기 위해 고속도로를 달리던 중, 톨게이트의 막대 바(Bar)가 고장 나서 한 시간 정도를 차 안에서 기다렸다.

이런 식으로 정체가 일어나다 보니 당연히 톨게이트를 지나서도 길이 막혔다. 어쩔 수 없이 우리는 국도를 탔고, 결국 4시간이면 간다는 거리를 9시간째 주행하고 있다. 때마침 폭설이 쏟아져 흡사 알프스의 산속 한가운데를 엉금엉금 기어가는 듯하다. 설상가상이라고, 가는 와중에 사고 차량이 있어 그곳에서 또 얼마간을 기다려야 했다(부디 운전자들이 무사했길 바란다).

마침내 피렌체에 도착하니, 무수한 전쟁 끝에 상처뿐인 승리를 안고 겨우 살아 돌아온 용사의 심정이 되었다. 공교롭게도 숙소의 이름은 '호텔 빅토리아'였다.

알고 보니, 언젠가는 판타지 소설을 써 보고 싶다는 파비오가 운전을 하며 내게 "도로에서 있었던 일로 책 열 권은 쓸 수 있겠어"라며 껄껄 웃었다. 장시간 운전을 해 준 파비오와 엘레나에게 진심으로 감사를 전한다(실은, 여행 오길 망설였던 이들을 내가 숙소와 여타 비용을 낼 테니 가자고 꼬드긴 것이었다. 실로, 미안한 마음이 도로 위에 늘어선 차량만큼 늘어났고, 이들이 한국에 올 경우 반드시 융숭한 대접을 하리라 굳게 다짐했다).

그나저나, 이탈리아는 많은 영감을 준다. 독일에 있던 괴테가 이탈리아로 가서 어떻게 영감을 받고 기행문을 썼는지 십분 이해된다. 그도 아마 길 위에 갇혀서, 경상도 사투리의 스무 배쯤 되는 강력한 억양의 이탈리아어를 연속적으로 들으며 '아름다움과 편리함은 공존할 수 없는 것'이란 걸 깨달았는지도 모른다.

걸핏하면 이탈리아 기행을 떠났던 괴테만이 나의 심정을 이해할 것이다.

늦은 밤에 도착한 피렌체의 두오모는 이때껏 살면서 본 모든 성당 중 가장 아름다웠다. 그 흥분이 채 사라지기 전에 펍에서 옆자리에 앉은 모로코 출신 남성이 내 목도리를 자기 것처럼 두르고 있는 걸 파비오가 발견했다. 피렌체는 눈 깜짝할 사이에 목도리를 훔쳐 가니, 그래도 눈 깜짝할 사이에 코 베어 간다는 한양보다는 낫다고 여긴다.

유럽에서의 시간이 지날수록 더욱더 많은 것을 포기하게 된다. 경차를 타고 도로 위에서 갇힌 아홉 시간이 너무 힘들어, 결국 다닐로의 집에는 비행기를 타고 가기로 했다. 기차 편을 검색해 보니 최소 52시간 이상이 걸렸다. 사실 다닐로의 집은 스페인 비고라는 작은 마을이라, 공항이 없다. 그렇기에 포르투갈의 포르토까지만 비행기로 간 후, 버스를 타고 세 시간 정도 더 달려야 한다. 하지만, 지금의 심정으로는 무슨 수를 써서라도 비행기를 탈 것 같다.

차 안에서 엘레나는 갑자기 "베를린이 그립다"고 했다. 술을 전혀 마시지 않는 파비오는 "오늘은 나도 엄청 마시고 싶다"고 했다.

일흔네 번째 날이었다.

12

28

이 글은 토스카나 시골인 몬테리지오니의 한 숙소에서 파비오와 엘레나가 더블 침대를 쓰고, 나는 그 옆의 간이침대에 누워 있는, 즉, 실로 애매한 분위기 속에서 쓰고 있다.

가는 곳마다 ATM기가 작동하지 않아, 미화 200불을 환전하는 데 수수료만 4만 원을 냈다.

그러고 나서 발견한 ATM기는 건강하게 작동했다. 프랑크푸르트 행 비행기에서부터 시작한 멍청한 짓을 베를린과 프라하를 거쳐 이탈리아 토스카나에서도 계속하고 있다(프라하에서도 수수료 4만 원을 내고 환전하고 나니, 바로 앞에 ATM기가 있었다).

나는 이토록 일관성 있는 사내인 것이다(멍청함마저도 지속하는 사내라면, 그가 품은 연정은 얼마나 지속될 것인가?! 이 건강한 질문을 뭇 여성들은 가슴에 품기 바란다).

국도를 타고 펜션까지 왔는데, 일본 벽촌 같기도 하고, 양평 같기도 하다. 엘레나가 토스카나 특산물이라며 '치귀야레 스파게티'를 먹어 보라고 했는데, 주문하고 보니 우동 면발에 갈비찜 고기를 잘게 찢어 놓은 것이었다.

이젠 어딜 가더라도, 무엇을 먹더라도 다 비슷하다는 생각이 든다(그놈이 그놈이다).

마침 간 레스토랑에서는 지역 음악가들이 튜닝을 하며 공연 준비를 하고 있었는데, "Si, Si, Si, Si, Ah, Si, Si, Si, Si(네. 네. 네. 네. 아, 네. 네. 네. 네)"만 한 시간 동안 한 후 퇴장해, 식사를 마칠 때까지 돌아오지 않았다.

나의 멍청함에 버금갈 만큼 일관성 있게 "네"만 외친 밴드는 굉장히 긍정적이라는 인상을 남기고 물러났다.

어제 주유소에서 기름을 20유로어치 넣기 위해 카드를 넣자마자, 101유로가 결제됐다. 한국 통신사는 이탈리아에서 발송한 신호를 신속하게 받아, 다시 이탈리아에 있는 내게 '너, 또 멍청한 짓 했어'라는 뜻의 "OOO(상호), 101,00 EUR 결제"라는 메시지를 보내 주었다. 무슨 영문인지 주유기는 10유로어치만 뿜어내고, 입을 닫아 버렸다.

겨우 직원을 찾아가 물어보니, 직원은 이 질문을 이탈리아에 존재하는 모든 피자의 토핑 수만큼이나 받아 봤다는 듯이 "아, 원래 그런 거요. 은행에서 확인해 보면 될 거요. 나중에 91유로가 거래 취소될 거니 걱정 마시오"라며 어딘가로 가 버렸다.

물론, 그는 "네. 네" 하며 튜닝만 하고 사라진 긍정적인 밴드처럼, 주유 결제 체계를 상당히 긍정하는 태도로 영구히 퇴장해 버렸다.

그가 '노 프로블럼!'이라고 외치지 않는 것에 대해 안도할 뿐이다.

(당연한 말이지만, 이틀이 지난 현재, 91유로가 결제 취소되었다는 메시지는 오지 않았다.)*

아일랜드에서도 비슷한 일을 여러 차례 겪었는데(그때는 400유로 정도 했다), 한국에 돌아오니 각종 원고 마감에 치이고 바빠서 확인하지 못했다.

뭔가 잘못됐다고 해서 시차까지 챙겨 가며 새벽에 일어나 국제전화로 30~40분간 이 담당자, 저 담당자 번갈아 가며 통화하는 건 불가능하다(한번은 시도한 적이 있었는데, 아일랜드로 전화하니 필리핀에 있는 서비스 센터로 연결이 되어, 필리핀 악센트의 영어에 적응하는 데 20분이 걸려 결국 "해브 어 굿데이" 하고 끊었다).

하루를 더 살았고, 하나를 더 포기했다.

금전적으로 불행한 소식이 하나 더 있다.

파비오가 100유로를 잃어버렸다.

---

* 역시 당연한 말이지만, 귀국하고 22개월이 지난 현재까지 이 사건은 해결되지 않았다. 당연한 말이지만, 이렇게 될 줄 알고 일찌감치 잊고 지냈다.

모국을 불신하는 그는, 끝까지 소매치기 당했을 모든 가능성에 대해 천착해 기어코 자신이 자고 있을 때 누군가가 방에 들어와 50유로는 남겨 두고 100유로만 빼 갔을 것이라는 결론에 도달했다(그는 정말 판타지 작가로서의 자질을 갖추고 있다).

밀라노로 올라가면 그다음 날 이탈리아를 떠나려 했지만, 티켓이 1월 1일 자밖에 없어 결국 올해의 마지막을 이탈리아 북부에서 보내게 됐다.

1월 1일에는 포르투갈 포르토로 날아가, 공항에서 버스를 타고 스페인 비고로 갈 생각이다.

10년 전에도 느꼈지만 이번에도 이탈리아에서 비슷한 감정을 느낀다.

매력적인 외모와 화려한 스타일로 눈길이 가지만, 만날 때마다 상대를 불편하게 하고 부담스럽게 하는 이성 같다.

다시 말하지만, 그럼에도 불구하고 이탈리아 시골은 실로 아름답다. 베를린에 오기 전에 이탈리아에서 한동안 지내고 싶다는 생각을 품곤 했었는데, 지금은 그 생각이 사라졌다. 백림 생활이 나를 몹시 회의적이고 실용적인 인간으로 변모시켰다.

다비드를 닮았다고 부추기니 잽싸게 포즈를 취하는, 귀가 얇은 파비오.

1인당 한 접시씩 먹는 햄과 치즈.

엘레나의 추천 음식. 갈비찜 맛.

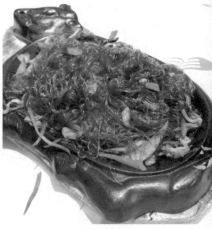

무슨 중국식 스파게티라 해서 주문했는데, 결국 잡채.

이곳에서 느끼는 지속적인 불편과 불합리성은 왜 청년들로 하여금 소시지와 맥주와 고독밖에 없는 백림으로 오게 하는지 이해하게 한다. 싸구려 호텔에서 잤지만, 영수증조차 없는 시 재정 세금을 1인당 3유로씩 현금으로 따로 받고, ATM기로 현금을 인출하면 수수료가 3천 원인데, 환전소에서 환전을 하면 수수료가 4~6만 원(총금액의 20%)이다. 오늘도 도로 한 군데가 공지 없이 폐쇄돼 있었고, 차에서 내릴 때마다 도난을 우려해 내비게이션을 떼어 어딘가에 숨겨 놓아야 한다(영국도 마찬가지).

그 때문인지, 파비오는 독일어를 잊어선 안 된다며 틈틈이 "이히 하베 훙거(Ich habe Hunger; I have a hunger; 배고파요)"를 외친다(무슨 영문인지, 그는 한국어로도 '배고파요'를 완벽히 구사한다).

미국에 있을 때는 이라크전 때문에 미국을 상당히 싫어했는데 한국에 돌아와선 내가 미국화됐다는 걸 깨달았고, 일본에 있을 때엔 일본의 빡빡한 영업 문화와 협소한 공간에 지쳐 버렸는데 역시 한국에 돌아와 내가 미국화와 일본화가 되었다는 걸 깨달았듯(신발이 된 심정이다), 이곳에 와서 내가 독일화가 되었다는 사실을 깨달았다.

기차역 벤치에 떨어진 지갑을 주워 들고, 열차 안으로 들어가 칸마다 뛰어다니며 "주인 누구요?!" 하고 외치는 독일인과 짠 소시지가 생각나는 밤이다.

일흔다섯 번째 날이었다.

*

영화사 대표의 예언이 맞았는지, 결국 몇 문장이 맘에 안 들어 시나리오는 좀 더 있다가 보내기로 했다. 그는 "어차피 내년에 줄 거였잖아요"라고 했는데, 그 말이 맞았다.

의외일지는 모르겠으나,
재미있게 읽은 소설
『냉정과 열정 사이』의
배경 장소인 피렌체 두오모.

12月

29日

이 글은 총 다섯 번의 실패를 거듭한 후, 인생은 짧은 것이고 좋은 것을 생각하며 지내야 한다는 결론에 도달한 후 일기를 다시 쓰고 있다.

우울하고 외로운 백림에서 생활했던 것이 신의 가호였다는 것을 이탈리아에서 일주일을 보내고 깨달았다.

파비오가 모국을 신뢰하지 않는 것이 그의 판타지 작가로서의 기질 때문일 것이라 생각했는데, 그것이 그의 처절한 경험에서 빚어진 결론이라는 걸 이제는 신뢰한다.

10년 전, 그리스에서 상당한 불편과 불합리성을 겪으며 '아, 이거 나라가 망하는 게 아니라면 도대체 어떻게 이럴 수 있단 말이야'라고 생각했는데, 그로부터 몇 년 뒤 그리스는 국가 부도를 맞았다(꼭, 내 예상 때문만은 아니길 바란다).

이곳에선 그때의 감정을 그때보다 훨씬 더 강렬하게 느끼고 있다.

많은 시스템이 상대의 주머니에서 조금이라도 더 뜯어내기 위해 설계돼 있고, 사람들은 이에 지쳐 살아남기 위해선 어쩔 수 없이 약삭빨라져야 한다고 여기고, 그러다 보니 제 몸 챙기기에 바쁘다는 인상을 준다.

어서 이탈리아를 떠나고 싶지만, 할 일이 없어서 베네치아로 가는 기차에 몸을 싣고 있다.

이 티켓 좌석을 예약하기 위해 내 앞에서 새치기하는 무수한 현지 인과, 단지 좌석 예약료 10유로를 받기 위해 몇 시간씩 사람을 기다 리게 하는 시스템을 겪었다.

대기 인원이 135명인 역에서 네 시간을 기다렸고, 사람이든 사회 든 외실보다는 내실이라는 생각을 했다(그저께 피렌체의 바에서 옆자 리 손님이 태연하게 내 목도리를 자기 목에 두르고 있던 것 역시 떠올랐 다. "내 것인데요"라고 하니, "아, 그런가? 껄껄껄껄!" 하며 되돌려 주었던 것이다. 그 와중에 그는 자신의 이름을 소개하며 악수를 청했다).

오랜 생각 끝에, 다섯 번에 걸쳐 실패하며 썼던 14장의 에피소드 는 잊기로 했다.

이곳에 오고 나서 어처구니없게도, 백림에서의 나날이 썩 나쁘지 않았다는 걸 깨달았다(물론, 물은 맥주보다 비싸고, 전철 노선은 복잡하 고, 인터넷은 느리고, 먹을 건 소시지밖에 없지만, 완벽한 세상은 어디에 도 없다).

한 공동체가 건강하게 돌아가려면 훌륭한 정치인도 필요하지만, 그에 못지않게 정직한 시민과, 지치지 않고 정치권을 견제하는 시민

사회와, 합리적인 제도를 구축하기 위한 끈질긴 관심과 왕성한 지적·정치적 호기심이 필요하다.

내가 이 땅에서 숨 쉬고 있는 것에 대해서는 왜 각종 변명을 붙여서 세금을 안 받는지 궁금할 지경이다.

이곳에서 손해를 감수하며 새치기를 하지 않고, 서두르지 않고, 친절을 베풀며, 고귀한 성품을 지키고 살아가는 선인들이 안쓰러워진다.

일흔여섯 번째 날이었다.

*

할 일이 없어 떠난 베네치아에 거의 다 도착했다.

이탈리아에서 하룻밤을 더 잤다.

일흔일곱 번째 날이었다.

12

31

이 글은 베네치아에서 밀라노로 돌아가는 기차 안에서 오수를 취한 후 깨어나 멍한 상태로 쓰고 있다.

이탈리아에선 내릴 역을 놓치지 않기 위해 방송에 귀를 기울일 필요가 없다. 역 근처에 당도할 즈음이면 거의 모든 승객들이 불이 난 듯 짐을 챙겨 이십여 분 전부터 출구에서 대기하기 때문이다. 물론, 시끌벅적하다.

낯선 사람들과 뒤섞여 있는 그 자리에선 갑자기 인생의 중요한 깨달음을 얻었는지, 각자 느낀 바를 열정적으로 교감한다. 물론, 데시벨은 높다.

마치 결혼식 피로연을 열차 안에서 하는 듯한 느낌이다.

곳곳에서 대화 꽃이 피어나기에 숙면을 취하고 있더라도, 그 소리에 깰 수밖에 없다. 물론, 내릴 역을 놓칠 리 만무하다.

'아니. 어서 날 내리게 해 줘!'라고 외치고 싶은 심정이다.

이곳에 오래 있으면 정신 건강과 품위를 유지하는 데 많은 애로 사항이 따를 듯하다.

이탈리아에서의 마지막 날이 공교롭게도 올해의 마지막 날이다.

백림에 오기 전 하고 있던 라디오 진행과 취재 연재물 등 거의 모든 일을 종료하고 왔기에, 내년에는 완벽한 실업자 신세다(영화 칼럼은 종신제이므로, 내가 지칠 때까지 쓴다).

운명에 의탁하여 되는대로 한 해를 살 생각이다.

'시와 바람' 새 앨범 녹음에 필요한 신곡을 몇 곡 더 써야겠다.

팔굽혀펴기를 다시 시작했다.

일흔여덟 번째 날이었다.

이 글은 지독한 감기 몸살 기운에 시달리다, 겨우 몸을 추슬러 쓰고 있다.

나는 지금 다닐로의 여자 친구 부모님 댁에서 혼자 남아 일기를 쓴다. 모두들 나와 함께 외식을 하고 싶어 했지만, 이들이 저녁 식사를 밤 10시에 하는 바람에 도저히 엄두가 나지 않았다. 먼저, 지난 며칠간의 일을 정리할 필요가 있다.

밀라노에서 열차를 갈아타고 파비오가 살고 있는 빈얀떼 역으로 가니, 파비오가 마중을 나와 있었다. 그의 수고와 환대에 진심으로 고마움을 전한다. 그는 나를 파티가 벌어지고 있는 친구 집으로 데려갔는데, 그곳에는 공교롭게 레즈비언 커플과 게이 커플이 잔뜩 있었다. 참고로 가장 아름다운 여성이 레즈비언이었는데, 그녀는 식사하는 줄곧 이 여성 저 여성과 번갈아 가며 가벼운 키스를 했다. 파비오와 나는 잠시 수줍은 듯 여성적인 표정을 취해 보았는데, 우리 차례는 오지 않았다.

그나저나 나는 이제 유럽식 키스 인사에 익숙해졌는데, 일단 남자들과는 반가울 때 가벼운 포옹을 한다. 그리고 여자들과는 볼을 오른쪽에 한 번, 왼쪽에 한 번 갖다 대면서 입으로 '쪽' 소리를 내며 허공에다 키스를 한다. 나도 허공에 '쪽' 하며 키스를 하고, 상대도 허공에 '쪽' 하며 키스를 한다. 이것이 일반적인 인사법인데, 여성 쪽에서 약간 아쉬움을 느낄 때는 내 볼에다 자신의 입술로 키스를 한다. 아드리아나가 처음에 내 볼에 키스를 해서 나는 약간 당황하고 놀랐었는데, 엘레나도 내게 몇 번인가 볼에 키스를 했다. 마침 그때는 파비오가 보지 않을 때라서 '아니. 이거 잘못된 만남을 찍자는 건가!'라고 생각했는데, 파비오가 볼 때에도 뭔가 깊은 교감이 오고 갔다고 생각되는 날에는 볼에다가 입술로 가벼운 키스를 했다. 그러고 난 뒤 만난 파비오 엄마도, 파비오 할머니도, 심지어 오늘 길거리에서 처음 본 다닐로의 친구의 여자 친구도 볼에 키스를 했다. 그냥 만나면 "어머. 반가워요. 호호호호" 하며 '쪽' 키스를 하는 것이다. 문제는 한두 명과 작별 인사를 할 때는 별 상관이 없지만, 열댓 명이 있을 때에도 일일이 이런 식으로 볼에 키스를 다 한다는 것이다. 참고로 어제 해가 바뀌는 시각, 즉 2015년 0시 00분이 되자 파비오 친구 집에 있던 약 스무 명에 달하는 사람들이 차례로 볼에 키스를 하기 시작했다. 그리하여 어젯밤 이성애자 여성과, 이성애자 남성과, 레즈비언과, 게이의 키스를 차례로 받았다. 모든 인류가 하나가 되는 느낌이었다.

그러고 나서 이들은 일제히 집 밖으로 나가 불꽃놀이를 하기 시작했는데, 그것은 내가 약 이십여 년 전 소년 시절에 터트리던 불꽃놀이를 그대로 재현한 듯한 광경이었다. 불꽃은 힘을 잃은 노인의 오줌발처럼 하늘로 올라가다 말고 곧장 바닥으로 직하했는데, 이를 보고 약 스무 명의 이성애자와 게이 커플과 레즈비언 커플은 환호했다. 그러면서, 가장 아름다운 레즈비언 여성은 또 내 볼에 뽀뽀를 했다(뭐, 어쩌자는 건가). 그러더니 그녀는 "혹시 저 폭죽을 터트리는

방법을 아느냐?"고 물었는데, 그것은 얼핏 보아도 약 25년 전, 동네 꾸러기들이 맘에 드는 여학생에게 마음을 전할 방법을 몰라 애꿎게도 반대 방향으로 관심을 표출하다 적이 되어 버리는 데 일조했던 '콩알탄'이었다. 이 물건에 대해선 약간의 설명이 필요한데, 콩알탄은 말 그대로 콩알처럼 생긴 조그마한 물체로서 하얀 습자지에 키세스 초콜릿처럼 말린 채 포장돼 있는데, 땅에 던지면 격발음을 내며 터지기 때문에 다소 품위 없고 직설적인 콩알탄으로 불리는 것이다. 아름다운 레즈비언 여성은 자신이 사 온 콩알탄이 도대체 무엇인지 몰라, 포장을 여는 순간 심리적인 붕괴 상태에 빠져 버린 것이었다. 동양의 불확실한 나라에서 각종 불량 식품과 청소년 유해 상품을 일찍이 섭렵한 나는 약 25년 전의 기억을 되살려, 노련하게 콩알탄을 내 자존심처럼 내팽개쳤으니 이탈리아 바닥에서 '딱' 소리가 울려 퍼지는 순간, 이 여성은 감탄을 금치 못하며 "판타시코!(환상적이에요!)"라며 내게 키스 세례를 퍼부었다. 다시 말하지만, 뭐 어쩌란 말인가.

소소한 불꽃놀이가 끝나자마자, 나는 피곤한 노구를 이끌고 파비오의 집으로 기어 들어가 이탈리아에서의 마지막 밤을 홀로 보냈다. 엄마 집에서 잔 파비오는 고맙게도 아침 일찍 엘레나와 함께 공항으로 가는 나를 송별하기 위하여 차를 끌고 나왔다. 이 와중에 공항 가는 길을 잃은 파비오와 이를 힐난하는 엘레나 사이에서 건강하고 역동적인 언쟁이 일어났다(이탈리아어의 언쟁은 경상도 방언의 언쟁과 몹시 유사하다. 음의 고저가 변화무쌍하며, 억양 역시 중국어 못지않게 격정적이다). 그리고 공항에 도착하자마자 언제 다퉜냐는 듯 갑자기 눈물을 흘릴 태세로, 엘레나와 파비오는 차례로 나를 뜨겁게 포옹했다.

우리는 다시 베를린에서 만나자고 기약을 했다. 행여 시간이 맞지 않아 못 보면 어쩌나 싶기도 했는데, 이런 우려는 말끔히 사라졌다. 파비오가 오늘 내게 사진을 하나 전송했는데, 그 사진에는 이틀째 파비오 집의 라디에이터 위에서 사막처럼 말라 가는 나의 양말이 있었다(그 덕에 오늘 아침에는 양말이 없어, 무좀 환자로 의심되는 다닐로의 수면 양말을 신고 약 10킬로를 걸었다. 일기를 쓰는 현재 발바닥이 간지럽다).

역시나 공항에서는 당연하다는 듯 약 스무 명이 넘는 현지인들이 내 앞에서 새치기를 했다. 그 덕에 현지인들 사이에서 활발한 고성방가가 오갔고, 원치 않는 시시비비를 가리는 사이 나의 탑승 시간은 지나 버렸다.

그 덕에 나는 거의 15년 만에 공항에서 뛰어야 했다. 하지만, '어허, 여긴 이탈리아야!'라는 듯이, 탑승 시간은 지켜지지 않았다. 내 뒤로도 약 스무 명의 승객들이 뛰어온 뒤, '아! 여긴 이탈리아였지'라는 표정을 지었다. 비행기 역시 '어허, 여긴 이탈리아라니까!'라는 듯한 투로 한 시간 뒤에 출발했다.

포르토는 실로 마음에 들었다. 베니스처럼 아름답진 않았지만, 사람들은 친절하고 여유가 넘쳤으며, 적당한 자존심과 적당한 관용을 선보였다. 거리엔 따뜻한 햇살이 넘실거렸으며, 믿기 어렵게도 나는 1월 1일에 노천카페에 앉아 몇 시간 동안 식사를 했다. 많은 시민들이 시 당국이 설치한 의자에 앉아 햇살을 쬐고 있었다. 아마 훗날 내가 불순한 예술적 반역 행위를 저질러, 모국의 정부로부터 추방을 당한다면 그때 나는 포르투갈의 포르토를 자발적 유배지로 선택할 것이다. 사람들과 풍경과, 바다와 강과, 건물의 적당한 낡음과 거리의 적당한 어지러움이 내 마음을 활짝 열고 들어왔다.

특히 거리 한구석에 잔뜩 버려진 쓰레기가, 한 해의 마지막 날 밤 이들이 얼마나 격정적인 축제를 벌였는지 증명하고 있었다. 그것은 몹시도 인간적이고 매력적으로 느껴졌다. 반면, 새해의 첫날은 숙취에 시달려 꼼짝 않는 사람처럼 고요했다. 이런 양면적이고도 복합적인 역동성과 평온함이 나를 강하게 유혹했다.

시내에서 햇빛을 즐기며 식사를 한 후, 버스를 타고 스페인 비고에 도착하니 다닐로와 여자 친구가 마중 나와 있었다.

그리하여 이날은 본의 아니게 아침은 이탈리아에서, 점심은 포르투갈에서, 저녁은 스페인에서 먹게 되었다.

엄청난 빚에 쫓기어 도망 다니는 국제 채무자가 된 심정이다.

일흔아홉 번째 날이었다.

이 글은 다닐로와 함께 순례자 길의 종착 도시인 산티아고로 가는 열차 안에서 쓰고 있다.

비고(Vigo)는 살기 좋은 도시였다. 거대한 문어와 음료와 생선과 디저트 세트가 10유로에 불과한 호혜적인 도시였다. 도시는 바다와 공원과 안개와 절경을 품고 있었으며, 새해를 맞이한 노동자들을 위로하기 위해서인지 의류를 약 절반 가격에 판매하고 있었다.

다닐로의 여자 친구인 루시아가 옷 구경을 한다며 들어간 상점에 따라갔다가, 옷걸이에 걸린 코트를 한번 쓰윽 들어 본 나를 발견한 판매원이 코트 여덟 벌과 셔츠 아홉 벌을 들고 나타났다. 그녀의 적극적이고 끈질긴 구애를 외면할 수 없어, 코트 한 벌과 셔츠 한 벌을 샀다. 새 코트를 입고 지갑을 넣는 순간, 안주머니의 단추가 '중력이 너무 강해요!'라고 웅변하듯 지상으로 낙하했다. 점원이 몹시 당황하여, 나는 어쩔 수 없이 젊은 금발의 스페인 판매원을 위로할 수밖에 없었다.

"노 아이 쁘로블레마(문제없어요!) 에스또이 비엔(전 괜찮아요!). 쁘르께 소이 운 클리엔떼 빠실. 무이 빠실(전 쉬운 고객이에요. 굉장히 쉬운 고객. 호구!)"

식사와 산책을 마치고 맡겨 둔 옷을 찾으러 저녁에 상점으로 다시 가니, 그녀는 "클리엔떼 빠실 이 부에노!(쉽고 좋은 고객! — 좋은 고객이라는 말을 한문으로 쓰니, 호객이라는 사실을 지금 깨달았다)"라며 악수를 건네면서 자신의 이름을 소개했다.

덕분에 나는 로드리게스와 통성명을 하고, 나는 '민숙 초이'인데, 정확하게는 '최민석'이다. 성이 앞으로 가는 이유는 우리는 'first name'이 'family name'인 좀 복잡한 상황 때문에 그렇다. 그리고 나는 북한이 아니라, 남한 출신이다(이건 그녀가 물었다). 아, 고객 카드는 만들어 줄 필요가 없다. 나는 이곳에 여행을 왔기 때문이다. 아, 글쎄. 필요 없다니까. 한국에서도 이 브랜드를 못 봤다. 아, 일본에 이 브랜드가 있는 건 알겠지만, 일본이 그렇게 가깝지는 않다. 물론, 가까운 나라지만, 먼 나라이기도 하다……

라는 긴 대화를 나눴다.

그녀는 내가 옷을 되찾고 나갈 때, 마치 친구를 보내듯 양 볼에 작별 키스를 해 주었다. 다닐로는 점원에게도 키스를 받는 사람은 내가 처음이라며 적잖이 당황했다. 물론, 나도 당황했다. 그나저나, 나는 이제 점원에게도 키스를 받는 '쉬운 뺨의 소유자'가 되었다(물론, 그 전에 '쉬운 고객'이 되는 선결 과정을 거쳐야 한다).

그간 내 뺨을 스쳐 간 여성들의 국적을 횟수별로 분류해 보면, 이탈리아가 압도적인 1위를 차지하고, 그다음이 프랑스, 독일, 스페인, 불가리아, 그리스 순이다(스파게티와 볼 키스 간에 어떠한 상관관계가 있는지 모르겠다).

어제는 별것 아니지만, 모친의 태중에 내가 잉태되어 별 탈 없이 출산된 날이었다. 아침에 눈을 뜨니, 다닐로의 여자 친구인 루시아가 "Happy Birthday"라고 큼직하게 쓴 카드와 함께 초를 꽂은 초코 케이크로 나의 생일을 축하해 주었다. "우와! 정말 고마워! 이거 네 여자 친구가 직접 구운 거야?"라고 감격에 젖어 다닐로에게 물어보니, 그는 "재활용이야. 그저께가 여친의 생일이었거든" 하고 냉정하게 대답했다. "먹다 남은 거야"라는 첨언도 잊지 않았다.

다닐로는 지나친 솔직함이 단점이다.

영어를 거의 못 하는 루시아는 우리 대화의 실상을 파악하지 못한 채, 내게 천사의 미소를 지속적으로 보내고 있었다(이 가정은 독실한 가톨릭 집안이다). 이때 갑자기 루시아의 부친이 리코더를 입에 물고 등장하더니, 생일 축하송을 연주하였다. 음악 선생이라는 그의 연주는 과연 직업을 지속할 수 있을지 심각히 우려될 수준이었지만, 잔뜩 긴장한 그의 눈과 떨리는 손가락에서는 강도 높은 진심이 묻어났다. 그리하여 나는 그의 연주에 내 입으로 "Happy Birthday to me, Happy Birthday to me" 하며 춤 추며 노래를 부를 수밖에 없었다. 루시아의 모친과 루시아는 나의 춤과 노래를 감상하며 오페라 공연장에 온 VIP 고객처럼 절제되고 활동 폭이 적은 박수를 쳐 주었다. 다닐로는 다시 한 번 "리사이클, 맨!(재활용이라니까! 남자!)" 하며 농담을 했다.

다닐로는 농담의 타이밍을 잘 모르는 게 단점이다.

루시아 부친과 모친이 당황하여 나는 다시 한 번 어깨춤을 추며 "메 구스타 리사이클!(저는 재활용을 사랑해요!)" 하고 외칠 수밖에 없었다. 이들의 호의가 몹시도 고마워, 루시아에게 식사를 대접할 기회를 달라고 했는데, 실은 전날 밤 다닐로와 나눈 대화가 약간 걱정되긴 했다. 그는 엄숙한 표정으로 "이 가족은 말이야. 모든 걸 미리 계획해 둔다고! 모든 게 굉장히 조직적으로 설계돼 있어. 봐, 이 침대 시트도 네가 온다고 일주일 전부터 깔아 놓은 거야"라고 말했기 때문이다. 하여 갑작스런 제안에 내년에나 시간이 된다고 할까 염려하였으나, 루시아는 "마침 오늘 할 일이 없다"고 했다. 하루를 더 묵어 보니, 그녀는 일기를 쓰는 오늘도 딱히 할 일이 없었다(이틀을 더 묵어 보니, 일기를 쓴 다음 날도 그녀는 딱히 할 일이 없었다. 어쩌면, 휴식을 미리 설계해 놓은 건지도 모르겠다).

산티아고 역에 거의 당도했다.

루시아의 집에서는 따뜻한 물이 잘 나오지만, 난방이 전혀 되지 않는다. 인생에는 항상 '일장일단'이 있기 마련이다. 그것은 동전과 같아서, 한 면이 장점이라면 다른 한 면은 단점으로 구성된 것이다. 단점을 장점으로 쉽게 뒤집을 수 있으며, 장점이 단점으로 쉽게 뒤집

힐 수도 있는 것이다(인간 역시 마찬가지인데, 다닐로가 가진 소수의 장점은 다수의 단점으로 뒤집혔다).

그러기에 크게 낙심할 일도, 과도하게 흥분할 일도 없는 것이다.

동전의 양면을 요리조리 뒤집어 가며 보낸 여든 번째 날이었다.

이 글은 산티아고 방문을 마치고 비고(Vigo)로 돌아가는 열차 안에서 쓰고 있다.

방금 좌석에 앉은 다닐로가 눈을 감았다. 그는 심각한 수면 문제를 겪고 있는데, 사실 그로 인해 고통을 받고 있는 사람은 나다. 그는 호주 메탈 그룹 AC/DC와 메탈리카와 오지 오스본이 합동 공연을 벌인다고 가정했을 때, 간혹 발생할 법한 하울링 같은 소리를 왕성하게 낸다. 기괴한 재주다. 그 덕에 어젯밤 나는 그보다 일찍 잠들려 했으나, 녀석이 대화하다 갑자기 잠드는 신기(神技)를 발휘하는 바람에 기회를 놓치고 말았다.

방금 다닐로가 코를 고는 소리에 앞 좌석의 아기가 잘못 태어났다는 듯이 울음을 터트리고 말았다. 아기를 달래 주려고 내 소설의 즐거운 장면을 회상하며 함박웃음을 지어 주니, 아기가 조약돌 같은 손으로 부친의 명치를 강하게 타격하며 더 크게 울기 시작했다. 코로 연주하는 다닐로의 메탈 기타 음과 아기의 울음으로 기차 안은 기획부터 잘못된 공연장을 방불케 한다.

산티아고는 작가가 살기 좋은 도시였다. 세계 각국의 여행자들이 모여들었으나 고요했으며, 해산물이 풍부했다. 자꾸 살 만한 도시가 늘어난다. 문제는 도시만 늘어난다는 점이다. 살 수 있는 여건은 지속적으로 줄어 간다. 작가로 버티기도 쉽지 않다. 일단은 다닐로의 코 연주음과 난방이 되지 않는 스페인의 실내 분위기에 적응해야 한다(국제적 작가는 되지 않고, 국제적 곤경을 극복하는 인간만 되고 있다. 태국에서도 느꼈지만, 따뜻한 나라는 웬만해선 난방 시스템을 가동하지 않는다). 고로 추우면 실외로 나가야 하는 이율배반적 해결책을 실천해야 한다.

문제는 밤이다. 작년 1월 한 달을 태국에서 보낼 때, 여름 이불 하나 달랑 있는 숙소는 한국의 가을밤보다 추웠다. 이곳 역시 마찬가지다. 인생에는 언제나 '일장일단'이 있기 마련이다. 공짜로 잘 수 있는 침대가 있다면 그것은 심각하게 코를 고는 다닐로의 옆 침대다. 방심할 수 없는 곳이다.

'산티아고'는 '성(聖) 야고보'의 스페인식 발음이었다(영어: 세인트 제임스, 스페인어: 산티아고, 불어: 상떼 쟈코보, 한국어: 야곱).

산티아고 대성당 안에 있는 작은 박스 앞에서 다닐로가 무릎을 꿇기에 뭐하는 거냐고 물으니, 그 안에 야곱의 시신이 있다고 했다. 예상이 자주 어긋나는 곳이다.

십여 년 전 '코스타 델 솔(Coasta del Sol: 태양의 해변)' 지역에 가서 빠에야를 먹었는데, 오랜만에 다시 먹었다. 비싸다고 주저하는 다닐로에게 내가 사겠다고 하니, 즉시 와인을 주문했다. 나의 음료로는 물이 나왔다(주문은 다닐로가 했다). 그를 쳐다보니, "아프다며?! 탄산수 좋아하잖아!"라는 대답이 돌아왔다. "잘했지?"라는 첨언도 잊지 않았다.

"내가 너를 좀 알잖아. 하하하."

다닐로의 단점이 있다면, 나를 알고 있다고 착각한다는 점이다. 그는 와인을 한 모금 마시게 해 줄게, 라고 하더니, 끝까지 혼자서 꿀떡꿀떡 다 마셨다. 무릎 꿇고 기도하던 성스러운 그의 모습은 시간의 파도에 금세 떠밀려, 지중해 어딘가를 떠다니는 듯했다.

다닐로의 여자 친구의 친구가 저녁을 함께 하자며 자신의 집으로 초대했다. 초대가 너무 많다(게다가, 초대를 거절하면 이들이 기분 상해한다는 걸 잘 알고 있다). 원고 마감을 못 할 지경이다. 베를린은 지나치게 고독하고, 남유럽은 지나치게 북적인다. 인생처럼 유럽 생활도 동전의 양면 같다.

쾌면 중인 다닐로의 콧구멍을 무언가가 완벽히 틀어막았는지 갑자기 입을 벌린 채 죽은 듯이 자고 있다. 객차의 평안을 위해 그가 실제로 사망했다 해도 당분간은 확인하지 않을 예정이다. 대신 아기가 고딕 양식을 방불케 하는 일기장 안의 내 필체를 보더니 다시 더 크게 울기 시작했다. 역시 유럽 생활은 동전의 양면 같은 것이다.

언젠가는 아기가 내 미소를 좋아해 줬으면 한다.

내일은 하루 종일 휴식을 취하며, 한국에 송고할 칼럼을 쓸 생각이다(휴식을 취하며 노동을 하다니, 일상은 이처럼 이율배반적인 것이다).

돌아갈 날이 며칠 남지 않았다.

여든한 번째 날이었다.

*

독일어를 완벽히 잊었고, 서반아어가 조금 늘었다.

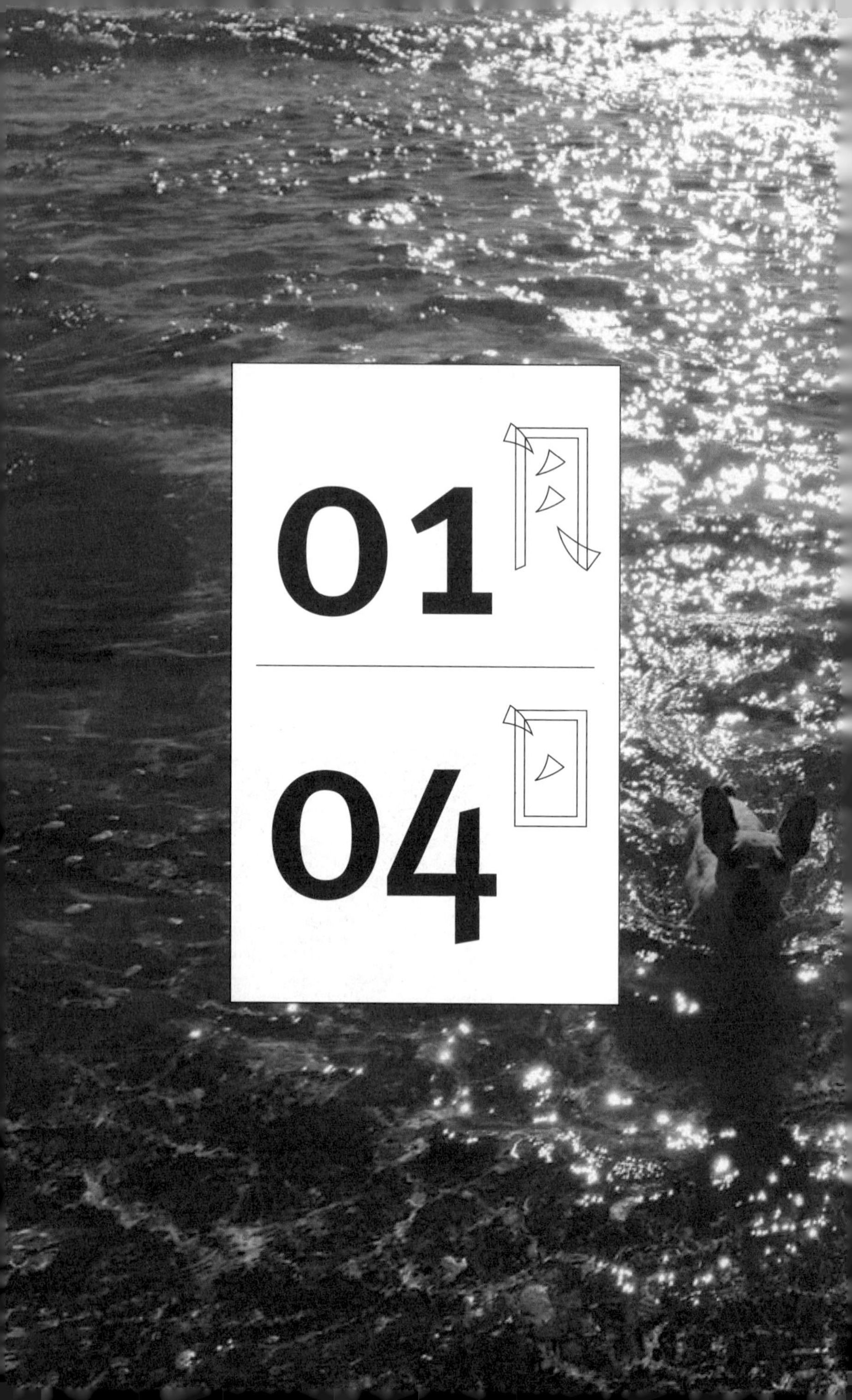

01 月

04 日

이 글은 다닐로의 영향을 받아, 마치 내 집에 온 양 루시아네 거실 소파에 기대어 쓰고 있다.

리코더 연주를 해 준 루시아 아버지가 어제부터 나를 'Son'이라 부르기 시작했다. 현재까지 그가 아는 영어 단어는 '코카콜라'와 '아멘'과 '아들'밖에 없다. 서반아의 중소 도시에 강력히 엮인 심정이다.

따라서 일요일 아침에 성당에 간다는 서반아 '빠드레(Padre: 아버지이자 신부)'를 따라갈 수밖에 없었다. 서반아 빠드레는 성당 내의 진짜 빠드레(신부)에게 가더니, 수드 꼬레아(남한)에서 온 나를 미사 시간에 소개하겠다고 했다. 성당 빠드레는 나를 '형제'라 했는데, 덕분에 족보가 상당히 복잡해졌다. 성당 빠드레는 신부이므로 서반아 빠드레의 아버지이자, 동시에 나의 형제이므로 서반아 빠드레가 성당 빠드레의 아버지가 되는 요상한 계보가 형성되었다. 게다가 다닐로마저 내게 길을 잃으면 안 된다며 "여기선 내가 네 아버지야(Here, I am your father!)라고 했다(웬만해선 다 아버지인 셈이다).

다스베이더에게 기계음으로 "I am your father"라는 충격적 고백을 듣고 정체성의 혼란에 빠진 스타워즈의 루크만이 내 심정을 이해할 것이다.

서반아 빠드레 덕에 미사 후반부에 성당 단상에 올라가 오늘 미사 설교의 제목을 한국어로 말했다(물론, 내가 자청한 것이 아니라, 리코

더 연주를 해 준 빠드레가 시킨 것이다. 다시 말하지만, "I am your father: 내가 니 아버지야, 그러니 시키는 대로……"). 성당 빠드레는 감격에 젖어 "예수 안에서 우리는 모두 '형제'입니다. 전 인류가 하나입니다"라고 했다. 하지만 서반아 벽지의 노인들로 구성된 성도들은 아무런 반응을 보이지 않았는데, 그것은 이곳 가톨릭 분위기를 파악하지 못한 나의 조악한 이해력 때문이었다. 미사가 끝나자마자 '아이고, 동양(호구) 청년 볼 좀 만져 보자!'라는 식으로 서반아 할머니들이 줄지어 볼에다 뽀뽀 세례를 퍼부어 주었다.

나는 이제 확실히 '쉬운 뺨의 소유자'가 되었다. 이제 볼 키스가 없는 인사는 상상조차 어렵게 됐다. 서울에서 정중하게 인사를 한 후 볼에다 '쪽' 키스를 하다가 뺨을 맞지 않을까 걱정될 정도다. 훗날 내가 원치 않은 구설수에 휘말린다면, 그건 모두 이 90일간의 유럽 생활 때문일 것이다(그나저나, 독일은 웬만해선 볼 키스를 하지 않는 것 같다. 역시 덕국은 여고생도 군 전역자 같다는 인상을 준다. 아울러, 소년도 맥주를 벌컥벌컥 마신다는 인상을 준다. 저번에 파비오와 함께 축구를 보러 갔을 때, 초등학생으로 보이는 한 소년이 1리터짜리 맥주를 들고 가며 홀짝거리는 걸 보았다. 소년은 '음. 나쁘지 않은데'라는 표정을 짓더니, 빨대를 꽂아 쭉쭉 빨아 마셨다. 아마, 아버지가 여차저차한 이유로 맡겼거나 준 듯했다. 확실히 독일인은 아버지일지라도 맥주 앞에서는 관대하다는 인상을 준다).

일요일인지라 집에서 쉬며 밀린 원고를 쓰기로 했다. 하지만, 다닐로가 내게 다급한 표정으로 다가와 호소했다.

"민숙! 아무도 내 말을 안 믿어! 다들 내가 피곤해서 널 데리고 나가기 귀찮아한다고 생각해. 제발, 해명 좀 해 줘."

어떻게 외국에 와서 하나라도 더 보고 싶지 않을 수 있느냐는 게 가족의 생각이었다. 진위를 알고 싶어 하는 가족들 앞에서 나는 하나의 일반적 사실을 언급할 수밖에 없었다. 나는 진심으로 다닐로의 수면무호흡증, 즉 심각한 코골이가 그의 만성피로에서부터 기인한 것이라고 몇 달 전부터 의심해 왔기 때문이다.

"씨. 다닐로 에스따 시엠쁘레 깐사도. 무이 깐사도(네. 다닐로는 항상 피곤합니다. 매우 피곤합니다)."

물론, "하지만 나도 피곤하고, 원고도 써야 해서 진정으로 집에 있고 싶다"는 말을 덧붙였다. 다닐로는 과장된 웃음으로 "하하. 이 친구 정말 웃기다니까요. 하하. 매우 웃겨요"라고 했지만, 가족 중 어느 누구도 미소조차 짓지 않았다. 대신 빠드레는 진지하게 "그럼. 글 잘 써야지" 하며 와인을 꺼내 내게 듬뿍 따라 줬다.

"나는 와인으로부터 정말 많은 영감을 받아!"라는 그의 말을 믿은 내가 바보였다. 내게 집필을 하라고 마련해 준 야외 책상은 구경만 했고, 그 옆의 간이침대에 잠시 누워 태양을 바라보다 눈을 한 번 감으니, 세 시간이 지나 버렸다. 눈을 뜨니 이미 세상은 어둑어둑해졌고, 옷은 냉기에 젖어 있었다.

「인터스텔라」에서 수면 캡슐에 들어가 몇십 년 만에 울면서 깨어

난 맷 데이먼만이 내 심정을 이해할 것이다.

스페인 해양 도시의 햇살은 겨울에도 생명력이 넘쳐 나를 시에스타(낮잠)에 빠져들게 한 것이다. 포도주를 마시고 햇살에 취해 냉동인간처럼 자 버렸으니, 어찌 보면 그것은 세상을 잊을 만큼의 완전한 휴식이었다(물론, 깨어날 때는 몸이 젖어 맷 데이먼처럼 울부짖어야 한다). 조금 과장하자면 '축제'라고도 할 만하다. 그 때문인지, 시에스타(낮잠)와 피에스타(축제)의 발음도 비슷하다.

아울러, 소소한 변화가 하나 있는데, 그건 바로 석 달간 백림에서 해를 못 봐 하얗게 변해 버린 얼굴이 완전히 검게 타 버렸다는 것이다.

라티노가 된 심정이다.

오수를 취하고 일어나 라티노 작가처럼 와인 향을 입에서 풀풀 풍기며 원고를 끝내 마감했다(와인은 영감을 주는 게 아니라, '데드라인' 바로 직전까지 나를 밀어붙였다. 실로 사선을 경험하는 기분이었다). 부디, 원고에다 헛소리만 쓰지 않았길 바란다(아니나 다를까 송고한 원고를 다음 날 확인해 보니 악플이 달려 있었다).

오수를 취하기 전, 서반아 해안은 썩 살기 좋은 곳이란 생각을 했는데, 이는 사실 별것 없는 하나의 풍경 때문이었다. 일요일 오후에 손빨래를 하여 널어 놓은 체육복 바지 위로, 1월의 겨울 햇살을 받으며 아지랑이가 피어오르고 있었다. 마치 동구권 영화의 '쏟아지는 햇살 아래 먼지가 넘실대며 춤추는 장면'처럼, 널어 놓은 빨래는 햇빛에 타들어 가듯 모락모락 연기를 뿜어내고 있었다.

열기를 뿜어내는 작은 활화산처럼, 햇살 아래 하얗게 올라오는 연기가, 바람에 산들산들 흔들렸다.

여든두 번째 날이었다.

이 글은 포르토 도우모 강변 남단의 한 식당에서 고마운 호객 행위를 당한 후, 간만에 혼자 앉아 어제의 일을 회상하며 쓰고 있다.

주문한 문어 다리는 아직 나오지 않았고, 선술집 안에는 핑크플로이드가 흘러나온다. 천장에 매달린 텔레비전 수상기에서는 영화 「멕시코」가 나오고 있다. 브래드 피트가 브라운관 속에서 낡은 중고차를 몰고 어두운 멕시코 거리를 달리고 있다.

주문한 음식은 성공이다. 짜긴 하지만, 지난주에 먹은 문어 요리와는 다른 '구이 겸 찜'이다(살짝 구운 후에, 본격적으로 찐 것 같다). 주인이 영국식 영어를 구사하기에 영국인이냐고 물으니, 영국에서 7년을, 남아공에서 20년을 살았다고 한다. 27년간 타국 생활을 한 사람이 결국은 귀향을 할 만큼, 포르토는 고요한 자성을 지니고 있다.

어젯밤 택시 기사에게 요금을 두 배로 지불한 것 빼고는 모든 것이 순조롭다(역시, 유럽은 방심할 수 없는 곳이다. 그래도 나폴리나 상하이만큼은 아니라서 다행이다).

바닷가 앞에 있는 수산 시장에 가서 2차로 해산물을 먹으려 했으나, 문어를 우물거리며 꾸물거리는 사이 해가 져 버려 포기했다.

어제 서반아 빠드레가 작별 인사를 하며 진지한 눈빛으로 포옹을 했다(몇 년 전 부친이 내 명의로 금전 거래를 하자고 했을 때와 같은 눈빛이었다. 역시 유럽은 방심할 수 없는 곳이다).

약소하지만 시내에서 산 초콜릿으로 성의를 표시했다. 한국에 오면 후하게 대접하겠다고 했다. 절대 빈말이 아니었다. 아울러, 이들이 오지 않을 거라는 걸 알고 한 말도 절대 아니었다.

이 가정에서 며칠을 묵을 수 있었던 건 큰 은총이었다. 숙박업소에 지친 나로서는 실로 오랜만에 '가족들'과 함께 생활을 했다. 한국에서도 가족들과 살지 않은 지 20년이 됐다. 그 전에도 할머니와 둘이 살았다. 내 과거에 고독은 당연한 것이었다. 해가 뜨면, 고독도 뜬다. 시간이 흘러가고, 고독도 흘러간다. 문장의 묘미를 전혀 이해하지 못하는 삼류 시인의 습작문 같지만, 실제로 이러하게 느껴 왔던 것이다. 하지만, 나는 이제 이 당연한 고독에 지쳤다. 그런 측면에서, 미래의 장인 장모 선물을 사겠다며 내 열차 시간이 다 됐음에도 불구하고 끝까지 늑장을 부려 간만에 2km를 뛰게 만든 다닐로를 이해한다.

다닐로의 단점은 꼭 바쁠 때, 갑자기 사람을 챙기려 한다는 것이다(물론, 바쁜 사람이 아니라, 한가한 사람을 챙긴다).

부디 그가 예의 그 눈치 없는 농담을 남발해 혼사를 망치는 일이 없길 바란다. 만약 성공한다면, 다닐로는 매년 자신의 생일마다 리코더 연주에 맞춰 격렬한 춤을 춰야 할 것이다. 그것도 나쁘지 않을 것이다. 만약 성공한다면, 그 집에는 훈기가 더해질 것이다(물론, 왕성한 코 연주음도 밤마다 더해질 것이다).

포르토에선 간만에 피로를 풀기 위해 별이 많이 매달린 호텔에 묵었다. 고로, 아침 체조를 하는 데 아무런 지장이 없다. 포르토의 물가가 마음에 든다. 교통비도 싸고, 언제나 할인 행사를 하는 숙소가 있고, 어디에나 특가 판매를 하는 옷집도 있다. 9년 전 리스본에서 근사한 가격에 산 바지가 아직도 나의 집에 있다. 그때에도 상당한 할인율로 판매를 했는데, 오늘도 그랬다. 그 때문인지 포르투갈은 어딜 가든 항상, 뭔가를 염가에 판다는 인상을 준다. 과장하자면 10년째 줄곧 하루도 쉬지 않고 세일을 해 온 듯하다(실제로 그럴지도 모르겠다).

포르토로 오는 야간열차는 상당히 낙후돼 있었지만, 그것이 맘에 들었다. 백림의 낡은 건물이 넓고 황량한 느낌을 준다면, 포르토의 낡은 것들은 세월의 흔적이 쌓인 생활의 박물관 같다는 느낌을 준다. 일기를 쓰고 있는 식당 유리문 밖으로 현지인들이 도우모 강변을 끼고 야간 조깅을 한다. 해가 떨어지면서 강물 위에 젖은 불빛도 바람에 흔들리고 있다.

맥주를 두 잔 마신 뒤, 나도 모르게 "소시지 없냐?"고 물었다. 나는 이제 '독일화'가 되었다는 걸 부정하지 않는다. 사람은 누구나, 항상

변하기 마련이다. 원하든 원치 않든, 보고 듣고 먹고 만진 것과 잔 곳
에서 영향을 받게 되어 있다. 나는 미국과 일본과 독일의 영향을 받
은 듯하다. 태국도 일정 부분 기여를 했다. 당연한 말이지만, 한국이
가장 큰 영향을 끼쳤다. 좋든, 싫든 말이다.

여든세 번째 날이었다.

01

06

이 글은 팔굽혀펴기는 할수록 신체가 단련되고, 술은 마실수록 늘고, 햇빛은 보지 않을수록 피부가 약해진다는 사실을 절감하며 쓰고 있다.

피부가 잘 익은 스테이크 색깔이 되었다. 스페인과 포르투갈에서 불과 며칠을 보냈을 뿐인데, 휴양지에서 실수로 오일을 얼굴에 쏟아부은 사람처럼 익어 버렸다. 오븐에서 갓 구운 커피 맛 빵이라 해도 믿을 정도다. 신입생 시절 어쩌다 보니 가난해져 꽤나 오래 굶은 적이 있었는데, 그때 내 몸은 입안에 뭔가가 들어오면 '이때다!' 싶어 끊임없이 음식물을 받아들었다. 마치, 언제 또 못 먹을지 모르니 되새김질을 하더라도, 일단은 저장을 해 놓자는 식이었다. 마찬가지로 이제는 신체가 '또다시 해가 없는 베를린으로 갈 거잖아!'라고 외치듯, 일단은 잔뜩 자외선을 받아 놓았다는 느낌이다. 덕분에 걸어 다니는 인간 버섯에 이어, 걸어 다니는 모카 빵이 되었다.

인간에서 버섯에 이어, 빵이 된 내 심정은 정체성이 애매한 호빵맨과 식빵맨만이 이해할 것이다.

개점한 지 백 년이 지났다는 '카페 마제스틱'에 들러 디저트와 와인을 주문했다. 커피 애호가로서 유럽에 온 뒤, 핸드드립 커피를 한 번밖에 못 마셔 은근히 기대하고 왔건만, 그런 건 없었다(어쩌면 내가 못 찾은 건지도 모른다). 하여, 대신 시킨 하우스 와인과 달콤한 디저트는 상당히 절제되고 기품 있는 맛을 선사했다. 입안에서 달콤함과 쌉싸름한 취기가 기분 좋은 견제를 주고받으며 맴돌았다.

강변을 걸으며 밤바람을 즐기고, 해산물로 식사를 한 뒤, 부푼 마음으로 버스를 타고 숙소로 돌아가려다 길을 잃어버렸다. 결국 어쩌다 보니 첫날 택시를 탔던 때와 같은 위치에서 타게 됐는데, 그날은 12유로가 나왔지만 오늘은 5유로가 나왔다. 택시를 타기 전에 "꽌또 쿠스타?(얼마 나옵니까?)"라고 물으면 대충 얼마가 나온다고 하는데, 신기하게도 웬만해선 그 가격을 넘지 않는다. 이곳에선 애비 이름은 잊어도 '꽌또 쿠스타?'는 잊어선 안 된다는 느낌이다.

팔굽혀펴기를 서른다섯 개 했고, 강 위에 붉게 타오르며 지는 노을을 한 시간가량 바라봤다.

포르토는 연인과 다시 오고 싶은 곳이다.

여든네 번째 날이다.

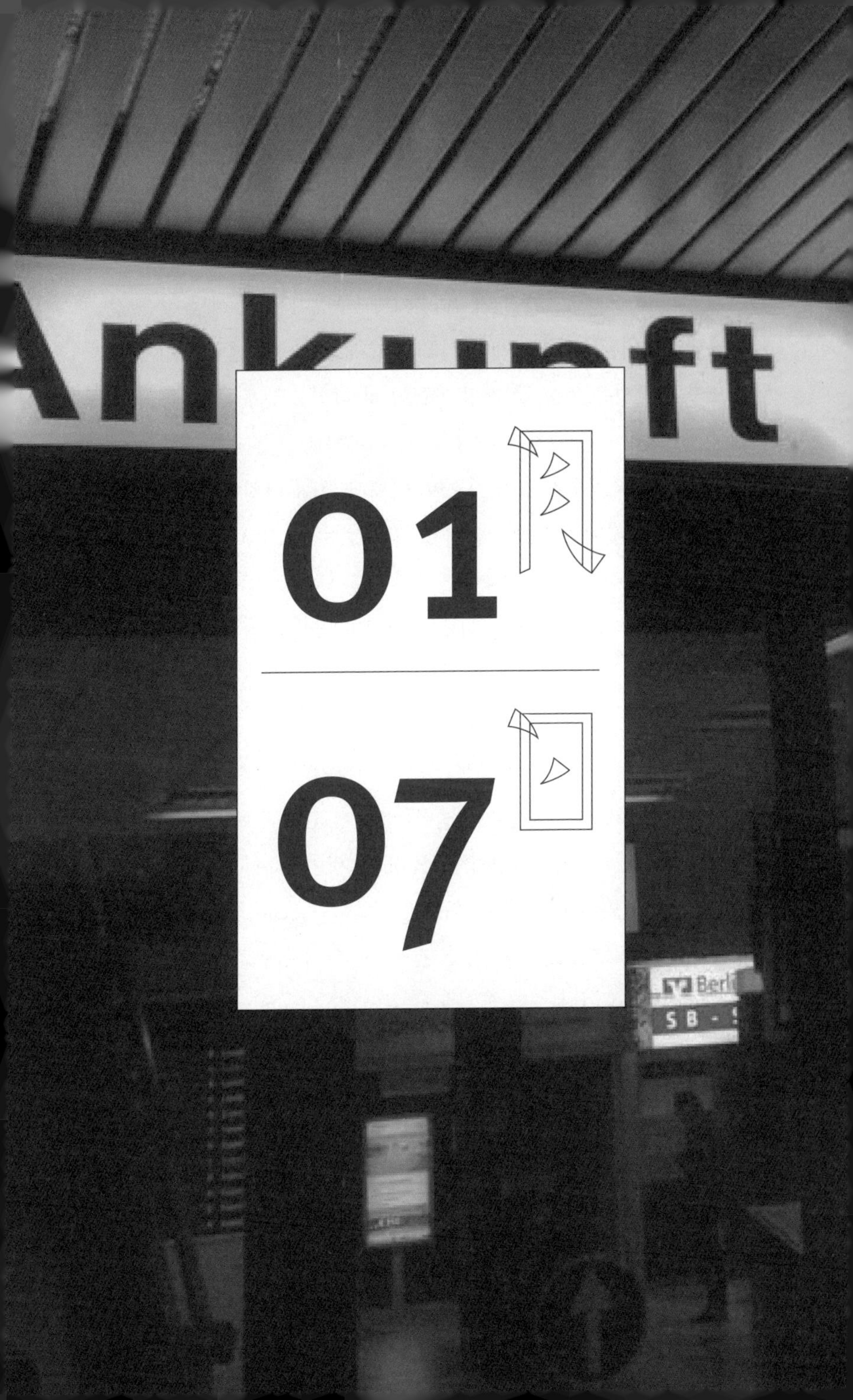
01
07

이 글은 미운 정이 실로 무섭다는 걸 자각하며 쓰고 있다.

이제야 고백하자면 나는 비록 단신이지만, 영혼뿐 아니라 내장의 3할가량 역시 미국화되어 있다. 중학교 1학년 때부터 '미제 조식(American Breakfast)'을 먹어 온 탓이다. 부친이 유사 식당 같은 걸 운영했었는데, 거기서 미제 조식을 팔았다. 즉, 중국집 아들이 밥이 없으면 자장면을 먹고, 치킨집 아들이 닭 다리를 뜯듯이, 홍콩 영화에 흠뻑 빠져 있던 중학생 시절, 뭔가 취향과는 조응되지 않게 베이컨과 식빵을 우걱우걱 씹어 먹으며 '어째서, 이게 아침이라는 거야?'라는 생각을 품어 왔는데, 몇 년을 먹다 보니 맛있었다. 그만 그 맛에 길들여져, 이제는 숙소에서 조식이 나올 때마다 '음. 가히 고향의 맛이군' 하며 먹는다. 고로, 여행의 마지막 날인 오늘 역시 미제 조식을 먹었다.

토마토소스의 콩과 바삭하게 구워진 식빵에 잼을 스윽 스윽 소리 내며 발라 먹고, 두툼한 베이컨을 씹으며 잔 안에 작은 안개가 깔린 커피를 마시면 김혜자 선생처럼 '으음. 이 맛이야'라고 속으로 되뇌는데, 마치 미역국에 김치를 먹는 듯한 향수가 느껴진다. 이건 모두 성장기에 '아. 그냥 오늘 안 팔린 것 먹어' 하며 잔반 처리를 노련하게 한 부친 덕분이다.

숙소 안의 체육관에서 간만에 조깅과 근력 운동을 한 뒤 개운하게 씻고 포르토 공항에 가니, 게르만족들이 모여 있었다. 여기저기서 독일어가 홍수처럼 쏟아졌는데, 나도 모르게 이 딱딱한 언어 속에서 리듬감과 약간의 나긋함을 발견하고는 그만 반가움에 물씬 젖어 버렸다(군대에서 악덕 고참이 어느 날 마치 자양 강장제를 건네줄 듯한 눈빛 — 그러나, 일반인에게는 그저 일상적인 눈빛 — 으로 "힘드냐?" 하고 물었을 때, '아. 이 사람도 인간이었구나' 하고 느껴지듯이, 오늘은 '아! 독일어도 언어였구나' 하고 느끼고 말았다). 오랜만에 들으니, 그리 반갑고 부드럽게 들리지 아니할 수 없는 것이었다. 베를린 시민들로 추정되는 백림행 여객기를 기다리는 승객들을 보니, 나보다 어깨가 넓은 여고생도, 나보다 손이 한 마디는 커 보이는 십 대 소년도 마침내 귀엽게 보였다.

나는 예전에 마라톤 완주를 한 후에 무릎에 이상이 생겨, 비행기를 탈 때마다 곤혹을 치르는데, 이번에는 10유로를 더 내고 '복도 측 1번 좌석'을 샀다.

탑승 대기를 하는 도중, 엉덩이를 다 드러낸 채 바지를 허벅지에 걸쳐 입고 헤드폰에서 흘러나오는 리듬에 맞춰 지속적으로 랩을 읊조리는 한 청년을 발견했는데, 부디 그 자식만은 내 옆자리가 아니길 바랐다. 그는 누가 듣건 말건 공연장에 온 것처럼 랩을 해 댔고, 랩 실력마저 형편없었다. 랩에 문외한인 내가 "이히 코머 아우스 코리아. 이히 빈 드라이직 아흐트 야하레 알트(나는 한국인이야! 나는 서른여덟 살이야!)" 따위의 멍청한 가사로 랩 배틀을 해도 이길 수 있을 법한 실력이었다. 다행히, 신은 나의 간절한 외침을 들어주었다. 랩 청년은 나보다 몇 줄 뒷자리에 앉았고, 이륙 10분 뒤 돌아보니 승무원이 그의 음료에 수면제를 퍼부었는지 이미 곯아떨어져 있었다. 그는 이미 구운몽 같은 이야기의 세계 속에서 랩 배틀을 벌이고 있는 듯했다.

대신, 신은 '인생은 일장일단이야'라는 식으로 새로운 시련을 선사했다. 게르만 중에서도 가히 진정한 게르만이라 할 수 있는 거구의 사나이가 내 옆자리에 앉아, 어깨를 한껏 움츠린 채 나를 기다리고 있었다. 나 역시 그를 의식해 어깨를 움츠릴 수밖에 없었으나, 이미 움츠린 그의 어깨와 내 두 팔을 합한 듯한 그의 오른팔이 내 자리의 3할을 차지했기에, 우리는 서로에게 양보한 듯 자신의 몸을 구겼으나 흡사 커플처럼 어깨와 팔을 맞댄 채 멍하니 1번 좌석 앞의 텅빈 벽면을 바라봐야 했다. 유럽 구간 저가 항공에서는 이처럼 생면부지의 남남 커플이 탄생할 수 있는 것이다.

분위기가 '화기애매'하여 공기 중의 얼음을 깨 보려 영어로 몇 가지를 물어보니, 그는 인상을 잔뜩 찌뿌리며(아마 좁아서일 것이다) "나인! 나인!(No! No!)", "니히트! 니히트!(Not! Not!)"만 반복했다. 그는 결국 쐐기를 박듯 "카인 앵글리쉬!(No English!)" 하며 맥주를 잔뜩 마신 독일 병정처럼 말했다. 나는 그를 보고 "아! 소?(아! 그래요?!)"라고 한 뒤, "앤슐디궁(죄송합니다)"을 덧붙였다. 그 후 우린 다시 말없이 서로의 팔을 밀착한 뒤 1번 좌석 앞의 벽을 멍하니 쳐다봤다.

와인을 마시고 잠에서 깨어난 후에도 그의 육중한 팔이 내 왼팔을 슬며시 눌러 주고 있었으니, 어느새 그만 '아아, 이렇게 푹신하고 따뜻하다니, 이건 인간 이불이잖아아!' 하고 생각해 버리고 말았다. 이 와중에도 그는 여전히 '니히트!', '나인!'을 반복할 때의 표정으로 1번 좌석 앞의 벽면을 멍하니 쳐다보고 있었다.

마침내 착륙을 하여 내가 "당케쇤(감사합니다)" 하며 악수를 청하자(뭐가 고마운지는 불확실하다. 인간 이불 정도?), 그는 "비터!(천만에!)" 하고 잽싸게 손을 한 번 맞잡은 뒤 가 버렸다.

쇼네펠트 공항은 실로 아담했다. "형님. 당연히 마중 나가야죠! 미안해하시면 섭섭해요! 아, 우리끼리 왜 이러세요?! 플래카드 들고 나갈게요!"라고 했던 유학생 경보는 나오지 않았다. 전화를 하니, "아! 형님. 당연히 가고 있죠. 아! 이거, 너무 죄송하네요. 형님 좋아하시는 유리병에 담긴 탄산수까지 준비했는데, 그걸 어디 뒀는지 찾다가 그만 늦어져서……"라고 하며 10분을 기다리라 했다.

밖에 나오니, 당연한 말이지만 오후 5시가 넘은 백림은 실로 어두웠다. 그리고 잊었던 추위가 나를 머리끝부터 발끝까지 환영했다. 나도 모르게 응대의 감탄사가 나왔다.

"춥다! 젠장. 춥다! 몹시 춥다!"

백림이다.

백림에 다시 돌아왔다.

*

여행을 갈 때마다 배웅과 마중을 나와 주는 경보에게 몹시도 고마워, 그를 한식당 '신라'에 데려가니, 그는 그제야 고백을 했다.
"형님. 실은 제가 형님이 같이 저녁 먹자고 해서, 아침부터 안 먹고 기다리다가 그만 너무 배가 고파져, 밥을 먹느라 지각을……"

그래도 경보만큼 인류애가 뛰어난 녀석은 없다.

그러면서 녀석은 잠시 고민한 뒤 우동을 주문해 "저는 못 먹으니 형님 더 드세요!"라고 하며 내게 잔뜩 덜어 준 후, 결국은 그것마저 다시 다 먹었다.

"하하. 오늘은 왠지 맛있네요."

집에 돌아오니, 다닐로가 완성해 둔 내 초상화와 그가 남긴 성탄 쿠키가 책상 위에 있었다.

여든다섯 번째 날이었다.

01

08

이 글은 이제 나흘만 자면 귀경을 하기에, 소풍을 손꼽아 기다리는 초등학생처럼 카운트다운 하는 마음가짐으로 쓰고 있다.

역시나 백림은 금세 어두워졌다.

간만에 어둑한 아침에 일어나 연구실에 나가니, 한국에서 기다리고 있을 무수한 나의 불행을 함축하듯 햇빛 따위는 비치지 않았다. 식사 약속을 잡는 데 천부적 소질이 있는 경보를 따라, M 교수와 함께 구운 송아지 간과 감자 수프와 탄산수를 곁들여 먹었다. 점심을 먹고 나왔는데도, 역시 햇살은 비치지 않았다.

먹구름이 잔뜩 드리워져 있는 가운데, L 교수와 티타임을 가졌고, 몇 시간 후에는 프라우 킴(김 교수)에게 가서 작별 인사를 했다.

고로, 오늘과 내일 양일간에 검토하여 송고하기로 한 시나리오는 펼쳐 보지도 못했다. 작가의 인생은 이렇듯 매일 연기를 끊임없이 반복하는 것이다. 개발도상국의 열차 도착 시간처럼 말이다.

그나저나 내게 이발사를 소개해 준 전력이 있는 프라우 킴 김 교수는 어디서 봉변을 당했는지, 앞머리를 일자로 잘린 채 울상을 짓고 있었다.

역시나 유럽은 방심해서는 안 되는 곳이다.

유럽 생활이 10년에 달해 가는 능숙한 사람도 잠시 방심하면 인간 버섯이 되고 마는 곳이다. 이제 프라우 킴은 나와 필하모니 동양인 단원의 심정을 완벽하게 이해할 것이다.

그나저나, 모레 필하모니 심포닉 연주 공연을 보기로 했다. 동양인 단원을 꼭 찾아서 그의 앞머리를 주시해 볼 예정이다.

모두가 내게 백림에 다시 오라고 했다. M 교수도, 연구실 동료 알렉산더도, 경보도 서로 자기가 공항에 데려다주겠다고 했다. 이들의 간절한 요청을 적절히 수긍하여 알렉산더의 프린터로 항공권을 출력하고, M 교수의 차를 빌려, 경보가 운전해서 공항에 가기로 했다.

모두에게 고맙다.

하루가 또 지나 버렸다.

다닐로에게 문자를 보내 "성탄 쿠키 정말 고마워. 내가 없는 동안에도 빈집에서 날 생각해 줬다니. 눈물이 앞을 가려"라고 하니, "리사이클! 맨!(재활용! 남자!). 성탄절에 친구 집 파티에 가서 먹다 남은 거야"라는 답이 돌아왔다.

다닐로에게 단점이 있다면, 지속적으로 지나치게 솔직하다는 것이다.

다닐로의 여자 친구가 내게 재활용으로 생일 케이크를 선사한 건, 이제 보니 다닐로의 영향을 받은 탓인 듯했다. 이처럼 사람은 싫든 좋든 누군가로부터, 어딘가로부터, 무언가로부터 끊임없이 영향을 받는 존재인 것이다.

파비오와 엘레나를 백림에서 다시 만났다. 파비오와 나는 포옹을 했고, 엘레나와는 당연하게 볼 키스를 했다. 이들에게 일전에 방문하여 감탄한 적이 있는 한식당 '한옥'을 소개해 주었다. 파비오와 엘레나는 불고기를 "오우. 쏘우 스윗! 쏘우 스윗!" 하며 먹어 댔다. 이때껏 김치에 대한 공포가 있어 맛을 본 적이 없다는 파비오는 마침내 "아. 이거(불고기) 너무 단데"라며 김치를 곁들여 먹었다(그러니까, '쏘우 스윗'은 감탄의 표현이 아니라, "지나치게 달어!"라는 뜻이었다).

식사를 마치고 나와서 파비오는 검은 하늘을 보며 "이래서 한국 음식에는 김치를 먹어야 하는군"이라고 했다. 이때껏 김치를 몰랐다니, 라는 표정이었다(참고로 그는 당(糖) 중독자다). 그는 이제 설탕과 작별하고, 매운맛의 세계로 진입한 듯했다. 다음에는 제대로 먹을 수 있으니, 다시 한번 가자고 했다. 물론, 우리의 다음이 언제일지는 아무도 모른다. 오직 신(神)만이 알 것이다.

백림에 온 지 이틀 만에 너무 많이 먹어서, 잘 부푼 모카빵이 되고 말았다.

이젠 얼굴이 둥그런 호빵맨만이 내 심정을 완벽히 이해할 것이다.

간만에 서반아 빠드레도, 다닐로도, 아무도 없는 공간에서 혼자 자려고 하니 '진짜 백림에 돌아왔다'는 생각이 들었다.

조용한 방 안에서 묵묵히 일기를 썼다.

여든여섯 번째 날이었다.

01
—
09

이 글은 식사 약속을 잡는 데 천부적인 소질을 지녔지만, 타이밍 조절을 잘 못하는 경보를 기다리다 결국은 혼자서 월남식 볶음 국수를 먹고 난 뒤 쓰고 있다.

줄곧 비가 내렸다.

아침부터 검던 하늘이 밤이 되자 '아, 원래 이렇잖아'라는 식으로 본격적으로 더욱 검어졌다. 이곳은 예전에 다닐로와 파비오 커플 등과 처음 마시며 만취했던 동네다(Kottbusser Tor). 조금 전에는 혈기왕성한 독일 청년들이 패를 지어 싸움을 벌였다. 길거리에서 누군가 주먹을 주고받으며 건강한 격투를 벌이는 걸 본 게 거의 15년 만이다. '아, 당연하잖아'라는 듯이 진압복을 입은 경찰들이 금세 출동했다.

이탈리아와 이곳에서 비록 호구 짓을 했지만, 안전에 이상을 겪지 않고 돌아가는 것을 감사히 여긴다. 학과장에게 떠난다고 문자메시지를 보낸 후 답이 없기에, 선물이나 자리에 뒤야겠다며 작별 인사를 포기하고 있었는데, 연구실로 가 보니 나를 기다리고 있었다. 식당까지 예약을 해 두었다. 그녀는 나를 처음 환영해 주었던 이탈리아 식당에서 나를 환송해 주었다. 아울러, 전역을 하면 신입 병사가 오듯이 한국의 수출입을 담당하는 한 금융기관에서 주재원이 한 명 왔다. 그는 사무실을 정식으로 얻기 전까지, 옆의 연구실을 임시 업무처로 쓰며 지낼 예정이라 했다. 박 팀장은 이곳에 오기 전 인터넷으로 꼼꼼하게 자료 조사를 해 본 모양이었는데, 베를린에 대한 부정적인 정보를 총망라해 온 듯했다.

그는 건강하고 실용적인 회의주의자였다. 앞으로 그에게는 좋은 일만 생길 것이다. 건강하고 합리적인 의심은 법원에서 필요한 것이지만, 이런 자세를 견지한다면 나처럼 초반에 호구 짓을 하는 일은 없을 것이다, 라고 생각했는데, 학과장이 식사 값을 내려고 하니, 그가 잽싸게 계산을 해 버렸다. 박 팀장은 확실히 건강하고 합리적인 의심으로 타인에게 당하는 일은 없을 것이고, 지인들에게는 화끈하게 베풀며 적응할 것이란 인상을 풍겼다.

어리바리한 사람은 나 하나로 충분하다. 덕분에, 어리바리했던 나는 카르보나라 스파게티를 공짜로 얻어먹었다. 탄산수도 맘껏 마셨다. 경보를 기다리는 사이, 박 팀장에게서 '아, 이거 오자마자 검은 하늘에 비만 내려 너무 우울하네요'라는 메시지가 왔는데, 아마 계속 그럴 것이다. 그가 부디 건강하고 합리적인 의심으로 완벽한 회의주의자가 되길 바란다.

희망을 1%도 품지 않은 완전한 우울에서 시작하면, 앞으로 겪게 되는 모든 일이 감사와 희망과 기쁨으로 하나씩 변할 것이다. 완벽한 회의주의자란 그런 것이다. 나는 완벽하지 못했다. 아, 한때 베트남에서 지냈다는 그가 "하노이가 정말 추워요. 겨울에 난방은 안 되는데 습기가 가득 차서 바람이 불면 살을 에는 것 같아요"라고 하니,

학과장이 걱정스런 눈빛으로 대답해 줬다.

"여기가 그래요."

물론, 학과장은 그가 20분 뒤 모두의 식사 값을 화끈하게 지불할
것이라는 걸 예상하지 못한 상태다. 부디 그의 순조로운 적응을 기
원한다.

L 교수에게서 전화가 왔다.

"아니! 최 작가 이대로 떠날 수 있나?"

하여, 경보 대신 L 교수를 만나기로 했는데, 만나서 상황을 설명하
니, "아니, 그럼 거기에 젊은 친구들이 잔뜩 있는 거야?", "뭐해? 어
서 가자구" 해서 경보에게 합류하게 됐다. 고로, L 교수를 만나고 난
이후의 상황은 집에 돌아와서 쓰는 것이다.

이 글은 2부에 걸쳐 일기를 쓰는 진기한 경험을 하며, 이제는 소파
에 기대어 쓰고 있다.

L 교수와 나는 처음 보는 젊은 한인 친구들 사이에 끼어 잔뜩 마셨
다. 한국어를 구사하는 한 중년의 독일 신사도 끼어 있었는데, 두 시
간가량 대화를 나눈 뒤 그가 82년생이라는 걸 알았다. 여전히 유럽
인들의 나이는 종잡을 수 없다(미남 노안인 그는 연기자로 전업할 경
우, 분장 없이 중년 연기가 가능할 것이다).

맥주를 마시기 전 이미 식사를 하고 온 이 젊은 무리는 맥주를 마

신 뒤, 다시 부리토를 먹으러 멕시칸 식당으로 향했다. 세월의 파도에 밀려 인생의 모래사장 위에 적힌 '청춘'이란 단어가 사라진 나와 L 교수는 이들에게 작별 인사를 했다. 유럽 생활을 한 젊은 한인들과 볼 키스 인사를 했는데, 상당히 어색한 느낌이 들었다. 어쩐지 종로에 있는 영어 학원에서 한국인들끼리 영어 회화를 하는 느낌이었다.

우리는 그들에게 작별을 고하고 둘이서 나란히 전철을 타고 돌아왔다.

그렇다!
알고 보니, 백림은 전철이 24시간 다니는 도시였다.

그걸 떠나기 이틀 전에 깨닫다니. 나는 '적어도 앞으로 남은 이틀 동안은 택시 탈 필요가 없군' 하고 생각했다. 대단한 깨달음이다(여름에 다시 와서 택시를 타지 않고, 새벽에 지하철을 맘껏 타는 경험을 해야겠다).

L 교수는 나와의 헤어짐을 아쉬워했다. 독일은 여러 명이 마실 경우 골치 아플 만큼, 계산대에서 한 명씩 자기가 마신 메뉴를 읊으며 차례로 각자 계산을 하는데, 당연히 마지막 차례가 되면 계산이 맞지 않는다. 대부분의 경우엔, 그간 내가 지저분하게 남은 금액을 계산했다. 오늘은 L 교수가 내 것은 물론, 남은 것도 계산해 주었다.

전철에서 내리니 부슬비가 내리고 있었다. 우린 연구실까지 함께 가, 그곳에서 가벼운 포옹을 하고 작별 인사를 나눴다. L 교수가 헤어지기 전에 말했다.

"실은 말야. 혹시나 최 작가가 일기에 내 험담을 쓰지나 않을까 싶어 노심초사하며 꼼꼼히 읽어 왔어."

(나는 일기를 사회 관계망 서비스에 올려 왔다.)

이 말을 듣고 나니 나는 그만 오기가 발동하여, 며칠이 남지 않은 지금이라도 작가적 상상력을 잔뜩 발휘해 그의 기대에 부응해 볼까 싶었지만, 그러기엔 그의 환대와 위로가 내겐 실로 힘이 되었다. 나는 잠긴 연구실 문을 열어 화장실에서 티슈를 꺼내, 밖에 세워 두어 젖어 버린 그의 자전거 안장을 꼼꼼히 닦아 드렸다. 우린 다시 포옹을 했고, 그는 새벽 안개가 깔린 백림의 연구실 앞에서 내게 "츄~스!(안녕)" 하며 손을 크게 흔들면서 떠나갔다.

작별하는 사람들이 늘어 간다.

인사말이지만, 몇 번이고 "여름에 다시 오겠다"고 했다. 경보는 석 달 동안 생활하여 짐이 부쩍 많아진 내게, 자신의 캐리어 가방을 주겠다고 했다. 경보만큼 인류애가 뛰어난 녀석은 없지만, 그래도 경보가 식사 타이밍을 잘 못 맞추는 건 어쩔 수 없는 사실이다.

여든일곱 번째 날이었다.

이 글은 마지막으로 독일식 족발인 슈바인 학세와 뮌헨식 백소시지인 바이스 부어스트와 아우구스티너 맥주를 마시고 돌아와 쓰고 있다.

여행에서 돌아오기 전부터 나 여사가 나를 애타게 찾았다. 식사를 대접하고 싶다는 게 연유였다. 며칠 전에 약속을 정했고, 마침내 오늘 그녀의 집에 방문을 했다. 그녀는 나를 자유대학 앞의 역으로 마중 나와, 직접 태운 후 자신의 집까지 데리고 갔다.

놀랍게도 거대한 오리 한 마리가 통째로 구워져 있었다. 독일 음식 중에 가장 나의 입맛에 맞다고 할 수 있는, 식초에 절인 붉은 배추도 나왔다. 그야말로 우걱우걱대며 먹었다. 독일 시민임에도 불구하고 통일 운동을 하다 모국 정부로부터 많은 핍박을 받은 그녀의 남편이 오리 구이를 칼로 쓰윽 쓰윽 썰어서, 고기가 떨어질 때마다 접시 위에 올려 주었다.

사실 고백하자면 이 글은 비행기 안에서 쓰고 있다.

갑자기 눈물이 쏟아지려 한다. 왜 그렇게 모든 사람들이 나에게 따뜻하게 대해 줬는지 이유를 알 수 없다. 그저 살다 보면 이런 날도 있는 거라고, 내가 멍청하게 지낸 모든 날들에 대한 보상이라고…… 그렇게, 여기기로 했다. 이들의 환대에 대한 어떠한 이성적 이유도 찾을 수 없다.

나 여사의 남편은 식사를 마치고 "아이고, 늦으면 안 되죠!" 하며 차에 시동을 걸어 필하모닉 공연장에 데려다주었다. 그는 택시를 운전한다. 독일의 모든 택시가 그러하듯, 그의 벤츠 택시로 필하모닉 공연장까지 여유 있게 도착했다.

M 교수와 경보, 그리고 동갑내기 장 선생이 나를 기다리고 있었다. 아쉽게도 필하모니 동양인 단원 중에 남자를 발견하진 못했다. 남자가 없어서 아쉽다는 게 아니라, 나와 동성으로서 인간 버섯의 참사를 느낀 사람이 없다는 게 아쉽다는 것이다. 하지만, 한 여성 단원이 버섯이 된 채로, '인생 원래 이런 거 아니냐'는 듯 아무렇지 않게 오로지 소리에만 집중해 연주를 했다. 그녀의 앞머리는 우스꽝스러웠지만, 그녀도, 지휘자도, 관중도, 그 누구도 '그것은 당연한 것이라는 듯, 아니, 아무것도 아니라는 듯', 오로지 자신의 위치에 충실하게 연주를 하고, 지휘를 하고, 관람을 했다.

가장 앞줄에 앉은 나는 남들이 보지 못하는 것을 하나 봤다. 내 바로 앞에 앉은 남자 연주자가 쥔 바이올린 활의 무수한 실 중 상당수가 떨어져 나간 것이었다. 공연 막바지도 아닌, 1악장에서 격정적으로 연주를 하다 그만 활의 절반이 끊어져 버렸다. 하지만, 그는 마치 동양인 단원이 앞머리를 개의치 않듯, 절반 남은 활로 바이올린을 동일한 격정으로 연주했다.

그 연주를 보는 사이 나는 많은 생각을 했다. 그 감정은 적지 않기로 했다. 그 감정은 그간 삶 속에서 무수하게 반복돼 온 동일한 일상의 가치를 무시했던 나를 많이도 할퀴었다. 나는 누구에게도 말하지 않았지만, 속으로 많이 울었다.

이 글을 쓰고 있는 1월 12일 04시 10분, 불이 꺼진 기내에서 나는 물리적으로도 많이 울었다. 백림을 잊지 못할 것 같다.

아침에 팔굽혀펴기를 다시 시작했고, 교통사고가 난 후 최초로 마흔 개를 했다.

2주간 여행을 다녀왔지만, 빈집에서 꽃은 죽지 않고 살아 있었다.

아직 쓸 것이 많이 남아 있다.

작별 인사는 하고 싶지 않다.

여든여덟 번째 날이었다.

이 글은 이미 다 밝힌 대로, 여전히 기내에서 어제의 일을 떠올리며 쓰고 있다.

현재 러시아 상공의 페트로자보츠크(Petrozavodsk) 어딘가를 날고 있다. 기내식이 나올 때 승무원이 "한식을 먹을 건지, 독일식 고기를 먹을 건지" 물었다. 어쩐지, 독일식 고기를 달라고 대답하고 말았다. 이걸 언제 다시 먹을 수 있을까 하는 생각이 들었기 때문이다.

다시 정식으로 시작하자.

이 글은 그간 백림에서 지겹도록 먹어 왔던 그레이비소스의 쇠고기찜과 감자와 탄산수를 먹고서 쓰고 있다.

처음으로 독일 음식이 맛있다는 생각을 했다. 어제 정오에 인터 밀란 축구 게임을 보기 위해 이탈리안 레스토랑에 죽치고 있던 파비오를 만나러 갔다. 파비오가 양손을 모아 '판쿨로!' '까조!'(상당히 험한 이탈리아 속어다) 등의 험담을 잔뜩 늘어놓고 있을 거라 생각했지만, 그는 내가 도착할 때 입구에 서서 나를 맞아 주고 있었다.
"경기를 안 보냐?"고 하니, 그는 "이기고 있어서 상관없어"라고 했다.
승률이 절반도 안 되는 팀이, 정말 2:0으로 이기고 있었다. "하지만 패배의 상징인 내가 왔으니 어떻게 될지 모르잖아"라고 하자마자, 인터 밀란이 한 골을 먹어 버렸다. 2:1이 됐지만, 파비오는 욕설을 하지 않았다. 패배의 상징인 내가 잠시 나가 통화를 하는 사이 인 터 밀란이 한 골을 더 넣었고, 그는 "민숙! 너의 헌신적인 부재 덕에 한 골을 더 넣었어!" 하며 양 손가락 끝을 허공에 모아 격정적으로 흔들었다.

헤어지기 전 당연히 파비오와 나는 포옹을 했고, 엘레나는 볼 키스를 나누기 전, 파비오가 보건 말건 내 등 뒤로 자신의 양손 끝이 맞닿을 만큼 꼭 끌어안아 줬다. 결국, 우리는 꼴사납게 길거리에서 셋이 함께 포옹을 했다.

일처양부제의 첩이 된 느낌이다.

아마존 여인국 족장의 두 번째 남편만이 내 심정을 이해할 것이다.

마지막으로 한인 교회에 가서 성가대 자리에 섰다. 첫날부터 지금까지 내 일기를 모두 읽었다는 한 장로님이, 백림에 와서 너무 고생을 해 자기 마음이 아프다며 떡라면이라도 끓여 주고 싶다, 고 했다. 사실, 라면은 어제 집에서 혼자 끓여 먹었지만, 나는 그 마음이 고마워 여장로의 집에 따라갔다. 예순이 넘은 그녀는 떡라면을 끓여 주지 않았다.

대신 안심구이를 해 줬다. 한국식 파절임과 김치와 상추와 샴페인도 함께 주었다. 그간 86회분의 일기를 모두 읽은 그녀는 이미 나에 대해 전부 파악하고 있었다. 탄산수를 주었고, 집에 오자마자 "아이구! 와이파이!" 하며 서둘러 아이디와 비밀번호를 알려 주었다(어떤 면에선, 인터넷 중독자라고 공공연히 밝히는 게 득이 되기도 한다).

나는 파독 간호사로 온 이민 1세대인 육십 대 할머니의 집에서 그녀의 권유에 따라, 안락의자에 다리를 올려놓고 일기를 썼다. "아니…… 이거…… 이래도 됩니까?"라는 나의 질문에, 그녀는 "부디 그렇게 해 주세요. 최 선생님"이라고 했다.

"최 선생님. 여름에 꼭 다시 오세요. 제일 안 좋을 때 오셔서, 제일 우울한 경험만 하시고 가시는 거예요."

그녀의 말을 증명하듯, 나를 배웅하러 나온 그녀의 등 뒤로 펼쳐진 암흑 같은 검은 하늘 가운데 줄곧 비가 내렸다. 나는 그녀가 준 우산을 쓰고 있었다. 돌이켜 보니, 그녀의 말은 하나도 틀린 것이 없었다. 하지만, 제일 안 좋을 때, 제일 우울할 때 오니, 볼 것이 없어, 오히려 사람들을 만나게 되었다.

내가 많이 변한 것 같다. 어쩌면 나는 내 문학의 상징인 빈정댐과 투덜댐을 잃어버릴지도 모르겠다. 하지만, 그런 것은 잃어버려도 좋다. 그렇게 생각했다.

여든아홉 번째 날이었다.

*

이날 일찍 침대에 누웠지만, 오랫동안 눈을 감은 채 잠들지 못했다.

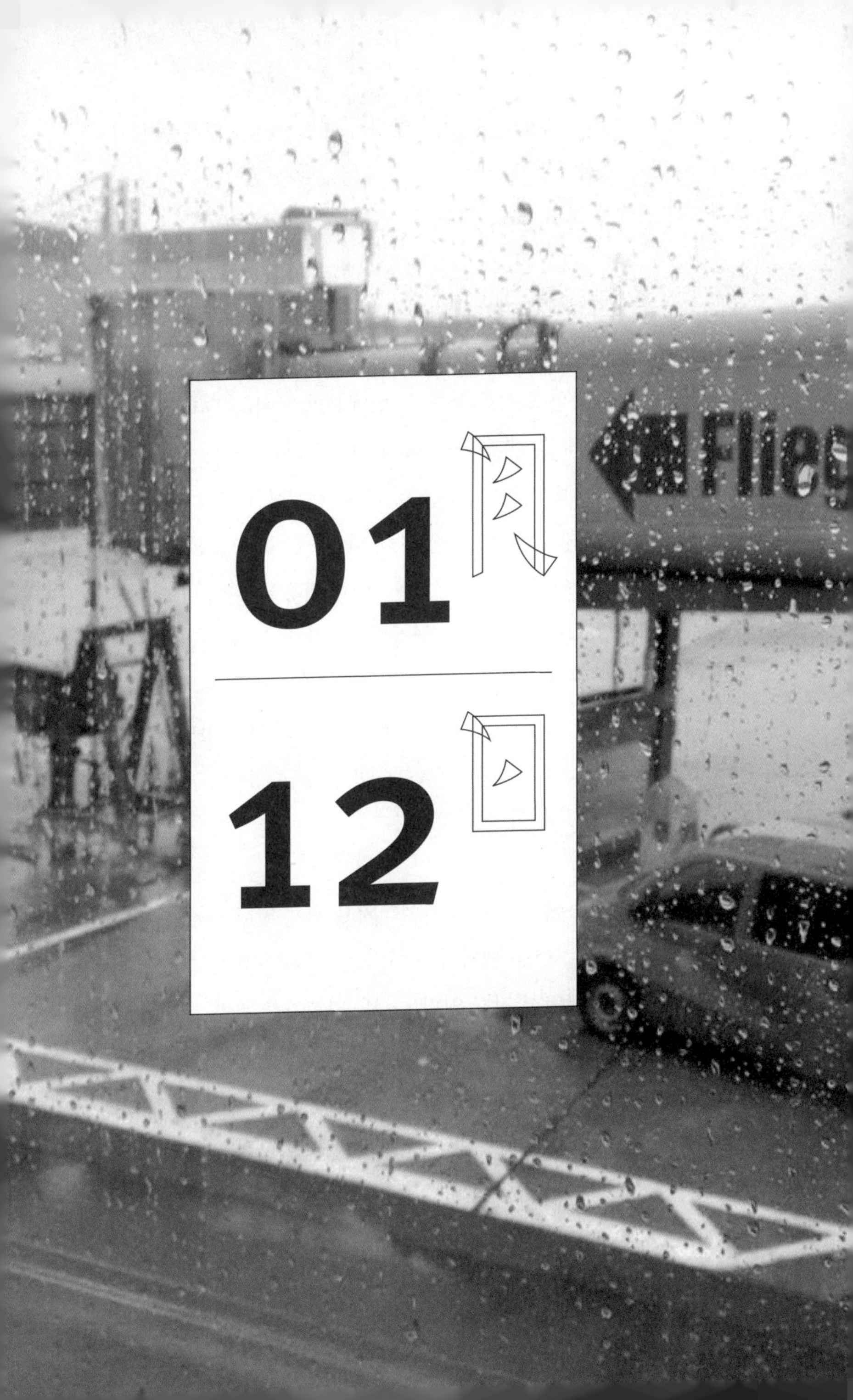

01月

12日

이 글은 한국으로 돌아가는 기내 안에서 돼지고기 김치볶음과 백반, 그리고 진저에일을 곁들여 먹고 기내 극장에서 상영하는 베를린 필하모니 공연을 보며 쓰고 있다.

음료 메뉴에 막걸리가 있어서 간만에 마셔 보려고 하니, 갤리에 갔다 온 승무원이 황당하다는 표정으로 막걸리가 모두 떨어졌다고 했다. 이는 필시 메뉴판에 적힌 부가 설명 때문일 것이다. 'Makgeoli' 다음에는 괄호 안에 Traditional Korean Rice Wine이라고 적혀 있다. Rice Wine을 보고 '바스 이스트 다스?!?!(이게 뭐야?)' 하고, 뭔가 대단한 고급주인 줄 알고 일제히 마신 게르만족들의 소행임이 분명하다. 간간이 화장실에 갈 때 보니, 탑승한 도이치들은 모두 곯아떨어져 있었다. Ice Wine을 생산하는 독일의 주당들이 도대체 Rice Wine이 뭔지 궁금해 마셨다가, '아니, 뭐 이게 무슨 와인이야' 하다가, 한순간 '아, 갑자기 왜 이러지?!' 하면서 곯아떨어졌음이 분명하다. '바스 이스트 다스?!(이게 뭐야?!)' 하면서, 속으로 '바룸?!?!(왜! 왜! 왜!)'을 외쳤을 것이다.

한국의 두 항공사에서 적립한 마일리지로 세계 일주 티켓을 구매할 수 있는 나는, 두 번을 제외하곤 이 모든 걸 일반석 탑승으로 적립했기에 비행에 상당히 지쳐 있다. 고로, 비행기를 타면 영화도 보지 않는다. 할리우드 최신작 같은 것도 보지 않은 지 몇 년이 지났다. 예능 프로그램을 하나 본 뒤, 또 뭔가 없을까 이것저것 뒤지다가 '베를리너 필하모니커' 공연 영상을 찾았다. 2013년 신년 특별 공연이었는데, 정확히 내가 본 공연보다 2년 전의 것이었다(내가 본 것은 2015년 신년 기념이었다).

카메라에 잡힌 공연장은 이틀 전의 기억을 그대로 떠올리게 했다. 내가 있었던 공간이 '2년 전인데, 딱히 다를 건 없잖아!'라는 식으로 건재했다. 그리고 이틀 전 내 눈앞에서 상체를 앞뒤로 흔들며, 머리카락을 흩날리며, 땀을 흘리며 연주했던 연주자들이 이제는 기내의 작은 모니터 안에서 연주하고 있었다. 필하모니가 아니라, 분데스리가에서 수입을 올리는 게 더 어울릴 법한 건장한 체구의 올백 사나이도, 털북숭이 바이올린 연주자도 화면 속에 그대로 있었다. 게다가 이틀 전에 인간 버섯이었던 동양인 여성 단원은 2년 전에도 인간 버섯인 채로 연주를 하고 있었다. 차이가 있다면, 2년 전의 그녀는 연주를 끝낸 다음 꽃다발을 받았다는 것이다.

그러나, 사실 그것은 그날의 주(主) 연주자인 피아니스트가 받을 것을, 퇴장하며 그녀에게 건네준 것이었다.

'리사이클, 맨'
(재활용이야. 남자.)

때로는 재활용도 필요한 것이다.
다닐로가 그랬던 것처럼.

이날 공연에는 동양인 남성 단원도 보였다. 그러나, 무슨 영문인지 그의 앞모습을 확인하긴 어려웠다. 카메라 앵글 탓인지 그는 줄곧 뒷모습만 보였다. 얼핏 고개를 흔들 때 보이기로는, 그는 예전의 나처럼 머리를 어쩔 수 없이 모두 세운 듯이 보였다. 아마, 그가 내 머리를 잘라 준 할아버지 이발사의 희생양일 것이다.

그것을 너무 확인하고 싶어, 그의 앞머리를 꼭 육안으로 보고 싶어, 베를린에 다시 가야 할 것 같다.

인천 공항에는 나의 소설 『능력자』를 영화로 만들 감독 형이 마중을 나오기로 했다. 그를 위한 조그마한 선물과 지인들에게 나눠 줄 몇몇 기념품을 샀다.

한 시간이 있으면, 무수한 불행들이 나를 열렬하게 기다리고 있는 서울에 도착한다.

아흔 번째 날이었다.

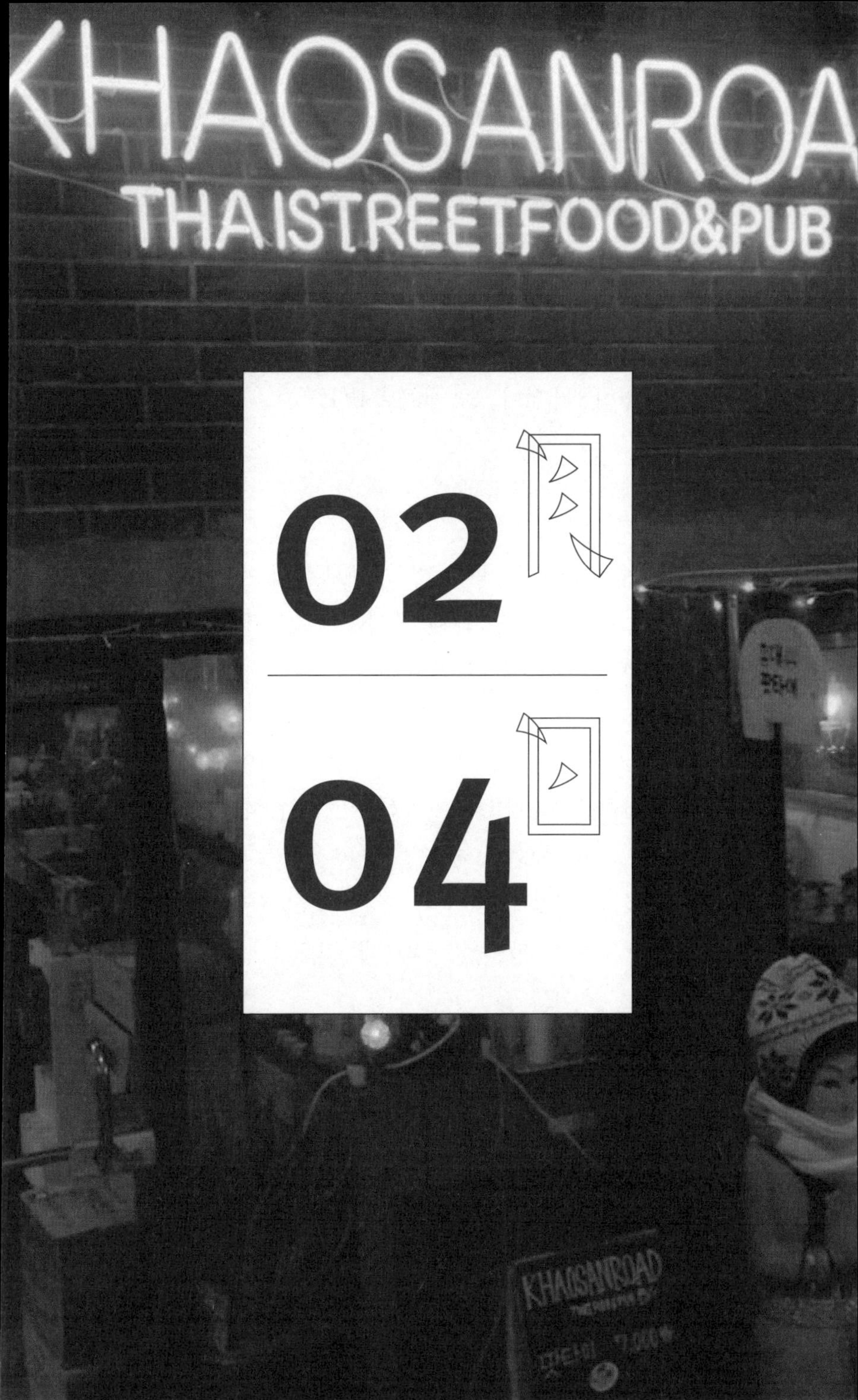

02月

04日

나는 원래 일기를 90일간 쓰려고 했다. 그러나 쓰는 과정에 일기를 쓴 날이 89일밖에 되지 않는다는 중대한 깨달음을 얻었다. 무슨 영문인지, 상당히 어리둥절하였으나, 따져 보기 귀찮아 서울에 도착하여 일기를 하루 더 썼다. 당연히 일기를 쓰고 난 후, 다시 날짜를 곰곰이 따져 보니 애초의 날짜 계산이 틀렸었다. 하여 이 책에는 아무런 문제 없이 날짜가 수정되었지만, 하루가 부족한 줄 알고 썼던 일기마저 지울 이유가 없어 그냥 싣기로 했다.

*

이 글은 상수동에 위치한 한 쌀쌀한 카페에 앉아 아무런 약속도, 할 일도 없이 벽만 바라보다 '그래! 내게는 아직 일기가 남아 있지'라고 뒤늦게 자각한 후, 쓰고 있다.

백림에서 돌아온 지 스물두 날이 지났다. 연이은 환영회와 가족 및 친지와의 만남에서 빠지지 않고 등장하는 인사(즉, 외모 평가)를 맞이했고("맥주 통에 빠져 있었던 거야?", "독일에서 잔뜩 먹고 왔잖아!"), 어이없게도 긍정적 환영의 인사도 외모 평가로 받았다("으음. 유럽 물이 잘 맞나 보군", "헤어스타일이 생각보다 나쁘진 않아").

그러고 보니, 백림에서는 그 누구에게도 인사말로 외모에 관해 들은 적이 없었다(물론, 예외는 있는데, 그건 한국에서 온 지 얼마 되지 않는 사람들에 의해 성실히 지켜졌다). 환영의 뜻을 표현하는 창의성이 부족해서인지, 상대방의 외모에 대한 평가가 유쾌하지 않다는 걸 이해하지 못했기 때문인지, 아니면 그저 '에이. 귀찮은데 뭘 그런 걸 따져. 너도 이렇게 말하면 되잖아!'라는 함무라비 법전의 '이에는 이, 눈에는 눈' 식의 소통 탓인지, 그 원인을 모르겠다. 여하튼, 한국인은 이런 식으로 결국 어쩔 수 없이 상대의 시선을 의식하는 데 길들여지는 것 같다고 생각했다(혹은, 반대로 자기 기대에 미치지 못하는 상대방의 이미지를 통제하는지도 모르겠다. 비록 의식하지 못했다 할지라도).

많은 사람을 만났고, 해일처럼 그 만남들이 모두 지나가니, 결국 비수기의 해변처럼 쓸쓸하고 차가운 일상만이 남았다. 다시 할 일은 없어졌고, 어쩌면 1년 내내 이런 날들이 이어질 수도 있다. 결국 중요한 것은 '얼마만큼인가' 하는 상대성이지만, 크게 보자면 지금 맞은 한 해가 여생과 별 차이 없을지도 모른다.

이런 생각을 하고 나니, 어쩌면 다시 원고지를 펼치고 스스로 펜을 잡을지도 모르겠다고 여겼다. 당연한 말이지만, 작가에게 고독은 실로 떨쳐 내고 싶은 지긋지긋한 존재이지만, 떨쳐 내 버리면 자기 자신이 생존 불가능해지는 필요악 같은 존재다. 어불성설 같지만, 작가가 완전히 혼자가 아닌 것은 언제나 고독이 함께하기 때문이다(백림에 다녀온 후, 관념 철학에 오염된 것 같다. 아울러, 유머도 독일식에 감염된 것 같다. 희망이 보이지 않는다).

어제 부친을 만나 소주를 곁들여 돼지갈비를 먹었다. 사정이 여러

모로 형편없었지만, 생각 외로 잘 버티고 있었다.

"아, 왜 사람들이 자살하는지 완전히 이해하겠더라구"라고 말 한 뒤, 된장찌개도 시켜 먹자고 했다(물론, 식사 값은 내가 냈다).

그러면서 "너, 마태복음 7장 7절 아냐?" 하고 물어봤는데, 찾아보니 '구하라, 그리하면 주실 것이요, 찾아라, 그리하면 찾아낼 것이요, 두드리라, 그리하면 너희에게 열릴 것이니'라는 구절이었다.

"아니! 이건 똑바로 사는 사람에게 해당되는 말이잖아요?!"

그는 성경까지 자신에게 유리하게 끌어들이며 그럭저럭 버티고 있었다.

잠시 채무불이행 소식을 접한 IMF 총재의 심정이 되기도 했지만, 모두 각자의 삶을 그럭저럭 살아간다는 생각이 들었다.

다닐로와 파비오와는 몇 차례 연락을 주고받았지만, 국제통화가 그렇듯 예전처럼 편하게 말할 순 없었다.

결국 인생에서 필요한 건 상대에게 웃음을 짓는 것, 상대에게 친절을 베푸는 것, 그리고 스스로를 존중하며 소중한 존재가 되어야 한다는 생각과 그 실천인 것 같다.

어디에 있건, 남은 시간들은 소중히 쓰기로 했다.

서울에서의 생활이 다시 시작되었다.

백림의 여운은 이제 모두 정리되었다 해도 과언이 아니다.

다시 서울에서의 날이 시작되었다.

첫 번째 날이었다.

　　　　　　　　　　　　　　　*

　이후에 오월에 백림을 다시 방문했다. 하지만, 그때의 일기는 책에 싣지 않기로 했다. 한 며칠쯤의 일기는 순수하게 일기로 남겨 두고 싶었다. 사월의 화창한 어느 날 유학생 경보에게 전화가 와 "아! 형님. 어서 오셔야죠! 여기 날씨 완전 환상이에요. 지금 놓치면 후회해요. 어서 오세요!"라고 해서 갔는데, 도착하니 줄곧 비만 내렸다. 백림의 화창한 날은 한동안 상상의 대상으로 남겨 두기로 했다. 작가적 상상력은 글을 쓰지 않아도 필요한 것이다.

　베를린 일기 끝.

　　　　　　　　　　　　　　　*

　발렌시아 일기, 뉴욕 일기, SF(샌프란시스코) 일기 ……부다페스트, 마라케시, 베이루트, 사하라, 나이로비, 아마존, 남극, 교도소 일기도 기대해 주세요.

최민석 에세이
베를린 일기

1판 1쇄 펴냄 2016년 12월 5일
1판 10쇄 펴냄 2024년 1월 22일

지은이 최민석
발행인 박근섭, 박상준
펴낸곳 (주)민음사

출판등록 1966. 5. 19. (제16-490호)
주소 서울특별시 강남구 도산대로1길 62 강남출판문화센터 5층 (06027)
대표전화 02-515-2000 팩시밀리 02-515-2007
홈페이지 www.minumsa.com

ISBN 978-89-374-3370-2 (03810)

* 잘못 만들어진 책은 구입처에서 교환해 드립니다.